叫我女王大人

CALL ME QUEEN

攻气十足 · 气场全开　　侯虹斌／著

南方出版传媒

花城出版社

中国·广州

图书在版编目（CIP）数据

叫我女王大人 / 侯虹斌著. -- 广州 ： 花城出版社，
2016.10
ISBN 978-7-5360-8060-7

Ⅰ．①叫… Ⅱ．①侯… Ⅲ．①随笔－作品集－中国－
当代 Ⅳ．①I267.1

中国版本图书馆CIP数据核字(2016)第196391号

出　版　人：詹秀敏
责任编辑：陈宾杰　杨淳子
技术编辑：薛伟民　凌春梅
绘　　　图：承之影
封面设计：㗊设计 | SIJIE DESIGN

书　　名	叫我女王大人
	JIAO WO NÜWANG DAREN
出版发行	花城出版社
	（广州市环市东路水荫路 11 号）
经　　销	全国新华书店
印　　刷	佛山市浩文彩色印刷有限公司
	（广东省佛山市南海区狮山科技工业园 A 区）
开　　本	880 毫米×1230 毫米　32 开
印　　张	9.125　1 插页
字　　数	201,000 字
版　　次	2016 年 10 月第 1 版　2016 年 10 月第 1 次印刷
定　　价	38.00 元

如发现印装质量问题，请直接与印刷厂联系调换。
购书热线：020－37604658　37602954
花城出版社网站：http://www.fcph.com.cn

目 录

叫 我 女 王 大 人

第一辑

对自己下得了毒手

李清照：一切从门当户对开始 …………………… 002

班昭：她给后妃上礼仪课 …………………… 005

谢道韫：她身后，众神喧哗 …………………… 010

甄嬛：在宫斗中成熟的斗战胜佛 …………………… 014

卓文君：挑男人就是场豪赌 …………………… 018

无盐：美女间谍时代的丑女人 …………………… 021

花蕊夫人：亡国命运的预言者 …………………… 024

严蕊：娱乐生涯原是梦 …………………… 027

上官婉儿：管不住自己的欲望 …………………… 031

薛涛：女发明家的红颜知己生涯 …………………… 036

红线：美女蜘蛛侠 …………………… 039

文成公主：最后一个滥竽充数的公主 …………………… 042

蔡文姬：海归出名也趁早 …………………… 045

述律皇后：对自己下得了毒手 ⋯⋯⋯⋯⋯⋯⋯⋯ 048

林四娘：婀娜将军的制服诱惑 ⋯⋯⋯⋯⋯⋯⋯⋯ 051

聂隐娘：武侠小说的鼻祖娘娘 ⋯⋯⋯⋯⋯⋯⋯⋯ 054

武则天：娇滴滴地伤天害理 ⋯⋯⋯⋯⋯⋯⋯⋯⋯ 057

李香君：青楼皆为义气妓 ⋯⋯⋯⋯⋯⋯⋯⋯⋯⋯ 061

羊皇后：谈一场倾城倾国的恋爱 ———— 066

李师师：宁当交际花，不当妃子 ———— 070

赵飞燕：花开在这么龌龊的地方又能怎么办 ———— 075

赵飞燕姐妹：她们都热爱男人 ———— 079

贾南风：不是在玩弄权术，就是在玩弄男人 ———— 082

吴绛仙：看脸的时代怪谁呢 ———— 085

鱼玄机：情欲世界的女皇 ———— 088

夏姬：资深美女的身体与政治 ———— 093

杨贵妃：倾尽一个国家的衰亡，

　　　　也换不来爱情 ———— 096

齐文姜：艳星洗底记之从荡妇到军事家 ———— 100

胡皇后：好色一代女 ———— 103

胡太后：多情而贪权，她毁灭了一个国家 ———— 107

第三辑

迷失自己等于爱上寂寞

王宝钏：自动降低生活水准的十八年 …… 112

卫子夫：如何追逐皇帝的爱好和趣味 …… 116

崔莺莺与杜丽娘：哪个更接近爱情 …… 119

韦固：千里姻缘一线牵，不服不行 …… 122

平阳公主：迷失自己等于爱上寂寞 …… 125

李夫人：不爱你备受摧残的容颜 …… 128

红绡：唐朝黑人帮她找情人 …… 132

红拂：最豪迈的风尘三侠 …… 135

李千金：一见钟情的次序问题 …… 139

莘瑶琴：美女们都嫁给了谁 …… 142

二乔：生如夏花不长久 …… 145

陈妙常：佛从来不在她心中 …… 148

虞姬：不知稼穑的歌舞姬的天鹅绝唱 …… 152

孟母：浑身都是母性 ···················· 155

独孤皇后：醋海翻波，浪里咯浪里咯浪 ···················· 158

叶限：辛德瑞拉的美貌崇拜和善良崇拜 ···················· 161

董小宛：沙龙女主人也要归宿 ···················· 164

祝英台：爱情的尽头是殉情 ···················· 168

第四辑

一个狐狸
精的诞生

妲己：一个狐狸精的诞生 ⋯⋯⋯⋯⋯ 174

褒姒：笑的成本太大了 ⋯⋯⋯⋯⋯⋯ 178

樊素与小蛮：目送无良诗人泡妞 ⋯⋯ 181

节妇：把美好青春献给了一百枚铜板 ⋯ 184

冯小怜：当白痴皇帝遇上玉体横陈 ⋯ 187

安乐公主：脏唐乱汉中的豺狼当道 ⋯ 190

孙寿：即使杀过无数的人，也要娇羞无力 ⋯ 194

张丽华：当不好皇帝和妃子，就是种渎职 ⋯ 197

吕后：心肠不是一天黑起来的 ⋯⋯⋯ 200

张嫣与上官氏：处女皇后和少女太皇太后 ⋯ 204

郑袖：异性是她们成功的参照系数 ⋯ 209

潘贵妃：皇帝卖猪肉，妃子步金莲 ⋯ 212

徐贵妃：明目张胆地羞辱皇帝 ⋯⋯⋯ 215

朱熹与二程：谁有资格扔石头 ⋯⋯⋯⋯ 218

阳羡书生：他们都热爱轻佻 ⋯⋯⋯⋯⋯⋯ 221

第五辑

别在感情的乌托邦里自讨苦吃

秦香莲：弃妇幻想曲 —————— 226

孟姜女：完美的苦情戏女主角 —————— 229

刘兰芝：抛弃女人的是另一个女人 —————— 232

白娘子：天仙配傻蛋，美女嫁给负心汉 —————— 235

绿珠：钻石王老五之死 —————— 239

步飞烟：偷情有风险，淑女须谨慎 —————— 242

高阳公主：少女抒情时代的终结 —————— 245

萧观音：被色情诗害死的皇后 —————— 248

冯小青：自恋者上天堂 —————— 251

朱买臣妻：好女十八嫁 —————— 254

傅皇后：她嫁给了皇帝的男宠 —————— 257

寿宁公主：金枝玉叶的性压抑 —————— 260

陈圆圆：一个女人站在三个男人的三岔口上 —————— 263

甄氏：忧伤美学的灵感女神 ⸺⸺⸺⸺⸺ 267

霍小玉：在感情的乌托邦里自讨苦吃 ⸺⸺ 271

解忧公主：不幸做了国家的药渣 ⸺⸺⸺⸺ 274

后记 ⸺⸺⸺⸺⸺⸺⸺⸺⸺⸺⸺⸺⸺⸺ 277

一将功成万骨枯，当上皇后难免死个把人。况且，在内宫不是你吃了我，便是我吃了你，谁不是一双素手，娇滴滴地干着伤天害理的事呢？

第一辑　对自己下得了毒手

一切从门当户对开始

　　钱钟书在《围城》里调侃，夸一个女人有才华，等于夸一朵花有白菜的斤两，然而这种刻薄是不作数的，他老婆杨绛不就是一朵有萝卜斤两的鲜花吗？大凡男性足够出色的时候，都愿意找一个跟自己才华相匹配的女子，花瓶是待不久的。看好莱坞大片久了，以为有什么麻雀变凤凰或者曼哈顿女佣这样的美梦，其实现实中美国的联姻都是：哈佛 MBA 娶了耶鲁法学院硕士，达特茅斯商学院特优生嫁给伯克利加州大学的特优生，生化学家的老婆基本上就是考古学家，你甚至可以从他们刊登的结婚启事中嗅出双方的大学成绩。一切都从门当户对开始。

　　从前教科书带着我们痛骂包办婚姻制度，骂是骂得痛快，可现在想一想，自己孤独地在情海里打滚十来年，到头来带不走一片云彩，又有什么好，简直恨当初爹妈没有给我们指腹为婚了——起码他们相中的人都是根正苗红有正式工作无不良嗜好的。在不想为自己负责的时候，是很想偷个懒，让别人代劳的。

　　现在还没有足够的材料说明李清照和赵明诚成亲，是自由恋爱的结果还是父母指定的缘分，或者是两者兼有之，但李、赵无疑是中国文学史上最美好的一对夫妻。李清照是散文家兼礼部员外郎李格非的女儿，而赵明诚是两度任宰相的赵挺之的儿子，他比李清照大三岁，年纪轻轻就做太学生了，二十岁时即潜心搜蓄金石书画，满满装了十余大屋。李清照对这一时期的乡居生活非常满意，"甘心老是乡矣"。她把自己的居室称"易安室"，自号"易安居士"。赵明诚为李清照的画像题词："佳丽其词，端庄其品，归去来兮，甚堪偕隐。"就是那种"淹然百媚"吧。夫妻俩在山东青州故第闲居时，一起校勘书籍一起品评书画一起整集签题，两人还喜欢打赌，赌某事在某书某卷第几页第几行，猜中的先喝茶。往往赢的人就乐得人仰茶翻了。

一年的重九，李清照填了一阕"醉花阴"词，寄给赵明诚。赵明诚接到这阕词后，竟闭门数日，穷三日夜之力，填了五十阕，把妻子的那一阕也抄杂在里面，也不写清作者，拿去给好友陆德夫品评，陆德夫玩诵再三，以为有三句最佳，"莫道不消魂，帘卷西风，人比黄花瘦"。这三句正是李清照所作。明诚自此以后，对妻子甘拜下风。李清照是千年不世出的天才，输给她没有什么可羞愧的。难得的是赵明诚心胸坦荡，还把妻子作为他的骄傲。

这一对，看起来就像是神仙眷侣。和赵明诚一起，李清照是他的酒朋诗侣，是他的知交挚友，琴瑟和谐，不是不快乐的。李清照也有过少女情怀，倚门回首，却把青梅嗅。

但这些佳话，不过是李清照生活中的碎片而已。破坏佳话却是现实世界最喜欢玩弄的伎俩。赵明诚不仅蓄养侍妾和歌伎，而且二人无子，聚散无常，这就在感情上生出了许多嫌隙；而赵明诚在任江宁知府时预知叛变，却半夜从城墙上吊下绳子弃城逃跑，这种人格污点想必也令敏感的妻子无地自容。

才华固然是对男人的一道门槛，而李清照内心的完满和自足更使她无法让外人走进她的内心世界。李清照的内心是独立的，她只需要一段可以互相酬唱应和的平等的爱情，来释放她的丰盈和美丽。至少在她的诗词与文章里，两人是曾有过相当愉快的一段日子的。

但上帝到底嫉妒了。它给了李清照"国破山河在"的凄凉收场，而且，在他们成亲二十六年之后，赵明诚死在去建康赴任的路上。李清照后来改嫁张汝舟，却所托非人；她冒着坐牢的危险，只求离婚，告发了第二任丈夫（宋法当中，妻告夫，即便是真实的，妻子也得坐牢两年）。虽然她托关系摆脱了牢狱之灾，但毫无疑问，这是一个重大打击。

她当然会好好地活下去，只不过不再快乐罢了。那是一条漫长得没有边际的路，身边每个人都忙忙碌碌恍恍惚惚，喧哗热闹，然而那都不是她的终站。自赵明诚死后，战争、流亡、离婚、官司、无子、贫病交加，仿佛几世千劫过去了，停也停不了。果然是繁华被摧毁，乐极会生悲。看到这样的天才女人心碎，心里还是有点悲凉的。

附　录

李清照：号易安居士，南宋女词人，李格非之女。夫赵明诚为金石考据家。早期生活优裕，夫妇共同致力书画金石的搜集整理、考证鉴别。金兵入主中原，流落江南。赵明诚病死，远走金华依弟，晚景凄凉，曾改嫁，后离婚。清照多才多艺，工诗文，善丹青，词的成就尤高。被誉为"婉约"之宗，在文学史上地位非常高。

叫我女王大人

班昭

她给后妃上礼仪课

每一个热爱潮流的女人都无法忍受落伍的羞耻，尤其像班昭这样聪明绝顶的女人。

那时，还是公元一世纪，两晋那种嗑药的风俗还没流行起来（主要是五石散还未发明出来）；那种披头散发的街头嬉皮，也是两百年之后的名士做派，没女人什么事；而像赵飞燕的皱皱的留仙裙，倒是很波西米亚，但满大街的女人都穿了几十年了；而班昭，好歹也是上流社会的女人，还嫁过人了，总不能还玩朋克或者 Hip-Hop 吧？

班昭望着东观藏书阁的窗外，有点犯愁。明天穿什么进宫呢？

班昭身世显赫，祖父是广平太守班稚，老爹是史学家和文学家班彪，大哥班固编写《汉书》，二哥是投笔从戎的定远侯班超，品位皆不俗。而她自己，花了好多年，孤苦伶仃地泡在史料里，好不容易熬成一个著名的历史学家、文学家、天文学家、数学家。凭着遗产、嫁妆、版税和国家社会科学研究基金的拨款，班昭总算过得很体面。不过，她还有一个隐痛。

东汉流行早结婚。迟嫁虽然有诸般好处，但最可怕的是可能永远也结不了婚，像孟光那样二十八岁还没嫁的要不是遇到了举案齐眉的梁鸿，简直就没法嫁人了。班昭倒是没落伍，十四岁就嫁给了

师兄曹寿。可惜曹寿早死，她年纪轻轻就守寡，又活得特别长，一直活到七十一岁，守寡足足五十年。

这就出现一个麻烦：穿得摩登，又怕人家说自己春心荡漾；穿着古板，又怕街坊笑话。结果，二十来岁的班昭去宫廷给皇后和妃嫔讲课的时候，就出现了一天穿着蕾丝吊带抹胸，一天穿着维多利亚高领硬颈长袍，一天又穿着古希腊的皱褶纱裙，在保守和前卫之间摇摆不定。把那些还沉迷在雅皮、只知画八字眉的嫔妃们唬得一愣一愣的，她们都开始模仿这位小寡妇的打扮了，接下来，整条街上行走的女人，都穿着班昭昨天穿过的衣服；洛阳城门口，有个告示牌：今日，上衣如何如何，下裳如何如何。每日更新。班昭又泯然众人矣。郁闷，巨郁闷。

终于有一天，班昭豁然开朗：要想走在时代的前列，就要玩颠覆，不能不痛不痒。前代的飞燕姐妹提出了"一杯水主义"，还爱换妻、"蕾丝边"，风靡全国，一度是"东方流行教主"；她就反其道而为，发明了一系列性冷淡的服饰，行走时纤尘不动，行动处波纹不兴。配合这次时装发布会，她写了一本理论指导的书，叫作《女诫》，与服装捆绑销售。这样一来，凡是要买她的系列服饰的女人，或是想把这套衣服送给女朋友的男人，都得背诵出《女诫》的内容。凡是背不出"三从四德"，背不出"生男如狼，犹恐其尪；生女如鼠，犹恐其虎"，背不出"夫有再娶之义，妇无二适之义"，背不出"清闲贞静，守节整齐，行己有耻，动静有法"等的，就不得购买。因为每款都是限量版，所以一时之间，《女诫》的盗版非常猖獗，女人们唯恐背不出来下次已绝版了。

班昭躲在帷幕后偷偷地笑。每套衣服上都有一个"贞"字LOGO，她们总是装作不在意地把这个LOGO露出来，意味着穿衣的女人已经熟知《女诫》了。就像今天许多女人都有一颗 LV 的心一样，那时的洛阳，以及全国各地，每个女人都有一颗"女诫"的心。班昭取得了巨大的商业成功，迅速取代了飞燕姐妹时尚先锋的地位。

不久，班昭被汉和帝称为"曹大家"，大概和称杨绛为"杨先生"、宋庆龄为"宋先生"等同。

没想到单身也可以这么有成就，班昭被自己感动了。她历经六代君王的兴衰更替——光武帝、明帝、章帝、和帝、殇帝和安帝，还见识过马皇后、窦太后与邓太后不同的行事风格。这个《女诫》得以传播，也是因为班昭有相当的政治地位。时值邓太后独揽大权，垂帘听政，班昭以师傅之尊得以参与机要。她七十一岁的时候去世，"女诫系列"换了一个首席设计师，结果衣服卖得很差，被后来宽袍大袖的波普风格取代了。但书就一直流传下来了，以至于后世只知其书，不知其衣。

此后一系列的《女史箴》《女则》《女孝经》《女论语》《内训》《闺范》《女学》等跟风之作，都再也达不到《女诫》这样的销售奇迹了。

其实，班昭做的是一套，提倡的是另一套；她是经常旁观权力核心的人，是有理想有抱负的人，是可以参政议政的人，不仅有极高的才华和能力还长袖善舞——可是，她却发表社论禁止别的女人这么做。

鉴于班昭的影响力，后面两千年的女人都搞得像修道院的修女一样凛冽和严肃。她也一脸无辜：在她的那个时代里，她是前卫的，她一心想匡扶淫逸的社会风气，又想减熄后宫女权贵们的夺权之心。我这可是好德行啊。要怪，就怪后人好了。

班昭：字惠班，一名姬，东汉女史学家、文学家。班彪之女，班固之妹，家学渊源，高才博学，能文能赋。班昭本人常被召入皇宫，教授皇后及诸贵人诵读经史，宫中尊之为师，著名学者马融、郑玄都是她的学生。班昭十四岁嫁给同郡曹世叔为妻，被称为"曹大家"。班昭帮她的哥哥班固完成了中国的第一部纪传体断代史《汉书》的写作，还写就了中国第一部完备的女性规范《女诫》，产生了极深远的影响。班昭年逾古稀而逝，皇太后为她素服举哀。

—— 谢道韫 ——

她身后，众神喧哗

觉得郁闷的时候，不妨读一读《晋史》；偷懒的时候，不妨读一读《世说新语》。那些名士风流，狂狷有之，潇洒有之，不羁有之，听得女人们直流口水，恨不得嫁个五六七八个才好，能拍拍拖也是好的呀。

其实，两晋也有女名士。东晋某年的冬日，大雪纷飞，谢安转身问侄子谢玄："白雪纷纷何所似？"谢玄毫无诗意地答："撒盐空中差可拟。"其妹道韫聪明，随即口占一句："未若柳絮因风起。"这时候，道韫才不过七八岁，十足的小人精，完全碾压其兄。

另一次，谢安问她："毛诗（即毛苌版《诗经》）何句最佳？"谢道韫答道："吉甫作诵，穆如清风。"要知道，吉甫就是周朝的贤臣尹吉甫，帮助周宣王成就中兴之治；诗中可是很有政治抱负的。很难理解一个小姑娘，为何有这种雅人深致。

后来，谢道韫嫁给了王家的王凝之。王凝之禀性忠厚，文学造诣极深，草书隶书也写得很好，看起来仿佛是金童玉女。在王家，谢道韫也不落俗套。一次，小叔子王献之舌战群儒，终于力不能敌。谢道韫端坐在青绫幕帐之后，引经据典围绕王献之的主题进一步发挥，立意高远，从容不迫，理直气壮，客人词穷而甘拜下风，大有泰山崩于前而色不变的气概。

后来，贼兵孙恩造反，杀到门前，她的丈夫王凝之还在求神拜佛，结果，由于毫无防备，贼兵长驱直入，王凝之及诸子都被贼兵杀害了。谢道韫早已训练婢仆们执刀仗剑，组成一支小小的突击队伍，乘乱突围出城。她横刀在手，乘肩舆而出，冲到大街上，虽勇而力不能敌，成了贼兵的俘虏。

孙恩要杀掉谢道韫的小外孙，谢道韫厉声地喝住了。孙恩早慕她之名，见她义正词严，不免大为心折，于是改容相待，不但不杀她的小外孙，而且命属下善加保护，送她安返故居。在此兵变之后，谢道韫寡居会稽。

此时，谢已年逾五十，常在堂上设一素色帘帏，端坐其中，其他人在堂下听其侃侃而谈，实际上谢道韫担当了传道解惑之责。当时的会稽太守刘柳专程到她家求见，谢道韫久闻刘柳的才气，粉黛不施，素衣素袍，坦然出来和刘柳相见。两人惺惺相惜，相互敬服。

谢道韫聪明机敏、才学过人、勇敢果断，而且品位高雅，见识不同，我心目中的十全十美也不过如此了。

但是，且慢！一介女流是如何修炼出这种气度的？事实是，晋代极讲究身世种姓，谢道韫的联姻，连接了王、谢两家最显赫高贵的门阀。她身后，是一众成佛成仙的牛人，她就生活在一个极品的"牛棚"（牛人之棚）里，耳濡目染，难免周身都是仙气了。

她的父亲是安西将军谢奕，风流了得，大枭雄桓温就对谢奕极其欣赏。一次，谢奕喝高了，追着桓温喝酒，桓温不胜酒力躲到自己内室，不料谢奕不依不饶，追过去逼着桓温把酒喝完，结果自己先醉倒在他们家的床上睡了整整一天。

她的叔父谢安，以清谈出名，不愿做官；后来家道中落，便东山再起，官至宰相；还曾挫败桓温篡位，是淝水之战的总指挥。此人临危不惧出了名。淝水之战时，他端坐家中与人下棋，前方捷报已到，他不动声色，一直端坐把棋下完。

她的叔父西中郎将谢万，手握重兵，威震一方，一直刻意模仿谢安的风度；曾与谢安一同参加兰亭雅集。

她的亲哥哥谢玄，是史上著名的淝水之战中的主帅，八万人把骄狂不可一世的大秦天王苻坚的百万人马打得落花流水，满地找牙。

她的（堂）兄弟中，有封（谢韶）、胡（谢朗）、羯（谢玄）、末（谢川）四大才子。

她的公公王羲之，超级书法家，也是格调大师，早早归隐了：他常常搞怪，袒腹东床，用字换鹅，又玩曲水流觞，他的《兰亭集序》流芳千载。这样的书法家、艺术家，有人说是五百年才出一个，不对，要我说，我想是一万年。

她的小叔子王徽之，就是那位雪夜访友，到了人家家门口却溜了的妄人，"乘兴而行，兴尽而返"。然而，这样的人脱略形迹，讨人喜欢。

另一个小叔子是王献之，风流为一时之冠，也是个超级书法家。最大的缺点是太尽心朝政，太殚精竭虑，太不注意身体了。

她的丈夫是王凝之，家学渊源，甚工草隶，又先后出任江州刺史、左将军、会稽内史，行止端方……

然"不意天壤中乃有王郎"，谢道韫对她那个懦弱的王凝之并不满意。确实，从王凝之之兵败身亡来看，颇像纨绔子弟和书呆子的综合体，令人遗憾。但幸福本是相对论，她的一点委屈，在世人看来，已经是天使在为玫瑰花的枯萎洒泪了——身在福中不知福。

现代人越来越难有资格被称为大师了，因为我们的身后，没有牛人，只有一些伪神，只好一路平庸下去了。怪谁呢？

附 录

谢道韫：魏晋时期才女，其父是晋安西将军谢奕，其夫是江州刺史王凝之。她自幼聪识，有才辩。在东晋士族中王谢两族是北方最大的士族：谢安以军功和才能立身，王导则以中庸安命，王谢间明争暗斗，但毕竟盘根错节，才女谢道韫成了书圣王羲之的儿媳，王凝之之妻，也正所谓门当户对，才女配才子。

甄嬛

在宫斗中成熟的斗战胜佛

历史上并没有甄嬛这个人，但是并不妨碍这个虚构的妃子拥有超高的人气。

甄嬛，雍正的妃子，开始的时候，她只想做个安静的美少女，在后宫中保全自己。不过，雍正看上了她，她便和好姐妹眉庄、陵容一起，成了皇帝的宠妃。事情当然没有这么简单。后宫中，其实有两派：一派是华妃，年羹尧的妹妹，她深爱皇帝，亦恃宠而骄，负责协管六宫；一派是皇后，不太受宠，性格软弱，总是被华妃打压。除此之外，还有若干位有一定年资但游离于纷争之外的妃子。

华妃看到甄嬛成为冉冉升起的第三方势力，开始百般打压，甄嬛的好姐妹们亦受到各种陷害，甚至还有无辜的小妃嫔被华妃杀死。我们美丽的嬛嬛，终于奋起反抗了。她取媚于皇上，团结一切可团结的力量，包括姐妹、宫女、御医、太监、官员和贵族夫人等，终于扳倒了华妃。

其实，这个过程，也是甄嬛自我成长的过程，她由一个向往爱情的少女，变成了一个沉着应战的猎手。爱情？也还是有的，她看着皇帝，还是爱意盈盈，不乏女孩的娇羞，只不过，已接受了皇帝是要和别的女人分享这个事实。

不过，命运没那么轻易放过她。华妃的死，已经让甄嬛兔死狐悲，也让她感受到皇家的无情无义；结果还没完，一直躲在华妃身后的小白兔——皇后娘娘，扑出来撕咬她了。皇帝的翻脸无情，瞬间让甄嬛彻底心死。她这才明白她和姐妹们所承受的苦难，皆是男人所操纵的罪孽。

　　甄嬛生下了女儿之后，请求出宫。在宫外，和十七阿哥果郡王产生了爱情，并珠胎暗结。结果，却传来了果郡王身死异乡的消息，与此同时，她的父母亦身陷囹圄。为救家人，甄嬛只能设计回宫，并把腹中胎儿假托为皇帝之子，被册封为妃。

　　此时，甄嬛的斗争对象，变成了比华妃阴险得多的皇后。

　　其实，宫斗戏近年来已不是一个新鲜的剧种，《金枝欲孽》之类的作品已经把后宫的钩心斗角、互害互损描摹得相当透彻了。宫斗这种东西，有一个相当刻薄又极为准确的说法：一群女人，动用所有资源和所有能量来自相残杀，不过是为了争夺同一个男人的生殖器。

　　一旦想明白了这点，你很难不对历史中和文学作品中浩如烟海般的女性间的战争，感到厌恶、恶心，以及深深的绝望。失败者或许悲惨，成功者也谈不上什么光荣。女人，再美好的女人，就算爬到最高的位置，也就只配这点出息了吗？

　　如果仅止于此，甄嬛，也不过是一个在宫斗中渐渐磨砺、成熟的斗战胜佛。但甄嬛在自请出宫、重新回宫之后，她的表面对手是皇后，真正的对手却是皇帝。此时的甄嬛，化上了最重的眼妆，抹上了最暗的口红，对皇帝已没有任何感情，只是利用他来保护自己。最后，她不仅剪除了皇后及皇后的党羽，更把这位皇帝——她所有不幸的最终缔造者，缓慢而不着痕迹地杀死了。

也只有此时，当上了太后的甄嬛在后宫中才终于有了一点自由。

至少，《甄嬛传》没有让一群女人出尽百宝地围着一个充满魅力的帅哥皇帝，假装那是爱情，假装那是高潮的呻吟。从甄嬛的眼中，我们看到了一个极其残酷的暗黑世界，以及在黑暗中操纵着女人们互相厮杀的皇帝。

对于这位曾笃爱过皇帝的少女来说，她是一路踩着自己淌血的心练级上去的，想必，对得到的成功，她未必有多快乐。

—————————————— 附　录 ——————————————

《甄嬛传》：流潋紫小说，已是神级畅销书，2012 年被郑晓龙翻拍成 76 集的电视连续剧播出，孙俪主演。该剧一跃成为现象级作品，并且捧红了多位演员。该电视剧在剧情设计、细节安排、演员选择上，以及场景、服饰、布景方面，都堪称里程碑作品。剧中描述了甄嬛如何先扳倒华妃集团，再扳倒皇后集团，最后扳倒皇帝本人的过程，每个人物都符合其自身逻辑，性格鲜明，深刻地挖掘出人性的黑暗。该片亦引领了新一波的古装潮流。

——卓文君——

挑男人就是场豪赌

　　眼看着这一届的美国总统选举，希拉里已经以总统候选人身份在拉选票了。我更感兴趣的是年轻时候的希拉里。那时，她还在耶鲁法学院，还很年轻，也不算很漂亮，但是，"在人群中，希拉里一眼就抓住了他"。这个他，就是克林顿。果然，后来这个男人让她成了美国第一夫人。

　　至今还有人对这一对政治明星的结合不以为然，尽管希拉里在公众面前一再强调"我还爱他"。因为掺杂了太多理性和利益关系的不应叫作爱情，不该被祝福，何况她的夫君还有污点。不过，扪心自问，自古至今，有多少爱情完全是不顾一切丧失理智的？果真王子爱上灰姑娘、罗密欧爱上朱丽叶，那才往往是被噩梦诅咒的呢，没一个有好结果。

　　只有像卓文君等很少的几位才有这种幸运，有最坏的开始又有最好的结局，有点像"王子和公主从此过着幸福的生活"。

　　卓文君生在汉代这个颇为舒朗的时代，又生在四川临邛巨贾卓王孙之家，金山银山地养着，又长得非常漂亮，眉如远山、面若芙蓉，通晓琴棋书画，十七岁便出嫁了。看起来，多像童话里的公主。可惜，半年之后，她便因丈夫去世返回娘家。

这时候，一个贫穷的小子做客卓家，用那把著名的"绿绮琴"弹唱那首著名的《凤求凰》，把这个十七岁的小寡妇内心撩拨起来了。卓文君不管不顾，半夜三更就夜奔他去了，第二天索性双双跑到这个穷小子的成都老家。当然，我们都知道这个穷小子就是西汉有名的才子司马相如。可是那时的卓文君还不知道啊，她只顾得上收拾司马相如那个家徒四壁的烂摊子了。

司马相如豪情不减，典衣沽酒，今朝有酒今朝醉；卓文君也荆钗布裙，风风火火开始新生活。几个月后，他们干脆卖掉车马，回到临邛开了一间小酒家。卓文君淡妆素裹，当垆沽酒，司马相如更是穿上犊盘鼻裤，与酒保用人一起洗盘子，忙里忙外地跑堂。

卓文君是一个罕见的女人，居然不慕虚荣，司马相如也是一个罕见的文人，居然一点都不自卑，一点都不羞愧。这对才子佳人开的小酒店远近闻名，门庭若市，逼得好面子的卓王孙不得不分给他们童仆百人，钱百万缗，并厚备妆奁，接纳了这位把生米已经煮成熟饭的女婿。从此这对小夫妻又过上了整天饮酒作赋、鼓琴弹筝的悠闲生活。

这时，司马相如写下的《子虚赋》《上林赋》才华四溅，好大喜功的皇帝惊为天人，拜司马相如为郎官，后来又再拜其为中郎将。司马相如衣锦荣归，着实让岳父卓王孙风光了一把。

中国的古典文学永远都是"私订终身后花园，落难公子中状元"，看来这个恶俗的传统是以卓文君和司马相如为蓝本的。说着"慧眼识英才"的爱情佳话，其实一看就知道是觍着脸的政治投资。看看诸多戏文，女人舍身割肉地供养着男人读书，哪里是追求爱情，倒像是伯乐当了裤子去赌马。既然是赌，肯定有输有赢，《琵琶记》《西厢记》里赵五娘、崔莺莺赢了，终于赢得她们的丈夫，秦香莲输了，让天谴劈死了她那负心的状元郎……但，不管结果如何，被动地承受了许多无中生有的苦难，总是有点怆然的吧？

中国传统道德向来有一种"目标正确论"，所以常常为了名分、名声而放弃现实生活。所以对古代历史上的苦女人，我一般很难同情。以前的人就是活得太累了，老被道义绑架，导致一辈子都不知道什么是自我。

从来未见记载卓文君对丈夫功名的渴求，倒是看出她非常会享受和司马相如在一起的不同生活形态。在司马相如年逾知命的时候，这个凡人想娶妾了，卓文君忍无可忍，作了一首《白头吟》，说道："皑如山上雪，皎如云间月，闻君有两意，故来相决绝……"卓文君"愿得一心人，白首不相离"的指斥，让司马相如回心转意了，两人白首偕老，安居林泉。

还记得多年前有一个关于希拉里的笑话：在高速公路上，克林顿夫妇的汽车抛锚了，当加油站的工人来帮他们的时候，希拉里悄悄说："比尔，他是我的初恋情人。""幸好你没嫁给他，否则你就成不了第一夫人了。""不，要是我嫁给他，他就是总统了。"希拉里冷静地答道。

附　录

卓文君：事见《孤本元明杂剧·私奔相如》，清袁于令《肃霜裘》传奇。汉时，司马相如不得志时，在临邛富户卓王孙家操琴。才貌双全的卓女文君十七岁新寡，司马相如仰慕文君，借琴音倾诉心曲，二人订盟，因卓王孙不允，文君遂偕相如私逃，返回家乡当垆卖酒。后来相如献《子虚赋》，汉武帝拜为中郎将，卓王孙献金相认。

叫我女王大人

无盐

美女间谍时代的丑女人

才华和见识经常是被逼出来的。

春秋时期的无盐，就是以见识高远而有名的。她本名叫钟离春，生于河北无盐，长得奇丑，臼头深目，长指大节，卯鼻结喉，肥项少发，折腰出胸，皮肤如漆，声如夜枭，令人望而却步。所以，她年过四十了，不但流离失所，甚至无容身之处。

四十岁，古代的女人这把年纪都当上奶奶了。之所以刻画出这一个丑得令人胆寒心惊的女子，就是抚慰普通的人，让你以为，她都能做到，我至少比她好看，凭什么不行？

其实，这些其貌不扬、发展平凡的女孩子，看似无野心，然而，她们最能花精力、时间去思考。当别的民间女子开始花枝招展、涂脂抹粉的时候，她闲着；当别的女子勤奉箕帚侍奉公婆的时候，她闲着；当别的女子围着孩子转、跑、跳的时候，她闲着。人家需要整天想着捕获男人、讨好男人、跟别的女人互相斗法，可是她不需要。但，长得不美，并不代表笨啊，她们只是把别人用在男人身上的时间用在别的地方。明成皇后三年都没人搭理，只好潜心念书，终成一代明主——钢铁就是这样炼成的。

无盐不是聪明，而是明智。这些学识的修养、事理的观察、道德勇气的培养，是数十年培养出来的。

这天，无盐鼓足勇气，前往临淄求见齐宣王。无盐见到齐宣王，大言不惭地说："倾慕大王美德，愿执箕帚，听从差遣！"

我猜想，如果无盐是一个美女要进谏的话，那她的机会就太渺茫了。春秋各国，什么都不怕，就怕特工。那时太自由，没有户口政策，人员流动随意，三天两头都会有了不得的人才千里投奔：不要，怕错过；要了，怕睡不着。这里头，有三分之一是诚意投靠，三分之一是间谍，另外三分之一是双重间谍。其中，以美女间谍最危险，一旦中计，就等着被敌国熬成药渣吧。所以，齐宣王见美女自荐，就怀疑人家没安好心，是有背景的人，通常一斩了事。但无盐长得实在是太丑了，不可能是做间谍的料。

齐宣王见了无盐，禁不住哈哈大笑。无盐一本正经地说："大王，您太危险了，太危险了。"齐宣王令她说说。无盐抬眼四顾，咬牙切齿，挥手抚膝。大家都愣了，不解何意。无盐才卖着关子说：

"抬眼是看四周烽火。自孙膑用兵魏国以来，王自傲，却忘了秦兵不日必出函谷关。咬牙切齿是代王张口纳言，不绝谏阻之路。诸大臣屡次陈章而不能用，齐国必亡。挥手是代王去除奸佞；抚膝是代王拆除奢靡的渐台。王啊，不深谋远虑，齐国何以强大？人民何以为安？无盐言尽，得罪于王，愿正死以明天下。"

齐宣王一听大大称奇。在无盐的连哄带骗之下，还娶了她，并把她立为王后。在无盐的指教之下，齐宣王下令拆除渐台，罢去女乐，斥退谄佞，摒弃浮华，励精图治。后来任用田忌、孙膑等大将，齐国成为实力最强的"千乘之国"，临淄成了战国时期的文化中心。

无盐成了齐国的标志、符号、象征，也是齐宣王的贤内助、老师、臣子。后来齐闵王也依样画葫芦，娶了另一个超级丑女宿瘤，号称"以德治国"。可惜宿瘤死得早，未能帮他一展宏图。而像黄帝、许允、诸葛亮、梁鸿这些帝王或名流，都娶了史上有名的无貌而有德之妇。

常听说"红颜薄命"，其实，不是红颜命更薄。因为大美人的人生会让人哀怜，而普通女人如何生如何死，根本没有人关心，连一句嗟叹都不会有。无盐的名声，其实是建立在后世的加工和修补之上的佳话。就算她能得到尊贵地位，未必能得到个人快乐。同理可见晋武帝司马炎娶进宫的女诗人左棻，官封贵嫔，因为才华而娶，但终究嫌人家长得不好看（她哥哥、文学家左思，也很丑），完全无宠，身世凄凉。无盐能是例外吗？

但并非不美貌就没有灵魂生活，没有精神向往。至少，披着才华的外衣，她们就可以到更广阔的世界；外表，只是命运馈赠的鲜花，而不是命运本身。

附　录

钟离春： 战国时齐宣王之后，河北无盐县人，人称"无盐"，是中国历史上有名的四大丑女之一。传说中，她四十未嫁，极丑无双，有才华，有见识。后自谏于齐宣王，被礼遇，封为后。她给了齐宣王当头一棒，诤诤谏言使齐宣王幡然醒悟；她尽心尽力的辅佐使齐国国力大增，一时成为"千乘之国"。事见《续山东考古录》卷七及《列女传·齐钟离春》。

亡国命运的预言者

　　花蕊夫人也不知自己开罪了哪方神祇，她预知以后的一切，可是没有人相信她。她的老公是后蜀的国王孟昶，她则是这个享乐主义者的宠妃。人人都觉得花蕊夫人有点神道，但孟昶不介意。花蕊夫人的天生异禀，在他看来，就是有风格、有个性。

　　此时，花蕊夫人已经看到，后蜀完啦，要亡国啦。这种预感十分奇怪，或者，她是个先知吧。其实，她长得那么美，美得不寻常，"冰肌玉骨，自清凉无汗"，这是苏轼对她的表扬。

　　你知道，女人的愚蠢就是太喜欢暗示，她总是以为，爱她的人就应该是她肚子里的蛔虫，一定都会听得懂她的隐语。花蕊看到舞女李艳娘梳起"朝天髻"，孟昶亲谱《万里朝天曲》，心里一惊：

　　"达令，这不是什么好兆头呀，这就是说咱们要前往汴京向宋朝大国归顺啊。"

　　孟昶回答说："亲爱的，这是万里来朝的佳谶啊，你不懂。"

　　花蕊夫人也曾省下后宫的开支当作军费，可惜孟昶说："达令，我们天府之国，怎么会打仗呢，再说，你们的脂粉钱，够干吗的？"

　　花蕊夫人在安逸中滋长，在忧郁中飘忽。她苦恼没有人相信她的亡国悲音，因为处处歌舞升平。孟昶在摩诃池上建水晶宫殿，用楠木为柱，沉香作栋，珊瑚嵌窗，碧玉为户，四周墙壁，不用砖石，用数丈开阔的琉璃镶嵌，连溺器都是用七宝镶嵌而成，快活着呢。忧心忡忡的花蕊只好写下了"屈指西风几时来，只恐流年暗中换"，暗示：总有一天好日子会过完的。

这一天终于到来啦。

就在孟昶依然醉生梦死之时，宋太祖赵匡胤"黄袍加身"，并命忠武节度使王全斌率军六万向蜀地进攻，十四万守成都的蜀兵一溃千里，孟昶自缚出城请降。孟昶与花蕊夫人被迫前往汴梁。

赵匡胤久闻花蕊夫人"冰肌玉骨"，赏赐了孟昶及其家人，以期见花蕊夫人。

不知道见面之后，发生了什么情感纠纷，反正，七天以后，孟昶暴死，孟昶之母也绝食而死。

太祖把花蕊夫人留在宫中侍宴，要她即席吟诗，花蕊夫人吟道：

"君王城上树降旗，妾在深宫哪得知。十四万人齐解甲，更无一个是男儿。"

宋太祖因为她的才华和气骨更加倾慕她，不久封她为贵妃。

可惜，她并没有安稳地做这个贵妃。后来，花蕊夫人被太祖的弟弟赵光义在狩猎场一箭射死了；而这个人，几年之后，篡了赵匡胤的位。

我感觉，花蕊夫人也对此早有暗示。她在房间里挂了一幅男子画像，说是送子神仙张仙的画像，所以，后世就把张仙手里挽的那把弓视为生殖崇拜的象征。这是第一重表象。而实际上，这位男子是孟昶，她还在怀念那个治国无能却品位奇高的前夫。这是第二重表象。但更重要的是，花蕊夫人用图中的弓来暗示，自己将会被弓箭射死，而这个人将会弑君。好复杂的隐喻啊。

可是，女人心，海底针，赵匡胤怎么能听得懂啊，还以为花蕊夫人想给自己生娃呢。

一切都应验了。

我讲这个半虚构半真实的故事，是因为想到特洛伊的公主卡珊德拉。她是祭司，阿波罗的祭司。阿波罗爱上她，她不从，阿波罗就下了咒语："你所预言的一切都是真的，可是永远没有人相信你。"于是大家就看着卡珊德拉永远睁着一双巨大的眼睛，里面装满了惶恐和不安，时时等着悲剧降临。卡珊德拉当然知道自己嫁给阿喀琉斯之后会被他的妻子杀死，她却没办法逃避；因为这就是命运。花蕊夫人也一样，后蜀也一样。你以为，君王孟昶励精图治了，在狼群的包围当中的后蜀就不会亡吗？你以为崇祯帝号称最勤奋的皇帝，大明就能江山永固吗？你以为你乖乖就范，就不会死于野心家赵光义之手吗？

有时，我们所做一切逃避命运的努力，只是为了向我们注定的命运靠近一步而已。

附 录

花蕊夫人：五代蜀主孟昶慧妃，本姓费，四川青城人，精通诗词，以才貌兼备而得宠。昶荒淫，信用奸佞，宋太祖赵匡胤遣兵征蜀，蜀兵败，孟昶偕夫人入京，受封。后昶死，赵匡胤纳夫人为妃，郁郁而死。其死有多种猜测与说法。世传《花蕊夫人宫词》100多篇，《全唐诗》归属于孟昶妃。另一位花蕊夫人是前蜀开国皇帝王建的妃子徐氏，成都人，宫号为花蕊夫人，后封顺圣太后。结交宦官卖官鬻爵，后唐庄宗乘机灭掉前蜀。这位花蕊夫人是不值得称道的。

叫我女王大人

娱乐生涯原是梦

现在的娱乐圈越来越好混了。做歌手可以五音不全，当演员可以两眼无神，做艺人可以长得歪瓜裂枣，是个人摆在镁光灯下扑点粉、加个麦克风，就是个名伶了。严蕊若生当此时，一定会叹气。

但是，两宋时期的娱乐圈就没那么轻巧了。她们那时叫歌伎或官妓，首先，得品位高妙。不仅需要经常阅读时尚新锐期刊，还要定期参加临安或汴梁的春秋时装和首饰发布会，最好能时不时去暹罗、大食、波斯血拼；其次，多少得是个美女作家或美女诗人，还要能品评辞藻，出口成诗，文章立等可取；再次，能歌善舞，不能只会对口型，还得兼作词作曲；最后，看男人的品位也要一流，不能抓到篮里都是菜，出得起钱是大爷，那样名声就完了；得挑一些才高八斗、享有清誉的文人学者。至于姿色和媚功，这是从业人员的必备条件，此处从略。

严蕊就是南宋孝宗淳熙年间浙江台州的官妓，是上厅行首，也就是高等妓女。不是不想从良的，但官妓脱籍须经州府里特许，而妓业是江南重要的财政收入，严蕊因为太有名了，引来不少一掷千金的豪客，对台州城的经济发展做出了卓越的贡献，所以官府一直不准严蕊脱籍。严蕊平日里在乐营教习歌舞，作为官妓，也必须无条件地应承官差，随喊随到。但是，官妓又不得向官员提供义务性的性服务：可以歌舞佐酒，然不得私侍枕席。对于妓女来说，这太过吊诡了。聪明绝顶的严蕊就是在这件事上栽了跟头。

因为工作关系，严蕊和当时的知州唐仲友熟识，唐仲友欣赏严蕊的《如梦令》一词，赏以细绢两匹。这时，唐被一些官僚上折子告状了，于是，朱熹出现了。

关于唐仲友与朱熹的恩怨曲直，真是够写几万字了。朱熹时任提举两浙东路常平茶盐公事，行至台州，别人说台州守唐仲友的坏话，他就开始调查。他收集到了唐仲友违法收税、贪污官钱、贪赃枉法、培养爪牙、纵容亲属、败坏政事、仗势经商、伪造钱币八条证据，并将与案件有关的蒋辉、严蕊等人抓获归案。接着，朱熹连着向朝廷六次弹劾唐仲友。其间，唐仲友知道朱熹在查他后，也派人闯进司理院殴打朱熹的手下。但另一方面，吏部尚书郑丙、右正言蒋继周、给事中王信等朝臣又纷纷上章举荐唐仲友，称其为有清望的儒臣。

不管唐与朱两人是非忠奸，其中有一条是跟女人扯上关系的。那就是，唐仲友与官妓严蕊到底有没有私情？

想必，朱熹也有证据："（唐）公然与之落籍，令表弟高宣教以公库乘钱物津发归婺州别宅。"他派人把严蕊抓来，严刑拷打。有野史说，朱熹因为追求严蕊不得而报复，也有笔记说朱熹和唐仲友有利害冲突才想扳倒唐；第一条当然不是真的。但第二条呢，公器与私怨杂糅，很难说清楚。

严蕊就这样被下到监狱里拷打。"杖其背，犹以为伍佰行杖轻"，好可怕。这就牵涉到当时名妓的另一个重要素质了——嘴是否紧。严蕊只说与唐仲友是工作关系，完全不承认有私情。朱熹打得没有办法了。又移绍兴狱中，让狱吏以好言诱供，结果严蕊答道："我

叫我女王大人

出身微贱，即使我跟太守有私情，也不是什么大罪，现在打也打了，我招了拍拍屁股走人就行了。然而事实就是这样，怎么可以随随便便就诬陷士大夫呢，我死也不干。"又一顿好打，几乎把这个小女子打死。

当然，光是从这件事来看，唐仲友就不是什么好东西，严蕊为他挨打地球人都知道了，他也不跳出来说两句。你们一群文人在那里靠着舌头辩论，女人为了你的官衔，都被拷打得死去活来了，还那么心安理得，呸呸。

皇帝宋孝宗看朱熹为了严蕊就赖在台州不走了，闹得太不像话了，让朱熹改官。朱熹满心不高心地走了，来了个岳飞的后代岳霖，为浙东提点刑狱公事。他敬佩严蕊，把严蕊请出来，看她伤痕累累，让她作词自陈。她口占《卜算子》一词：

"不是爱风尘，似被前缘误。花落花开自有时，总赖东君主。去也终须去，住也如何住！若得山花插满头，莫问奴归处。"

岳霖惜才，即日判令出狱，脱籍从良。

这首词，其实是唐仲友亲戚高宣教写给严蕊送别时的一首词，严蕊有机智，用在这里，倒是妥妥的。

一直还有人想知道严蕊的故事，后来，严蕊写了一本狱中回忆录，开篇一句就是："神女生涯原是梦，小姑居处本无郎。"你信，还是不信呢？

附　录

严蕊：字幼芳，南宋初年天台营妓。洪迈《夷坚志》庚卷第十："台州官奴严蕊，尤有才思，而通书究达今古。"周密《齐东野语》称她"善琴弈歌舞，丝竹书画，色艺冠一时。间作诗词，有新语，颇通古今。

善逢迎。四方闻其名,有不远千里而登门者"。事见《二刻拍案惊奇》。历史上确有其人,严蕊确是唐与政最喜爱的营妓,也确与唐有私,但是唐与政没有给严蕊办好脱籍的手续就要求她跟随自己去江西,按律,严蕊要判杖责,这与唐与政无意中的陷害有关。而严蕊的受责,也是缘于朱熹和唐与政之间的政治斗争。

叫我女王大人

——上官婉儿——

管不住自己的欲望

才女向来是一种很暧昧的存在。小有才华的女人常常很压抑，没有什么好命，黛钗就是明证。极有才华的女人一旦混出头来了，就根本不能指望她们能过着符合传统的生活，"不疯魔，不成活"就是此意。

很抱歉，我要抬出一批让人高山仰止的女人了。比如被爱因斯坦赞扬"人格高尚"的居里夫人，在丈夫死后就做了破坏别人家庭的第三者，那些愤愤不平的抗议者在她楼下扔石头示威，差点让她领不了第二次诺贝尔奖；著名女诗人乔治·桑，嫁给杜德望男爵后，就没有停止过一次又一次的外遇，还和肖邦、缪塞、巴尔扎克、李斯特都有说不清道不明的关系；波伏娃尽管和萨特有着为人称羡的终身爱情伴侣关系，可她不仅有自己的情夫，还和丈夫共同分享一个女人；美国二十世纪最出色的女诗人之一伊丽莎白·毕晓普也是双性恋，而且五个恋人里就有两个为她自杀了……男人成功千姿百态，女人成功势必是拼了老命闯出来的，一旦登陆，前面才能捞到一个情欲放纵的大好山河，风流不让须眉。

那个最先说"女子无才便是德"的先人，真乃神人也。因为他们知道，女子一旦有了才能，就不会那么容易被摆布，就不会那么

甘心地成为男人的附庸，就会知道，男人天性中的风流、放荡、情欲、权力欲、操控欲，女人一样也不缺。不鼓吹"女人还是无能的好"，他们怎么能哄骗一两千年呢？

中国历代并不缺乏这样的才女。只不过因为中国的权力场基本集中在宫闱和官场，所以，往往她们的光辉事迹更多地和宫闱争斗挂上钩。

上官婉儿这个好名字，马上让我爱上这个美丽多情、才华横溢的奇女子。多少年后，才知道，此妹固是有才华，却是奸诈阴险，喜欢玩弄权术。

上官婉儿的祖父是上官仪，因替高宗起草废武则天的诏书，被武后所杀，刚刚出生的上官婉儿与母亲郑氏一同当了奴隶。十四岁的上官婉儿曾被武则天召进宫中，当场命题，她文不加点，须臾而成，且辞藻华丽，语言优美，武则天看后大悦，当即下令免其奴婢身份，让其掌管宫中诏命。十九岁的时候，这个小女孩已经是一人之下万人之上了，有"巾帼宰相"之名，漫说文武百官，就是武后的儿子唐中宗也得给她几分面子。

神龙革命后，唐中宗复辟，武则天退位，上官婉儿成为中宗李显的婕妤，官秩三品，不久又进拜为昭容，昭容为九嫔之一，当时在后宫地位仅在皇后之下，上官婉儿从此以皇妃的身份掌管内廷与外朝的政令文告。牛的是，她还能把自己的情夫武三思引荐给韦后。与此同时，她还迷上了美少年崔湜，不时把崔湜召进宫中。

在政治角力中，上官婉儿投入到韦后的势力地图中，与两人共同的情夫武三思结盟，皇帝已经被架空。太子李重俊实在看不过他们权势熏天，派兵杀了武三思父子。上官婉儿设计让皇帝杀了太子。这还不算，韦后和安乐公主母女一起毒杀了唐中宗，把持朝政。

经过这次动荡之后，上官婉儿发现"后党"不一定可靠，给自己留了后路，看到太平公主和李姓宗室的势力大了，上官婉儿又悄悄倒戈到她那边，也忘了夺爱（崔湜）之恨，两个女人还合写了立帝王的遗诏呢。

这些"换妻俱乐部"一样错综复杂的关系，让人觉得迷糊。上官婉儿在宫外买了豪宅，经常与纨绔子弟混于其间，崔湜就是因为与上官婉儿在外宅私通，被推荐为相的。如果再算上传说中的宗室李逸、长孙泰，那上官婉儿的情史就更多姿多彩了。甚至，上官婉儿的黥面也有不同说法：一说与男宠张昌宗私相调谑被武则天发现因而受罚；二说上官婉儿因厌恶武则天的男宠薛怀义对自己的调戏而关闭甬道，致使武则天的明堂因报复被毁，故武则天责罚于她。

别怪我忽略上官婉儿的文学才华和政治韬略，却关注她的情史和政治斗争。因为，她的面貌，就是由种种前朝的政治角力和后庭的宫闱斗争描绘出来的。这也决定了她的下场：上官婉儿虽然已投奔"帝党"，但仍被李隆基（即唐玄宗）兵变杀死了。

只说文学才华吧，她的才华之高，"与其说韩愈、柳宗元开古文复兴气运，毋宁说是上官婉儿早已为盛唐的文学面貌绘出了清晰的蓝图"。她与武则天一样，放在男人当中，也是顶尖人物。

但我不认为如此强大的上官婉儿或武则天，是啥女权主义。她们只不过在掌握了权力之后，复制了男权的路径，秉承与男权者一样的价值观。

上官婉儿又何尝不知道太高人愈妒，过洁世同嫌？可是，太多的权欲、物欲、情欲，她管不住自己啊。

叫我女王大人

上官婉儿：陕州陕县（今属河南）人，唐高宗时宰相上官仪孙女。祖父被杀，上官婉儿被配没掖庭。她聪敏异常，后武则天让其掌管宫中诏命，参决政务，权势日盛。公元705年，唐中宗复位，拜上官婉儿为昭容。上官婉儿与武三思私通，私生活复杂，并先后与唐中宗、韦后、安乐公主、太平公主等不同的利益集团相结合，其权势所至，甚至酿成多次宫廷政变，左右皇帝的废立。公元710年，在唐隆政变之后，上官婉儿亦被诛。其诗文集22卷不存，仅余见于《全唐诗》中。

薛涛

女发明家的红颜知己生涯

世人只知薛涛是一个名妓、一个女诗人，却不知她还是一个发明家。这是一件很委屈的事情。因为中国历史不缺名妓，也不缺诗人，唯独缺发明家和技术工人。可惜前者一般都被记载下来流芳百世，而后者，被视为奇技淫巧。

在唐朝，一块砖头砸下来，十个人里会有三个书法家、四个画家、八个诗人——兼的。艺术如此兴盛发达，以致剑南节度使韦皋到任时，就发誓要把真正的汉族文化带到西南边陲，打造一个文化大省，用文采来教化边境的各色人等。首先走进他视线里的就是美女薛涛。

薛涛是一个官妓，在那些附庸风雅的成都子弟中玩了年余，已经厌了。她走进节度使府，韦皋想考她的诗才，薛涛即席赋诗一首："惆怅庙前多少柳，春来空斗画眉长。"听起来没有柔媚之气，倒有劝谏之意，性感中带着刀光剑影。

韦皋自然相当满意，薛涛也在节度使府来来往往了五年。据说，因为有薛涛的存在，诗人们每写出一首诗，第一个想给皇帝看，第二个就想给薛涛看。因为皇帝是男性权威的化身，而薛涛是女性品位的代言人。不过，薛涛和韦皋的关系暧昧，某次斗气，韦皋把她下放到松江这种鬼地方。她不该当人家的红颜知己：你知道，这个词很败坏，做情人没什么，做朋友也没什么，何必这样不尴不尬、不清不白？薛涛临别时写了首《十离诗》，韦皋到底还是舍不得，很快又把她召回来了。

薛涛一回来，就出钱把自己从乐籍中赎了出来，搬到了浣花溪边住，开始了她另一项很有前途的职业：造纸。艺术的兴盛，对纸的需求量与日俱增，其中，四川的蜀纸特别是麻纸已是闻名天下，造纸技术甚至传入朝鲜、日本、阿拉伯、欧洲。可薛涛不是别人，纸张本身是男性的物什，她却要做一个精致的、细腻的、情调的女人。她把乐山特产的胭脂木浸泡捣拌成浆，加上云母粉，渗入玉津井的水，制成粉红色的纸张，上有松花纹路，她就专门用来誊写自己的诗作。

这样，好马配好鞍，好诗配好纸，薛涛笺就流传开了。她让更多的男性诗人为之醉倒，成为时尚和新锐的象征。虽然她还有一些关于笔墨纸砚的发明，来匹配她的诗，但有了薛涛笺其他就不重要了。反正大家记住爱迪生也只是记得他的灯泡，而不是另外的两千多件发明。

韦皋因镇边有功而受封为南康郡王，离开了成都。剑南节度使总共换过十一位，每一位上任必定都要拜访这位成都的女校书，已成官场惯例。当时与薛涛诗文酬唱的名流才子甚多，如白居易、牛僧孺、令狐楚、张籍、杜牧、刘禹锡、张祜等。但是，薛涛四十二岁的时候却偏偏爱上了三十一岁的元稹——他就是那位抛弃莺莺的张生。

两人在蜀地共度了一年，拍了一场正式的拖。当然，这位元稹是天生的情圣，既能让出身名门的小姑娘抱着鸳枕深夜去找他，也能让饱经风月的才女为之心折；谈完恋爱后，元稹依旧毫发无损地重新踏上他的仕途，再做乘龙婿，另娶高门。不过，这位扫眉才女校书也看得开，谢他酒朋诗侣，穿上道袍隐居一隅，终身未婚。

世界上最美好的事就是相爱，相爱而不能长相厮守仅次之，亦属难得。何况，薛涛还有发明流芳千古呢。

曾有一种说法是：南华经、相如赋、班固文、马迁史、薛涛笺、右军帖、少陵诗、达摩画、屈子离骚都是古今绝艺。跻身一流大师之列，薛涛亦是不虚此生。

附　录

薛涛：唐代女诗人。字洪度，长安人。薛涛姿容美艳，性敏慧，八岁能诗，洞晓音律，多才艺，声名倾动一时。韦皋任剑南西川节度使，召令赋诗侑酒，遂入乐籍。后多任节度使相继镇蜀，她都以歌伎兼清客的身份出入幕府。中年与诗人元稹交往。她晚年居于成都碧鸡坊，宅边遍种菖蒲，建有吟诗楼，人称"女校书"。

叫我女王大人

红线

美女蜘蛛侠

薛嵩是名将薛仁贵的孙子，归顺唐朝后，驻扎在潞州当节度使。本来，节度使的架子很大的，安史之乱就是这么来的。但是皇帝已经知道他们的厉害了，被蛇咬过了，赶紧让节度使们结成亲家，互相牵制，薛嵩、田承嗣、令狐彰三个节度使互为姻亲。但是，田承嗣不买账，他看中人家薛嵩的辖区土地肥沃、气候温和、物产丰富，借口自己患了热毒风，要借山东来纳凉。还选了三千个"外宅男"，也就是干儿子，雄赳赳气昂昂地准备踩过界。诸位知道，艺术是世界的，土地是自己的。刘备借荆州怎么可能还呢？

但薛嵩没有办法。人家都放言要找良辰吉日住进来了，住不进来就打。他即使不怕揍，也怕在自家院子里砸到花花草草，砸到小朋友啊。这时，他的侍妾红线过来了。

一听薛嵩说起他的麻烦，红线就笑了。薛嵩气极："田承嗣良心大大地坏，这种坏东西今后还要大批到来，杀不胜杀，防不胜防，俺的土地要是丢了，那还对得起祖先吗？"红线说："你先别急，你帮我写一封给田承嗣的慰问信，准备一匹马，我一更天出门，三更天就可以回来，保管一切漂漂亮亮，没有你的麻烦。"薛嵩还在半信半疑，一看，红线已经戴上了一个面具，怀揣匕首，换上了一身蜘蛛侠打扮了。薛嵩大惊失色之间，红线已经跑得老远了。

于是，在某一个月黑风高的晚上，两湖节度使田承嗣的中军大帐里，潜入了一个女版蜘蛛侠。她跳过了一幢又一幢的屋顶，穿越了一重又一重的门，看到那些外宅男都在门廊外睡得横七竖八，听见营帐外巡逻的士兵们沙沙的脚步声，田承嗣睡得呼噜作响。

红线从房顶上倒吊下来，无声无息地走到田承嗣的床前，猫一样地跳上床去。她将床上的锦被掀起一角，看到田承嗣手边还放着一把剑，剑边就是那个要命的盒子。红线一看，眼都直了！那可是从西域传来的珐琅盒子呀，纯手工打制，价值连城啊。红线本来都想一刀结果了田承嗣那个猥琐男，但想想他品位尚可，就给他割了顶上一圈头发。那时的男人很少谢顶，但是，自田承嗣开始，中年老生开始流行"地中海"发式了。

红线就想顺了盒子就走，但她也算是有文化的小妾了，知道买椟还珠是要挨骂的。叹口气，把田的官印、头发、生辰八字以及找得到的纸片都放在盒里，一溜烟逃走了。

田承嗣一觉醒来之后，发现宝盒不见了，再一照镜子，惨叫一声：猪啊！他只好自认倒霉，派军队四处找他的宝盒去了。

正在悲伤，就收到了薛嵩派人送来的信："昨天晚上有人在阁下身边捡到宝盒，还给阁下理了理发，现在我把盒子还给你，别紧张。你的亲家薛嵩上。"田承嗣惊出一身冷汗，一想，要是薛嵩想要他的小命，岂不是易如反掌？他左思右想，倒贴了缯帛三万匹、名马二百匹，送给薛嵩，还结结巴巴地解释："那……那些外宅男，只是海外自卫队，我现在把他们都遣散了，不……不敢跟您过意不去，您、您大人不记小人过吧？"薛嵩潇洒地宽恕了田承嗣。

红线这样的姑娘，极难给她归类。这是一个不承担传统道德的少女，但又并不追求情情爱爱之类的玩意儿，一切都是发乎天然，无心机，无目的。在唐传奇中，薛红线和聂隐娘，都是这种童蒙未开、从未将儿女私情略萦心上的女孩儿，多么清新脱俗啊。

可惜，后来再也难以看到文学中这么可爱的女性了，要么就是忠孝节义，要么就是名妓或怨女，不是在寻找正统伦理的认可，就是在哀求爱情的顾盼，洒脱不起来。

后来，田承嗣终于查清楚是一位蜘蛛侠干的，郁闷至极，只好下令，全营配备强力杀虫剂。

附 录

红线： 事见唐朝袁郊所撰《甘泽谣》中的《红线》。薛嵩、田承嗣均为安禄山部将，降唐后各霸一方。红线是薛嵩的侍婢，具有超人的力量，她以神术潜入戒备森严的田府，巧妙地从田承嗣枕旁取回其供神金盒，薛嵩随即遣人送回。这一有节制的威吓行动，迫使田收敛其狂妄气焰，红线则功成身退。据《唐诗纪事》载，薛嵩确有一名叫红线的侍女，善弹阮咸琴。因其手纹隐起如红线，因以名之。明代梁辰鱼据以撰《红线女》杂剧，京剧中《红线盗盒》亦取材于此。

文成公主

最后一个滥竽充数的公主

"和亲"用作两国间王室通婚的专词，其实是从唐代开始的。有唐一代，共派出十九位公主和准公主嫁到异国当王妃。不过，这里面只有三位是货真价实的公主。其余的，都是亲王或王族的女孩儿，称为"宗室女"，公主的女儿称为"宗室出女"，临到异邦要来讨人了，才手忙脚乱地把这些郡主、县主封为公主，让她们体体面面地出嫁，为国献身。

且看，高祖李渊有女儿十九人，太宗李世民有女儿二十一人，除了早夭者，全部下嫁有名有姓的本朝臣子，没一个出国的。显然按唐时的观念，嫁给外国的国王，还不如在国内招一个驸马。那时哪有那么多守节的破规矩，嫁一个觉着不好，和老爸说一声，立刻可以改嫁。因此唐朝中期以前，皇帝的亲生女儿都不肯嫁到国外去和亲；要去，就让那些远房堂姐堂妹去吧。

松赞干布，吐蕃王朝第三十三任赞普，实际上为吐蕃王朝立国之君。此人平定吐蕃内乱，确立了吐蕃的政治、军事、经济及法律等制度，并且从唐朝和天竺引入佛教，至今还备受藏族尊崇。

也就是因为他颇有雄才大略，所以才胆子肥了，在已先娶泥婆罗（尼泊尔）王女尺尊公主的情况下，还又遣使向唐朝求婚，太宗没有答应。松赞干布头脑一热，就威胁唐朝廷："不嫁公主，我就打将进来。"公元638年秋，松赞干布还真的率吐蕃大军攻击松州；太宗派人率步骑五万迎战，把吐蕃军收拾了一番。松赞干布害怕了，不仅退军，还遣使谢罪。又再请婚，太宗终于答应了。

嫁出去的文成公主究竟是谁的女儿？文献只记载是"唐宗室女"，估计她爹的身份也与皇帝关系较远。文成公主出嫁时规格很高，由江夏郡王李道宗主婚，持节送公主至吐蕃，松赞干布率其部兵次柏海，亲迎于河源。见了李道宗，"执子婿之礼甚恭"。显然，他还以为真的娶了唐太宗的亲生女儿呢。以前可从来没有人娶过上国的皇帝女儿呀——松赞得意地为公主修建了一座城，专门用来晒命。

"饶你奸似鬼，喝了我的洗脚水。"皇帝老儿心里头一定很爽吧。

当然，这位文成公主不辱使命，文才武略，史称中国古代最杰出的女外交家。据说，她和松赞干布的确一见钟情，感情非常好。唐朝这支送亲的队伍，除了携带着丰盛的嫁妆外，还带有大量的书籍、乐器、绢帛和粮食种子；除了文成公主陪嫁的侍婢外，还有一批文士、乐师和农技人员。后来，文成公主还把一大批吐蕃人派去唐朝，参加各种干部培训班和科学文化学习班。她自己也没闲着，给吐蕃人灌输先进的汉文化，革除陈规陋习，既参政，又不干涉具体的政治，吐蕃上上下下都把她视若神明。

吐蕃资料记载：吐蕃古昔并无文字，乃于此王（松赞干布）之时出现也。完全有理由相信，文成公主带去的文化传播居功至伟。

唐太宗自鸣得意的送亲，未免"太炫耀"。不过，换回边陲数十年的平静，并给吐蕃开辟鸿蒙，接受教化，也未尝不是目光远大。总比下西洋的郑和好吧——一船一船的金银珠宝沿海给人家送过去，换回几只长颈鹿、几头大象，还扬扬得意，以为捡到宝。

文成公主是最后一个滥竽充数的公主。头一年，唐太宗刚刚把弘化公主嫁给吐谷浑末代国王诺曷钵，礼仪也十分隆重，想借此蒙混过关，不料送亲的淮阳王李道明一不留神，竟泄露了"弘化公主并非皇帝的亲生女"的国家机密，李道明也被革除王位降职。后来，和亲公主"非帝女"的真实身份不再隐瞒，金城公主入藏，就明言她是雍王李守礼的女儿。不过，她的规格更高，由皇帝亲自送亲到始平县，还割了水草丰美的河西九曲给公主，成了唐代最为隆重，也是最为赔本的一次和亲。

到了唐肃宗之后，唐的国力已弱，皇帝不得不派自己的亲生女儿去和亲了。唐肃宗为了长久地笼络回纥人，就将寡居两次的宁国公主拿出来，献给老得快要死掉的回纥王当可敦（王后）；回纥王死的时候，宁国公主还差点给弄去殉葬，不得不自毁容貌，才被送回大唐——标准的政治牺牲品。看来，打虎尤靠亲兄弟，和亲还须亲生女。

附　录

文成公主：吐蕃赞普松赞干布妻，唐宗室女。公元 634 年，松赞干布遣使入唐求联姻。公元 640 年吐蕃遣大相禄东赞至长安献黄金为聘礼，唐以文成公主许婚。次年，唐遣宗室江夏王李道宗持节送公主入蕃，松赞干布为公主筑城邑、立屋宇，以为居处。文成公主信仰佛教，建大、小昭寺。松赞干布因娶公主，羡慕华风，派吐蕃贵族子弟至长安国学学习诗书，又向唐请求给予蚕种及制造酒、纸墨的工匠。文成公主在喇嘛教中被认作绿度母的化身，受到尊崇。

蔡文姬

海归出名也趁早

东汉时，蔡家是当地望族，广有良田；蔡文姬又有一个著名的父亲蔡邕，既是文学家、书法家，又官居左中郎将，作为独生子女的蔡文姬备受父母宠爱，有一个幸福的童年。

其实，作为一个神童，蔡文姬足够写上十本《陈留女孩蔡文姬》，她爹妈也早该把她拎着四处开讲座，讲演如何调教女儿，开一个"成功学"的专修班了：

十岁时，文姬就显现出了音乐方面的天赋。蔡邕在室外弹琴，文姬在室内听到父亲的弦断之音，马上说，是第二根弦断了。蔡邕非常吃惊，又故意弄断了第四根弦，文姬马上分辨了出来。蔡邕开始教女儿学琴，两年之后，文姬琴艺便成，还赢得爸爸最珍爱的焦尾琴。

十二岁时，文姬的书法已得蔡邕真传，既稳重端庄，又飘逸顿挫，传说，蔡邕的字是神人传授的，传给文姬，再由文姬传给钟繇，钟繇传给卫夫人，卫夫人传给王羲之……

十四岁时，文姬的文学才华已光耀一方，诗书礼乐无不通晓，人先知有文姬，方知有蔡邕。既不用出书，又不用炒作，蔡文姬就靠着口口相授的口碑声名远播。

十六岁时，文姬嫁给河东世族卫仲道。卫仲道也是出色的大学子，夫妇两人恩爱非常，可惜不到一年，卫仲道便因咯血而死。蔡文姬不曾生下一儿半女，才高气傲的她只好回娘家。

东汉末年，各方混战，国破家亡之际，父亲死于狱中，文姬被匈奴掠去。她的神童生涯变成了悲痛、屈辱的人生。

二十三岁，文姬被左贤王纳为王妃，居南匈奴十二年，并育有二子。文姬这个天才已经够倒霉了，可是，事情还没有完。刚刚与左贤王培养出来感情，过上安定的日子，有了心爱的孩子，得了势的曹操不晚不早，想起了她。

曹操作为一个文学家，尊崇才女，并希望借此笼络人心，打造一个文化大国的形象。曹操下足本钱，用"白璧一双，黄金千两"来换文姬，估计如果索要不成，就要派兵来抢了。

匈奴此时的实力早已不济，除归还文姬外别无选择。文姬也没办法，既思念故国、渴望完成父亲未竟的事业，又无法舍弃亲生骨肉以及丈夫，这一走，生离便是死别。

唉，做一个海归到底是难的。回，还是不回？蔡文姬就是在理智与情感的挣扎中，一唱三叹写下了《悲愤诗》和《胡笳十八拍》。它们分别成为中国最杰出的诗歌之一、最杰出的流行歌之一。

蔡文姬风风光光坐着专列回到故乡陈留郡，但断壁残垣，已无栖身之所，还好，作为海外引进的有杰出贡献的特聘学者，政府不仅给解决住房问题、户口问题，还解决配偶问题——当真给她找了一个丈夫。文姬在曹操的安排下，嫁给田校尉董祀，这年她三十五岁，而董祀正是个大好青年，鼎盛年华，生得一表人才，通书史，谙音律，也算是佳偶吧。

厄运还没过去。就在婚后的第二年，董祀犯罪当死。蔡文姬顾不得嫌隙，蓬首跣足来到曹操的丞相府，当着众多宾客向曹求情。曹操很心疼她，立刻派人快马加鞭，追回文状，并宽宥其丈夫的罪责。

每一次婚姻都不是自己做主的，竭尽全力适应环境、刚刚适应了又得换丈夫，蔡文姬的悲恸，或许正是无数普通女性的悲恸。但比起别人，她还有才能，还有名望可以自我拯救，这又是罕有的幸运。

谁也无法否认蔡文姬有才，而且是不世出的天才。举个例子，曹操很羡慕蔡文姬家中原来的藏书，蔡文姬说："原来家中所藏的四千卷书，几经战乱，已全部遗失，但我还能背出四百篇。"曹操大喜过望，立即说："既然如此，我派十个人，把你记的抄下来。"蔡文姬说"不用"。很快，她就凭记忆默写出四百篇文章，文无遗误。只有这种人，才能像那个虔诚和乏味的班昭一样，安安静静地坐下来，完成《续后汉书》。

瞧，出名要趁早，回国也要趁早，晚了，就连位置都没有了，曹操哪里还有那么多的青年才俊给你当丈夫？

附　录

蔡琰： 字文姬，陈留圉（今河南杞县）人。蔡邕之女，东汉末著名文学家、音乐家、史学家，史书说她"博学而有才辩，又妙于音律"。蔡文姬十六岁时嫁给卫仲道，夫死，在战乱中被俘虏到南匈奴，嫁与左贤王，十二年后被曹操赎回，又嫁给田校尉董祀，命运坎坷。郭沫若有部历史剧讲文姬归汉，里面有文姬唱《胡笳十八拍》，据一般考证认为，文姬仅留有一首五言《悲愤诗》传世。

—— 述律皇后 ——

对自己下得了毒手

二十余年前的美国女作家卡米拉·帕格利亚就在《性面具》中说："假使女人成了文明的主要承担者，人类今天也许还住在茅草棚里。"当年曾引起学界轩然大波。书中写的是男性与女性、社会与自然、文明与野蛮、理智与欲望，以及基督教与异教的不同文化特点等关系。她倒不是说女人如何低能，恰恰相反，是女人太懂得享受生活，太能自得其乐了，才不会让自己受二茬苦、吃二茬罪呢，所以也就不会有跟自然与天命搏斗的喜好。

不过，世事无绝对，史称"断腕皇后"的辽太祖皇后述律氏就是一个例外。

辽太祖皇后述律平，小字月理朵，是著名的辽太祖耶律阿保机的皇后。她的丈夫建立了契丹国（太宗时改为辽），是个战争狂，述律皇后也建立了直接归自己统辖的宫廷卫队。特别是在攻陷幽州的战役中，述律平掠其四野，困死幽州的谋略最大限度地降低了攻陷幽州的成本。刚刚建国这年，太祖就率军攻党项，后方空虚，室韦部乘机来袭。述律后有先见之明，早已派兵埋伏等候，等他们到了之后，领兵大破室韦人。这一仗，使述律皇后声名大振。

述律平鼓动耶律阿保机干掉八大部落，并把他们全部杀死，斩草除根。最后，契丹贵族由此被全部剪灭。契丹也告别部落推举制，走向了帝制。

这位皇后很有政治远见。幽州节度使派韩延徽为使，向契丹求援，韩延徽进见时不肯跪拜，阿保机大怒，就要动刀子了。述律皇后一看，马上劝道，韩延徽守节不屈，是个好汉，留着有用。阿保机才召来任命为参谋，以后成为左膀右臂。后来，阿保机想攻打幽州，述律皇后力劝不可；义武节度使王处直通过贿赂，要求太祖出兵攻打晋王，述律皇后又力劝不可。这回太祖没有听她的，举兵南下，结果大败而回。

马背上的民族，人人能打，不分男女。不要以为月理朵不行，当上皇后之前她帮阿保机抢天下，当上皇后之后她帮阿保机保天下，都是打出来的，本身就是个军事家。尤为值得一提的是，这位皇后干了一件极刚烈的事，逼得再嗜血的男子都低下头，由衷地臣服。

公元926年，太祖死，述律平以皇后身份称制，掌握了军国大权。当时有不少元勋重臣不服管制，为了稳定朝局，她以"亲近臣子应追随侍奉太祖"为由，要沿袭老土的少数民族旧例，命令他们为太祖殉葬。在杀了一大批将领之后，述律平又要求更高级别的大臣们殉葬。兆思温反驳她："亲近之人莫过于太后，太后为何不以身殉？"只见她脸色漠然，挥起金刀，砍下自己的右手。在大家都大惊失色的时候，她把断手放入太祖棺内，说道："儿女幼小不可离母，暂不能相从于地下，以手代之。"

狠，算你狠。经此一对抗，众人均臣服，不过，皇后也再没有杀兆思温等人了。述律平的二儿子耶律德光当上了皇帝。

对于一个尊贵的女子来说，杀身成仁又有何难，难的是她的当众当机立断，而且能对自己下这种毒手。

我能理解美人鱼为了见一见心爱的小王子，而忍受双脚踩在刀尖上的痛苦；同样也能理解述律皇后为了国家权力而自残肢体。前者让人爱，后者让人敬。只是，世间女子为情而生、为爱而死，常见；为了权力而牺牲，则不常见。

　　殉葬是原始陋习，少数民族的部落组成的帝国处于文明与蛮荒的进化中间。而述律皇后借用这种陋习来除掉政敌，包括献上她的一只手，只能说，她等待刀尖已经太久，随时准备为了目的献身。为了权力，嗜杀成性，连自己的命都不在意了——这样的君王，你很难说清对她是尊敬、害怕，还是恐惧。

　　后来，述律皇后的长孙被拥为帝，她却带着偏爱的三儿子造反，兵败被逐出上京，郁郁而终，而且还活得特别长。我很想知道，用战争来肯定自己的成就感的皇后，月理朵是不是最后一个？

附　录

述律平：辽太祖耶律阿保机的皇后，小字月理朵，契丹族右大部人。勇敢果断过人。公元 916 年，辽太祖建契丹国（太宗时改为辽），封述律平为"应天大明地皇后"。有政治远见，有军事才能。公元 926 年，太祖死，她以皇后身份摄军国事，断腕服众。生有三子，次子耶律德光即位后，尊为"应天皇太后"。后发动政变，兵败被逐。75 岁病死。

叫我女王大人

林四娘

娓婳将军的制服诱惑

林子大了，什么鸟都有；青楼女子多了，什么样的美人都有。在别人都涂脂抹粉、雪纺轻纱、不胜娇媚的时候，林四娘偏不，一身短打，青丝高绾，或舞剑，或弄枪，来上一段干净利落的功夫表演，这一手在明末的秦淮河畔可是绝无仅有。一招鲜，吃遍天，这样一来，林四娘在美人尖里还是冒尖儿，各路子弟慕名前来，红极一时。

其实，这林四娘本出身武官世家，继承家技，拳枪剑刀，样样精通。不料在她十六岁那年，父亲受牵连而下狱，家破人亡，林四娘无依无靠，最终沦落为青楼歌女。她的姿色和本领把青州的衡王朱常㵂吸引过来了。这个衡王好色兼好武，常游幸金陵，召来林四娘侍宴助乐。林四娘舞时翩若惊鸿，婉若游龙；静时娴静轻柔，燕语莺声，衡王不由对她大为倾倒，离开金陵时，就把林四娘赎身，回到青州王府。她摇身一变成了宠妃。

所以，别听信那些美女指南，尽教你如何媚眼如丝，如何取悦男人。狐狸精都是天生的，否则修炼多少年也就一蜈蚣精，处处是抄的痕迹。还不如发乎天然，结网等好了，该干吗干吗。

"丁香结子芙蓉绦，不系明珠系宝刀。"贾宝玉曾在《红楼梦》里遥遥地给林四娘写过一首诗。从林四娘身上，衡王发现女子习武别有一番风韵，于是将王府中的姬妾侍女组织起来，由林四娘为统领，勤练枪剑之术，演习攻守战术，组成娘子军。林四娘身披铠甲，腰佩双剑，勤勉督促；女兵们看到自己穿上军装英姿飒爽，俊秀不凡，也热情高涨。连朱常庶也喜欢上女兵们的这种制服诱惑，一种全新体验的性感。

三年后，晋陕一带久旱不雨，民不聊生，流贼王自用攻向山东青州，大败朱常庶，他被贼军围困在一个小山冈上，城内的官吏准备开城降敌。侍妾林四娘，将那些官吏叱责一顿，然后召集了王府中的娘子军，冲出城去。

这支威风凛凛的小分队一个个面容姣好，描眉涂唇。贼军开始轻敌，被打得满地找胳膊找腿；但人家毕竟人多势众，娘子军纷纷落马，最后只剩下个林四娘，宁死不接受劝降，杀倒了一大片敌兵，最后终因体力不支，丧命于敌刀之下。后来救兵到，打跑了贼军，解救了被围困的衡王，平定了战乱。

这位只打过一次仗的婀娜将军，念之依旧令人口齿噙香。

一般而言，那些得以青史留名的美女，首先是美貌多情，完全符合男性对女性的性幻想标准；其次是兼具男人的才华，或吟诗弄赋，或舞枪弄剑，方可与之交友。满足第一点的可当娇妻美妾，满足第二点的则可当红颜知己。但一般人在谈这点的时候，很少设想，如果"婀娜将军"长得像五大三粗的孙二娘或顾二嫂，那他们还会觉得这是悲剧吗？所谓的悲剧，就是把人生有价值的东西毁灭给人看；是否对于女性的赞美，都是附着于女人的美丽与玩偶化上面的？

现在重新审视这种"美人救英雄"的情结，愈发觉得可悲。如果说被当作美丽的玩偶（不管是红装还是戎装），是她曾作为青楼歌女难以摆脱的悲剧烙印的话，那么，她的英勇和牺牲能否为她换得作为人的尊严？或仅仅是男人丢失了心爱的玩偶的哀叹？

附　录

林四娘：事见《聊斋志异》卷五《林四娘》，王渔洋《池北偶谈》、林西仲《林四娘记》以及陈维松《妇人集》亦有其记载。明末崇祯年间的秦淮歌伎，后成为衡王朱常庶的宠妃，平生只参加过一次战斗，在战斗中香消玉殒，被人们称为"姽婳将军"。《红楼梦》中贾宝玉亦为其作《姽婳词》。

聂隐娘

武侠小说的鼻祖娘娘

"十步杀一人，千里不留行，事了拂衣去，深藏功与名。"标准侠客形象，无过于此。唐朝是一个任侠使气的好年代，天下侠客，如雨后小蘑菇到处都是，连李白自己都是，少年游侠、中年游宦、晚年游仙，爽得很。在此基础上，诞生了最诡异的侠客聂隐娘，来无影，去无踪，摘花杀人，一苇渡江，深藏功名。

唐朝贞元年间，大将聂锋有个女儿叫聂隐娘，十岁那年，一位比丘尼师父来化缘，看中她的聪明，想向聂锋讨要她，聂锋当然不答应。尼姑只留下一句话："就算将军把女儿锁在铁柜，她终究会被我带走的。"聂锋为防范意外，加派许多护卫看守女儿。夜里还不见什么风吹草动，他以为安全了，赶紧到女儿房里查看，结果隐娘真的不见了！

隐娘连夜被带到一个大石洞里，吞下一颗药丸，拿着一把宝剑，和两个一般年龄的女孩一起学习攀岩走壁。第一年，隐娘刺猿猴而百无一失；第三年，隐娘能一剑刺中天上飞的老鹰，剑也越变越短；第四年，隐娘可用羊角匕首当街杀掉恶人而不引人注意：第五年，师父让隐娘去杀人，说某大官害人甚多，吩咐她夜中去行刺。聂隐娘技术上已经不成问题了，但这次遇到了心理障碍。她见到那大官在逗小孩儿玩，那孩子甚是可爱，她一时不忍下手，直到天黑才杀了他的头。尼姑大加叱责，教她："以后遇到这种人，必须先杀了他所爱之人，再杀他。"师父还为她开后脑，把羊角匕首藏在里面，要用的时候直接从后脑抽出来，比孙悟空的金箍棒还灵光。

杀人，最难突破的就是心理障碍和道德障碍，关于正义与非正义的哲学教育，保证了聂隐娘在杀人之后的心理健康。

和《红线》一样，这是中国最早的武侠小说，主角都是小女生。这第一段就奠定了武侠小说里通常的范式。一位贵族之子女，总是因为某种原因，受世外高人的指导开始学习武功。武功循序渐进，日益精进，就像每天绑着沙袋练跳坑，总有一天跳出去。有兴趣者，不妨找一份武功的使用说明书，练练看。

这样，一代大侠聂隐娘诞生。

有一天，一个专门为人磨镜子的年轻人在聂府门前做生意，隐娘要求嫁给磨镜少年。虽然门不当户不对，但老爹聂锋没办法，只好同意了。后来，大帅魏博高薪聘请聂隐娘做幕僚，又请隐娘前往陈许去暗杀刘昌裔。那时，世界上到处都是有才华的杀手，刘昌裔也算是一个吧，带着点流氓气。他算准聂隐娘要来，就派出部下到北边城门口等隐娘夫妇。隐娘讶异自己的行踪竟然被识破，认为刘是一个聪明人，索性就听从刘的吩咐做其保镖了。

一个月后，魏博派精精儿来杀刘昌裔，聂隐娘早已算到，半夜里，两条红白长巾凌空而降，缠在刘昌裔的床脚，隐娘施展飞檐走壁的功夫对着空气猛砍，不一会儿，隐娘就把精精儿给杀了，并拿出药水处理，毁尸灭迹。魏博又派空空儿刺杀刘昌裔，聂隐娘自知打不过，便变作一只小虫躲进刘的肠中等待机会行动，让刘戴着于阗古玉睡觉。到了三更时分，刘昌裔听到脖子传来铿铿的声音，隐娘从刘的口中跳出来向刘贺喜："刘大人您安全了，妙手空空儿一向自负甚高，准备妥当后攻击竟然没有得手对他来说是一种耻辱，所以在我们谈话的同时他已经离开老远了！"刘昌裔低头一看，赫然发现玉佩上有一道很深的割痕！

又过了几年，隐娘辞别刘昌裔，云游四海，遍访得道高人，不知所终。

聂隐娘故事出于裴铏所作的《传奇》，是最早的武侠小说。故事中的隐娘，一身本领，潇洒飘然，无目的，无方向，没有恨，也没有爱，似乎从一露面开始，就已是超然世外的入定高僧。

毕竟是始祖，它还不够矫情不够壮烈，要是今人，一定把隐娘的爱情搅成三角、四角恋爱，然后再生发出一番家仇国恨，非得把人往死里逼，逼到弑父杀兄，逼到生死对抗不可。这样才叫武侠嘛。但如果真这么写，是不是又落了俗套，落了下乘？

附　录

聂隐娘：事见唐朝裴铏所撰《传奇》中的《聂隐娘》。聂隐娘为魏博大将聂锋之女，十岁时被一女尼用法术"偷去"，教以剑术，能白日刺人，人莫能见，乃送归其家。而身怀绝技的聂隐娘，又自择一个仅会磨剑、余无他能的少年为丈夫。聂父死后，魏博主帅与陈许节度使刘昌裔不和，欲令聂隐娘暗杀之，聂却转而投刘。后刘昌裔入觐，聂告别而去。2015 年，电影导演侯孝贤所拍的《刺客聂隐娘》获得金马奖最佳影片奖。

叫我女王大人

娇滴滴地伤天害理

在通往独裁者的路上，武则天是一个罕见的有性别焦虑的女人。

作为帝国唯一的女皇帝，她既是杰出的政治家，又是心狠手辣的女人；她既是唐朝的祖母在太庙里千秋享配，又是一个篡位而颠覆朝代的人物，修撰国史真够为难的。也亏得是她，能弄出一个无字碑，千年以后还确实难以盖棺论定。

年轻的时候，这个女人荆钗布裙、缁衣光头，依旧不掩国色。一个皇帝，放着满屋子的绝色美女不要，偏要去尼姑庵和老爸的小妾偷情，算算他付出的机会成本和道德风险，痴情可动天。武媚娘的杰出成就还不在美貌，而在她的不屈意志：在别的女尼早就自暴自弃，以一种了此残生的姿态生存的时候，她每天早起，收拾庭园，挑水养花，使园子生机盎然。想必，她始终是怀着一颗野心和希望，才让她的面孔熠熠生辉的。

缺什么爱什么。同样强悍的唐太宗，对这种美能理解，但不能接受，所以十四岁入宫的武媚娘十二年都没有生育；而懦弱的唐高宗，对此就景仰而且倾慕，寻找母爱和依赖。高宗时，正值王皇后与萧淑妃争宠，王皇后决计制造机会让武则天亲近高宗，以新人来转移高宗对萧氏的厚宠。却不料，渔翁得利的武则天步步高升，转手便

把二人打入冷宫，直至弄死。野史还说，武则天亲手把亲生女儿扼死嫁祸于王皇后，才得以废后而立的。如果历史仅写到她当上皇后为止，那将不是正史，而是一部宫闱秘史。

只是，一将功成万骨枯，当上皇后难免死个把人。况且，在内宫不是你吃了我，便是我吃了你，谁不是一双素手，娇滴滴地干着伤天害理的事呢？

武氏做了二十八年的皇后，参与朝政，与高宗并称"二圣"。高宗死后，她对儿子李显和李旦几度废立后，干脆自立为则天皇帝，改国号为周，时年，六十六岁。

周伯通也说了，高手比武，最后就比长寿，谁活得长谁就赢了。权力使人年轻，女人也不例外。在她手上，大唐帝国顺利从"贞观之治"进入"开元盛世"，全国的户口从贞观时的三百八十万户增至她统治后期的六百一十五万户，社会的繁荣景象可见一斑。

武则天的罪孽主要有两条：一是任用酷吏，把反对她的股肱旧臣逐个逐个清洗，一共杀了四个亲兄弟、一个亲姐姐、两个亲儿子、一个亲外甥女，让人脊梁飕飕地发冷。另一个是私生活。除了先后嫁给父子俩之外，她以六七十岁的高龄还招纳男宠，"洎乎晚节，秽乱春宫"。不过，男人当皇帝可以三宫六院，武则天一辈子的娈臣却屈指可数，这算不了她的软肋。

右补阙朱敬则的上疏公开批评武则天的性生活，武则天说，谢谢你告诉我，赏了他彩缎。骆宾王讨檄她"蛾眉不肯让人，狐媚偏能惑主"，她考虑的是可惜没把这个才子笼络至麾下。在有必要的时候，她同样能做到心胸宽广。

历史上的女阴谋家、女野心家随便扫扫就一大堆，但出色的女政治家却鲜见。女人并不是天生就热衷于鸡零狗碎，只是她们的空间太小，要想抢到糖吃，不得不越发显得阴冷、狭促、歹毒。而仅仅有心计是远远不够的。只有辽景宗萧皇后、武则天和孝庄太后等寥寥几个女人可跻身政治家行列。她们在驾驭一个帝国的过程中创造了无穷的乐趣，这比驾驭一个男人更刺激。

公元705年，宰相张柬之趁武则天年老病危，拥立中宗复位，同年冬，武氏死，享年八十二岁，遗诏"去帝号，称则天大圣皇后"。世人终于些微地看到了武则天妥协的痕迹了。

这未免让人想起武则天这位女诗人的一首《如意娘》："看朱成碧思纷纷，憔悴支离为忆君。不信比来常下泪，开箱验取石榴裙。"多少，是在追悼曾经的那份真情吧。

═══ 附　录 ═══

武则天（武曌）：中国历史上唯一的女皇帝，唐太宗李世民的才人，唐高宗李治的皇后，唐初工部尚书武士彟的女儿。性巧慧，多权术。经过长期的苦心孤诣她当上了皇后，开始参与朝政，与高宗并称"二圣"。公元683年高宗死，公元690年自立为则天皇帝，改国号为周，改元天授，史称"武周"。武则天称帝后，大开科举，破格用人；奖励农桑，发展经济；知人善任，容人纳谏。她掌理朝政近半个世纪，其间社会稳定，经济发展，为后来"开元盛世"打下基础。

李香君

青楼皆为义气妓

　　歌罢杨柳楼心月，舞低桃花扇底风。在那些暖暖软软的香风中，居然还是熏出一些硬骨头。李香君，秦淮河畔媚香楼里的名妓，又是一个诗书琴画歌舞样样精通的角儿。因为养母李贞丽仗义豪爽又知风雅，所以媚香楼的客人多半是些文人雅士和正直忠耿之臣。第一次见到侯方域并一见倾心时，李香君刚十六岁。

　　侯方域本是与方以智、陈贞慧、冒辟疆合称"明复社四公子"，又与魏禧、汪琬合称"清初文章三大家"，确实才华横溢。他原本是天启年间户部尚书侯恂之子，十五岁即应童子试中第一名。不过，小时了了，大未必佳。这几位公子整日聚在秦淮楼馆，说诗论词，狎妓玩乐，颠痴狂笑。侯方域与李香君，一个是风流倜傥的翩翩少年，一个是娇柔多情的青楼玉女，两情相悦，正是狂蜂爱上香花。

　　像李香君这样一位名妓，梳拢必须付一笔丰厚的礼金给鸨母，可惜侯方域没有银子，无能为力。友人杨文骢雪中送炭，给了他大力的资助。但是，那笔钱并不是杨文骢的，而是阮大铖赠送给侯方域的一个人情，想拉拢侯方域入僚，帮他缓解与复社的矛盾。阮大铖本是明末了不起的戏曲家和文学家，陈寅恪还在《柳如是别传》中夸他"同是有明一代诗什之佼佼者"；但是却为魏忠贤服务，后又追随伪明政权，不是什么好东西。侯方域尚自犹豫，但是李香君发飙了，劈手就把头上的发簪脱下来了，骂醒了侯方域。李香君变卖了首饰，四下借钱，总算凑够了数，把钱扔还给了阮大铖。

阮胡子给气坏了，侯方域只好逃亡。

实际上，民间所言的"妓女无情"，是她们的职业要求，不摆脱道义责任，便无以立足。不过，像阮大铖这些机会主义者，则比文妓还不如，不仅随意更换主子，主动附逆，而且还打压报复别人。顾炎武在《日知录》中云，"士大夫之无耻，谓之国耻"，指望书生是不成的，任你才华三斗。不仅阮大铖不成，侯方域也不行。

自侯郎去后，李香君结束了自己的职业生涯。洗尽铅华，闭门谢客，一心等候侯公子归来。

阮大铖对侯方域的拒绝怀恨在心，在他的怂恿之下，弘光皇朝的大红人田仰吹吹打打地来迎接李香君做妾了。李香君一口拒绝，在苦苦相逼之下，她干脆一头撞在栏杆上，血溅桃花扇。娶亲的人见要闹出了人命，只好灰溜溜地抬着花轿溜回去了。

阮大铖也算是文坛上响当当的腕儿了，他并不想就此放过李香君，而是为伪明皇朝弘光皇帝亲自执笔撰写歌词剧本，等李香君伤愈后，阮大铖立即打着圣谕的幌子，将她征入宫中充当歌伎。不久后，清兵攻下扬州，直逼南京，弘光帝闻风而逃，李香君等人最终被部将劫持献给了清军，随后南京城不攻自破。李香君随着一些宫人趁夜色逃了出去。

青楼皆为义气妓，英雄尽是屠狗辈。妓女用性命来维持自己的贞节和道德大义，士大夫倒是放弃原则，随时准备改换门庭。入清以后，陈贞慧隐居不出，冒辟疆放意林泉，方以智出家为僧，杨文聪抗清殉国，陈子龙自沉明志，但侯方域却耐不住寂寞，参加了顺治八年的乡试，而且只进了副榜，又引起许多人非议。

当然，上面那位李香君，是清代大戏曲家孔尚任《桃花扇》中塑造出来的形象，广为流传，大家印象更深的是这个艺术形象。真实历史上，李香君名为李香，只是侯方域之妾，曾为侯产下一子，子从李姓，未入侯氏宗谱。但在戏曲家的笔下，却是伤心人别有怀抱，寄托了种种厚望。

关于李香君有三种结局：一种是终于在苏州与侯方域重逢了。被一个老头当头棒喝，两人拔剑四顾心茫然，看破尘缘，只好出家了事。一种是李香君顺利嫁给侯方域为妾，侯方域变节南下，李香君则在侯府里被人赶了出来，寂寥而死。第三种则两个人连最后一面都没有见着，李香君就留下一柄桃花扇恢恢地死去。临死之前留下一句话："公子当为大明守节，勿事异族，妾于九泉之下铭记公子厚爱。"

可惜，她的侯公子连玩世的犬儒主义者都做不成了，白白污了香君的名声。

附　录

李香君：又名李香，为秣陵教坊名妓。自孔尚任的《桃花扇》于1699年问世后，李香君遂闻名于世。李香君与复社领袖侯方域交往，嫁与侯做妾。侯曾应允为被复社名士揭露和攻击而窘困的阉党阮大铖排解，香君严词让侯公子拒绝。阮又强逼香君嫁给漕抚田仰做妾，香君以死抗争，此时正值马、阮大捕东林党人，侯等被捕入狱，香君也被阮选送入宫。清军南下之后，侯方域降顺了清朝，香君之下落，众说纷纭。

进了宫，一辈子就要跟那些三姑六婆钩心斗角，分分钟死无葬身之地；而操老行当，天天可跟风流才子彼此倾慕之人酬唱应和，尊为女神。哪种命运更好？

第二辑

谈一场倾国倾城的恋爱

羊皇后

谈一场倾城倾国的恋爱

原来，做皇后不仅要美貌，要贤良淑德，要母仪天下，还需要有像景泰蓝一样举世无双的忍耐力和异常坚韧的神经。熬过去了，也就否极泰来了。

羊献容，中国历史上唯一一个分别当过两国皇后的女人。

魏晋时期最重门第，琅琊王氏、太原王氏、泰山羊氏、晋陵杜氏、清河崔氏、琅琊诸葛氏、阳夏谢氏……都是门庭显赫，她正好是泰山南城人。可惜，门第高贵的她好的不嫁，嫁给晋惠帝司马衷，就是那个说"穷人没有饭吃为何不吃肉羹"的白痴。前皇后贾南风，就是那个丑陋而凶狠的女人，把持了朝政，挑起了"八王之乱"，最后事败被诛，皇后的位置就空出来了。赵王伦趁机安插自己人占据这个位置。羊家依附于赵王伦，便匆匆将羊献容送入宫中。因为她的外祖父孙旂与权臣孙秀交情很好，羊献容被立为皇后。

入宫的时候，羊献容的衣服上有火。

她的家族是得意了，但是她很难爽起来。羊献容不是贾南风，贾与那个白痴皇帝一个丑一个傻，一个狠一个呆，倒是性格互补，人品也互补。贾皇后正喜欢皇帝的白痴，好用来为所欲为；而羊皇后不变态，也没有权力欲，当然跟一个傻子没什么共同语言。

叫我女王大人

此时，宫外正杀得桃红柳绿杏花春雨江南，妾在深宫哪得知？"八王之乱"起起跌跌，不是你吃了我就是我吃了你，赵王伦、齐王冏、成都王颖、河间王颙、长沙王乂、东海王越翻来覆去地把政权像打篮球一样抢来抢去，最后杀了惠帝，捧惠帝之弟炽即位，是为怀帝。

这场祸乱长达十六年，单是灭赵王伦一役，兵兴六十多日，战斗死者就近十万人。

羊家当然也被这几位王爷耍得团团转，变得太快了呀，连判断的时间都没有了呀。羊家的大员分别被不同的利益集团害死。在这场毫无廉耻的骨肉相残中，当政诸王的政权走马灯一样地换，羊献容这个皇后竟然被多次废而后立：永兴元年二月，被废；七月，复后位；八月，被废后；十一月，复后位……这十一次废立均在不足两年时间内发生。一代国母，就这样被几个武夫说立就立，说废就废，甚至一个小小的洛阳县令，也能够废掉她。

大家不是评价她的对错，而是把对她的废立，当作显示权威、确立权力的一种标志。最后，太宰颙还矫诏，打算杀掉羊献容，幸好有人为她说话，她才逃过一死。

好死不如赖活。其实，能人的人生字典里已经把"屈辱"二字给抠掉了，剩下的是小心隐忍，韬光养晦。韩信、勾践不都这么过来的吗？羊献容也是。后来，即位的怀帝给了她一个"惠皇后"的尊号，随随便便地把她供在了宫里。

花开两朵，各表一枝。另一枝花是匈奴。匈奴贵族刘渊，原来在司马颖手下做事，"八王之乱"起，他回到匈奴，正式称帝，国号"汉"，史称"后汉"。刘渊死后，刘聪继位，刘曜被封为中山王、大单于，继续进攻中原。而在强敌环伺的情况下，西晋朝廷仍然不忘窝里斗，刘曜的大军围攻洛阳，最终城破。洛阳被屠城，女人则成了战利品。

就这样，年过三十的前皇后羊献容，被带到刘曜的面前。中山王刘曜立她为中山王妃，"迁帝及六玺到平阳"。

公元316年，西晋灭亡。两年后，刘曜称帝，羊献容被立为皇后。

如果我是无良的电视编剧，大可以把西晋的灭亡当作一个事件，一场事先张扬的求爱事件，一个刘曜为了抢心上人羊献容而起兵的爱情传奇。传说中痴心的眼泪会倾城，西晋的陷落成全了她。但是在这不可理喻的世界里，什么是因？什么是果？谁知道呢，也许就因为要成全她，一个大国倾覆了。成千上万的人死去，成千上万的人痛苦着……原谅我抄了张爱玲的桥段，但羊献容嫁给刘曜，其实倒真的有点像恋爱。

刘曜有一次问羊献容："我比起你的前夫，怎么样？"羊献容干脆利落地说："你们怎么可以相提并论？你是开国明君，他是亡国的昏君，连老婆孩子都保护不了，让皇后受到平民的侮辱。见到你，才知道天下还有男子汉大丈夫。"这可能是老实话，情场上，白痴司马衷哪里是相貌堂堂的英雄刘曜的对手！

这位出身经学世家的皇后的话一定会把很多人气得口吐白沫。羊献容叛夫、叛家、叛国、叛族，违反人伦，可是，要怪，只能怪她的前夫皇帝不争气。羊皇后五次被废都不死，归顺了前赵反倒越活越滋润，还因为刘曜的宠爱而干预朝政，与刘曜生有三子，谁能说她过得不好？

一个国家的灭亡成全了她的幸福。尽管这并非她所愿。

附　录

羊献容：《晋书》载：晋惠帝皇后，泰山南城人。祖瑾，父玄之，

叫我女王大人

立为皇后。"八王之乱"中几经废立。怀帝即位，尊后为惠帝皇后。洛阳败，没于刘曜。曜僭位，立为皇后。曜甚爱宠之，生子而死，伪谥献文皇后。

李师师

宁当交际花，不当妃子

要说明宋徽宗为何会跟李师师勾搭上，首先得从北宋年间的夜生活说起。

北宋的汴京面积三十四平方公里，但是人口总数却达一百四十万左右，密度之高令人咋舌。城内有八万多名各类工匠以及两万多家商店。而南宋的临安，初期孝宗乾道年间（1165—1173），"口五十五万二千五百零七"，到南宋末年咸淳年间（1265—1274），已增至"口一百二十四万七百六十"，这还不包括不下十万人的军队人数，以及为数众多难以统计的流动人口。

而同一时期（13世纪），伦敦只有两万人，巴黎有四万人，西方最大最繁华的城市威尼斯，也不过十万人口。

而且，宋朝的商业社会和市民社会，已相当发达。宋人夜夜泡吧，纸醉金迷，快乐到死。

同时，汴京还是个文化艺术中心，汴京国际艺术节一届接一届地举行，而且，同期还会有大量的外围展。不过那时既不叫"798"，也不叫创库，而叫瓦舍或勾栏。而皇帝宋徽宗本人，就是当时最有名的画家。其实，他的工笔花鸟画虽然在后世最为有名，但他最擅长的其实是珠宝设计啊，可惜他根本就不在意宣传，品牌淹没了。

而李师师，就是汴京城里最大最火的"矾楼"夜总会的首席红伶、歌唱家。这两人都是当时文艺界的泰斗，在之前的岁月里都没打过照面。

第一次，宋徽宗打扮成一个商人来见她，见面礼是内宫藏的"紫茸二匹，霞叠二端，瑟瑟珠二颗，白金二十镒（一镒合二十四两）"。等啊等啊，李师师后半夜才款款地走来，不施脂粉，身着绢素。她一看宋徽宗是个商人，虽然长得还不错，胡子也好看，但她没什么好气，随随便便弹了首《平沙落雁》敷衍一下，就走掉了。赵佶一见她傲慢的态度，马上就被镇住了——这就是我梦寐以求的超模啊。妖娆美艳天生性感的尤物哪里都是，可师师不同，她非常瘦，脖子像天鹅一样修长，面容清淡，平静，一副无欲无求的模样；一看就是家教良好的良家妇女。再加上又有一副天生的好嗓子，为人又傲慢清高，从不给媒体好脸色看，物以稀为贵，师师的身价就是这样给抬上去了。

这是大观三年（1109 年）八月十七的事。

赵佶一直在等灵感到来。可是，宫里面的美女们天天都珠围翠绕地在他眼前晃来晃去，让这个珠宝设计师毫无胃口。而李师师不施脂粉，一头蓬松的素发，却刚好吻合他的设计理念。他屁颠屁颠地回宫了。李师师的经纪人知道这个像傻博士一样的人就是皇上，才大吃一惊。李师师兀自神闲气定，不冷不淡——只羡才华不羡官，咱师师不是那种没见识的人。

半个月后，赵佶再次光临，送给师师一个礼盒。当李师师收到皇上亲手设计的珠宝的时候，忍不住幸福地呻吟起来。此物不传，我至今想象不出它的样子。它结合珐琅的庄重、银饰的简洁、水晶的璀璨、珍珠的温润。看来，赵佶真是一个杰出的艺术家呀。李师师不禁芳心暗许，同意赵佶有空就挖地道过来。

经纪人马上给珠宝买了保险。保险公司考虑到是皇帝设计的孤品，兹事体大，提出要求：在室外的时候，不得外露，以防被抢。于是，李师师每回出门，都戴着帷帽，还用薄纱或轻绡遮住面部。所以，世人都无缘亲见赵佶的杰作，满街的女人倒是纷纷模仿起超级明星李师师的帷帽，认为是来自异邦最摩登的打扮，说是在遮与露之间的微妙平衡。所以，看看张择端的《清明上河图》，就知李师师发明的帷帽这种新花式多流行了。

其实，李师师除了跟这个位高权重的设计师相好，还和著名作家晏几道、秦少游、周邦彦，甚至画家张择端都有一腿。特别是周邦彦，作为大晟府乐正，仗着有才华，鼻子都能朝天了。对于一个杰出的歌伎来说，李师师与之正是惺惺惜惺惺。一次，周邦彦正与师师叙谈，忽报圣上驾临。周邦彦仓促之间藏身于床底。赵佶进来了，温情脉脉地替师师剥橙，把床上床下的人儿都急死了。赵佶一走，周邦彦从床底下爬出，填词《少年游》一首："并刀如水，吴盐胜雪，纤指破新橙。"

这首词传到徽宗耳朵里，妒火中烧，命蔡京将周邦彦押出国门，赶走；想想，怕得罪佳人，又把周邦彦召回来了。

李师师宁当交际花，不当妃子是有道理的——当然有一个能不能的问题，但也有一个愿不愿的问题——进了宫，一辈子就要跟那些三姑六婆钩心斗角，分分钟死无葬身之地；而操老行当，天天可跟风流才子彼此倾慕之人酬唱应和，被尊为女神。哪种命运更好？李师师自然有分寸。

李师师：北宋末年色艺双绝的歌伎，她慷慨有快名，号为"飞将军"。她的事迹在笔记野史、小说评话中多有记述。较早的可见张端义《贵耳集》、张邦基《墨庄漫录》、宋代评话《宣和遗事》。宋徽宗在位期间，自政和年间以后，也常微行出游，由数名内臣导从，乘小轿子前往李师师家。曾与著名文人周邦彦、晁冲之交游。有说后来徽宗把她召入内宫，册封为瀛国夫人或李明妃。金兵入侵，汴京沦陷，李师师的下落变得众说纷纭，扑朔迷离。

花开在这么龌龊的地方又能怎么办

中国历史，尤其是宫廷史，就是一部暴力和冷暴力史。可是也出了好些女人，她们是历史上著名的淫荡女人，虽然不见得是好东西，但总算给女人出了一口恶气。南北朝有个山阴公主，跟她的皇帝弟弟说："陛下六宫数万人，而我只有驸马一个，太不公平了！"她就养了三十个年轻英俊的男人在后宫。还有唐代的太平公主和胡太后等都是这个样子，理直气壮地乱搞。

当然，虽然"不守妇道"违背了当时对女人的训诫，但这些尚勉强算是追求性的自由。不对，这并不是追求性自由，而是利用权力特殊化，她们绝不会主张其他女性也跟她们有同样的性自由的。

还有一种女人更等而下之了，她们的自由方式是戕害同性，来保障自己的利益。

汉成帝看中了民间舞蹈家赵飞燕，她又轻又软，跳起舞来经不起一阵风，皇帝便制了水晶盘让她起舞，又专门制了七宝避风台怕她被风刮了去——估计赵飞燕同时还是轻功绝顶的民间武术家，不仅"草上飞"，而且可"御风而行"。此妹在乡下时就和邻居不清不白了，奈何居然有本事冒充处女进了宫，还爬上了皇后宝座。她那著名的妹妹赵合德也进了宫，两人极其受宠。

一般人靠这种水平混到这境地也就偷着乐了，可赵飞燕生不了孩子，为此，她决心给她的皇帝戴戴绿帽子，借"精"生子。赵飞燕以祷神为名义，建了一间小房子，除了左右侍妾任何人不得进入，用小牛车拉着一车的美貌少年，装扮成宫女进宫，任这位大美人胡作非为。据汉代的笔记小说《飞燕外传》（伪托）记载，赵飞燕"日以数十，无时休息，有疲怠者，辄代之"。以她那看似弱不禁风的身子骨，真够耸人听闻的。

皇帝也没大家以为得那么笨。一天，成帝带着三四个随从到后宫去，飞燕正与人胡搞，慌慌张张地出迎，成帝一看她那衣冠不整的样子，心里就猜疑了几分。不一会儿，又听到壁衣柜里有人轻声咳嗽，他马上明白"skeleton in the cupboard"（壁橱里的骷髅，意译为丑闻）。为了皇家的面子，皇帝忍着一口气不动声色地走了。

因为皇帝正在宠爱她的妹妹合德，在赵合德的苦苦哀求之下，最终还是没有杀她。这个胆大包天的女人后来还玩了一出假怀孕假生子的把戏。

合德也不是好东西，她把所有怀了孕的妃子、宫女杀死，并不断诱使皇帝服用丹药，最后服用丹药太多，就死在她的身上。

身为一国之母而放荡无耻，赵飞燕绝不是孤例。其实中国历史上，淫逸之风盛行的有几个朝代，一是商朝和春秋战国时期，叔嫂、兄妹私通不是奇事，一嫁再嫁三嫁不成问题；二是汉代与南北朝；三是唐代，著名的"脏汉乱唐"，韦皇后竟然和丈夫、情人三人一起下棋，互相知根知底。每次翻到这些历史，道学家总是气得要拿块豆腐一头撞死。但我总觉得，后世常把正常的性自由，和借助权力实现的性放荡混为一谈了。前者，是每个人都应当拥有的基本权利；而后者，是为了实现个别人的欲望而打压甚至消灭别人。可惜，正史当中，能被记录下来的，往往是与权力相亲相爱的后者，才会让人以为，性自由一定是与性放荡结合在一起的。

这几个时期后宫出了好几个以淫逸著称的后妃，说起来是因为她们的男人太不像话，昏庸、放荡、无能，或兼而有之。红杏不出墙，花开在这么龌龊的地方又能怎么办呢？

附 录

赵飞燕：名宜主，汉成帝皇后，擅长歌舞，由于体态轻盈，据说能"掌上舞"，故称"飞燕"。汉鸿嘉三年（前19年），成帝在阳阿公主家见歌女赵飞燕艳丽非常，便召她入宫，宠爱有加。不久成帝又召其妹赵合德入宫，封赵氏姊妹为婕妤，从此赵氏姊妹贵倾后宫。为进一步巩固地位，赵飞燕诬告许皇后，又指班婕妤有邪媚之道，由是成帝遂废许皇后，立赵飞燕为后，封赵合德为昭仪，二人极得恩宠。赵飞燕因为无子失宠，遂淫乱后宫。至平帝即位后，赵飞燕被贬为庶人，自杀身亡。后人称"环肥燕瘦"的"燕"就是赵飞燕，比喻体态瘦削轻盈的美女。

叫我女王大人

赵飞燕姐妹

她们都热爱男人

很多人只知道赵飞燕和赵合德是历史上有名的淫娃,其实这是很不公平的。至少她们还是早期最出色的生物化学家。

这两姐妹是双胞胎,是郡主遗弃的私生女,穷得要命,一个纤瘦一个丰腴,一个刚愎一个理智,一个乖戾一个温柔。早年,飞燕还醉心于一个打鸟的毛头小子,是合德及时地制止了这段爱情——我们是要飞黄腾达的,别给那些小情小爱误事啦。这时候,赵飞燕从一个老虔婆李阳华那里听说有一种香精可以永葆青春。为了将来鲜花着锦、烈火烹油的美好前景,飞燕、合德两姐妹开始钻进炼丹室里调配香水。

这种提纯的香精后来名为"息肌丸",把它塞到肚脐眼里融化到体内,以使肌肤胜雪,双眸似星。后世盗墓者久闻大名,把配方从坟里挖出来了,可惜已风化了一部分,只能看到基本成分麝香。它有向周围一切渗透的能力。据说这张配方还沿着丝绸之路一路走一路流传,中东有几座清真寺修建时,灰泥中掺入了麝鹿香,过了一千年,当太阳照射在这些建筑的时候,内部仍然能使整个大厅散发着阵阵幽香。约瑟芬皇后听闻之后,梳妆室里也依葫芦画瓢地弥漫着麝香,让对皮毛过敏的拿破仑闻得浑身发痒。

这两个美女因为发明了这种奇效的青春美颜宝，漂亮得让人魂飞魄散。两人当上了阳阿公主府上的舞伎，又先后被汉成帝带进宫里。赵飞燕看见皇帝时故意浑身哆嗦，假装处女，让皇帝又怜又爱。而合德则想通过嫁给皇帝，来换取调制延年益寿丹药的大笔科研经费。这一帖香精还是强烈的催情剂呢。史官哪里懂那么多，书上只含糊地说，飞燕和合德善房中术。

赵氏姐妹入宫以后，极受汉成帝宠爱，两人迅速调整为政治同盟，飞燕当上了皇后，合德也当上了昭仪。

不过，"息肌丸"最大的缺陷就是会破坏生殖系统，永远不能生育。皇宫药剂师上官妩教赵飞燕用羊花煮汤洗涤，可是已无法挽救。不能生育，就意味着皇帝百年后地位难保，飞燕合德，百密一疏，悔不当初。

她们不再有子嗣可以倚靠，自此，两姐妹的生活方式开始分歧：合德坚持要得到皇帝刘骜一人所有的宠爱。凡是和刘骜有染的女人一律处死，嫔妃生的孩子逼着皇帝下令杀死；她指东皇帝绝不敢向西，她要星星皇帝不敢给月亮。而飞燕则干脆装怀孕避开皇帝老儿，一车一车地往皇后寝宫里运帅哥。那时的长安城，十四岁以上四十岁以下的男人，没有跟飞燕上过床的，出了门啊，你都不好意思跟人打招呼。他们有个称号，叫作"青年近卫军"。

全长安的人都知道了，皇帝也知道了。他当然也生气过。不过，合德向他求情："姐姐得罪了很多人，经常会有人构陷，您不要听啊，如果您不信我们，我们俩都会死定了。"成帝太爱合德了，以后，凡是有人告密说皇后淫乱，皇帝就把告状的人杀了。也罢，眼不见为净。

作为优秀的生物化学家，合德还给皇帝贡献了一种春药。先用

叫我女王大人

大瓮贮满水，把丹药投在水中，水马上沸腾，换水，再沸腾，过了十天，水不开了，就可以服用了——这么狠的药也敢吃，以博一次快活，这个皇帝，唉。

最后一次，刘骜酒喝多了，一口气服了七颗，死在合德的怀里。合德也自尽身亡。赵皇后变成了赵太后，还硬撑了几年，最后，政治上为王氏家族所抛弃，才恹恹地自杀。

这一对姐妹，与其说她们爱男人，还不如说她们热爱控制男人：只不过妹妹喜欢控制一个男人，而姐姐喜欢控制一群男人。不过，最终失控的显然不是她们手中的男人，而是由偶然带来的必然命运。

附　录

赵合德：汉成帝妃子。汉成帝刘骜把歌伎赵飞燕召入后宫，又把其妹妹赵合德召入宫。其婉丽美艳，不逊于飞燕，被封为昭仪。成帝曾称赵合德为"温柔乡"，"我要老死在温柔乡里，不求武帝的白云乡"。赵合德美艳多才，会装扮，性妒忌，专宠后宫，而且逼着汉成帝杀死儿子。后来刘骜因纵欲过度而亡，赵合德畏惧而自杀。以上内容，可参见汉朝伶玄《赵飞燕外传》，作者疑为伪托。

贾南风

不是在玩弄权术，就是在玩弄男人

"恐龙守则"上说，一个女人，如果不性感，就要漂亮；如果不漂亮，就要有气质；如果没有气质，就要很可爱；如果不可爱，就要很温柔；如果不温柔，那就要年轻；如果不年轻了，那么——有可能当上皇后，如果你是贾南风的话。

在任何一个新政权中，开国元勋往往是一代精华，靠才干取得尊荣。不过晋王朝的开国元勋，却是那个时代中最腐败的一群无耻之徒。比如皇帝司马炎，他皇宫中的姬妾多达一万余人，以致他每天发愁，不知道到谁那里睡觉才好，就乘坐羊车，任凭羊停在何处，他就在哪里过夜。在不讲究优生优育的情况下，他有了一个白痴的嫡子司马衷，而且是合法皇室继承人。听见青蛙的叫声，司马衷会问："它们为什么叫？为公？为私？"听见有人饿死，他大惊说："没有饭吃，为什么不吃肉粥？"

这就是著名的"何不食肉糜"。

连老爸司马炎也想废了他，便出了份试卷给儿子。太子身边的一群侍从官员替太子答题，时任太子妃的贾南风一看就摇头："不行。答得这么好，皇上一看就知道是假的。"她找了几个呆头呆脑的太监代为答题，让司马衷笔录。晋武帝一看：嗯，儿子是笨，不过，有常识，头脑正常。就安心地死去了，这个白痴就做了皇帝。

这一次，是贾南风的小试锋芒。贾南风生得粗、短、黑，面貌奇丑，眉后有疣痣，而且性格暴躁、妒忌心重，残酷冷血，本不宜做太子妃。有一次她听说某妃子怀孕了，居然挺着长戟当飞镖，把人家捅死了。

贾南风当了皇后，她给自己的封号是"美艳绝伦学富五车秀外慧中大圣皇后"，简称"美智皇后"。看到谁敢不这么称呼她，她的手轻轻在脖子上做个手势，那个不肯昧良心的人头就落地啦。所以开始的时候，贾南风走到哪里，后面总有一队精于业务的刽子手跟着待命，因为有需求，一时间刽子手就成了热门行当；后来，骨头硬的、说话真诚的官员妃嫔都杀得七七八八了，这个刽子手队就遣散了，洛阳的失业率马上上升了一个百分点。

白痴皇帝对贾南风怕得要死，也不敢和别的妃子有染。贾南风就不同了。她不仅和太医公开偷情，还派人去宫外物色猎物，看到英俊少年就连哄带骗，蒙上眼睛打个包裹寄到皇后房间里。后生看到雕梁画栋，丝缎绫罗，只当自己来到天堂；然后，一个中年丑妇出场了……这些不知情的小伙子在仙宫里欲仙欲死，几天之后，又被蒙上眼睛，装进包裹，特快专递邮寄到刑场，上面写着寄件人对邮件的处理方案："即刻问斩。"所以，那些年轻人刚刚从包裹里钻出来，那边就刀起头落，他们眼睛睁开来看到的第一个东西，就是自己已经没有头颅的身躯，迷迷糊糊就上了真正的天堂。

例外也有，有个小吏一夜暴富，华服美食，奢靡无比，被当盗贼抓起来了，经过审讯，这个小官吏才知道他夜夜承欢的人原来就是皇后，官员无奈，也就把他放了。

平心而论，上帝给她关了一扇门，又给她开了一扇窗。贾南风尽管有千般丑恶、万般无耻，她还是有一项能耐在宫里能立住脚，而且把手伸很长，就是权术。史书说她"妒忌，多权诈"。看来，权力不仅是男人的春药，也是女人的。

贾南风与楚王司马玮合谋，先杀死杨骏，诛其亲族数千人；又杀死司马亮及其党羽；最后以图谋不轨的罪名，反手除掉年仅二十一岁的楚王。贾南风从妹妹那儿抱来一个男孩，冒充自己的儿子，杀死了太子。一路杀将过来，也把她的欲望挑逗得愈加斗志昂扬。

不在玩弄权术的时候，便是在玩弄男人。杜拉斯说："如果我不是作家，我会是妓女。"我猜，贾南风想说的是："如果我不是皇后，我会是妓女。"而这两者，她都胜任。

附 录

贾南风：西晋惠帝司马衷之妻，又称惠贾皇后。其父是西晋的开国元勋贾充。其貌不扬，生性残酷，曾亲手杀过人。善于钻营，精于权术，性多妒忌，并生性淫荡，秽乱春宫。惠帝懦弱无能，国家政事，皆由贾南风干预。她暴戾而专制天下，废黜太子，挑起了"八王之乱"，使西晋陷入了长期的内战中，后在战乱中被废并被杀。大一统的中国，从此陷入了三百多年的分裂割据局面。

叫我女王大人

看脸的时代怪谁呢

对于某些人来说，当好偶像是他们应尽的义务。每年五大时尚之都春秋两季的新装发布会，全球时尚圈都流着口水在等，等那些掉下来一些饼干屑一样稀薄的创意，就够写上半年的了。

我们已经没有后宫了。那时，受宠的妃子穿什么、戴什么都成了全城女性的楷模，争得时尚教主的地位，也就争得了君王一笑。"城中好高髻，四方高一丈；城中好广眉，四方且半额；城中好大袖，四方全匹帛。"美貌，根本就是一场阴谋；穿衣打扮，根本就是一场战争。章小蕙有一句买衫金句："饭可以不吃，衫不可以不买。"买衫买到破产，毫不以为意，也算是奇观吧。

话说最著名的败家昏君隋炀帝。他喜欢玩微服私访，到了汴梁，隋炀帝坐着龙舟，萧妃乘上凤船，锦帆彩缆，穷奢极侈。每个舟上都有挑选的妙丽长白女子千人，手执着金楫，被称为"殿脚女"。一天，隋炀帝看上了一位殿脚女吴绛仙，迷上她的柔韧和丽质，皇上回到龙舟中传召吴绛仙，要提升她为婕妤。可惜，吴绛仙已嫁给了玉工万群，隋炀帝很扫兴，把她提到龙舟执首楫，把她叫作"崆峒夫人"。这位皇帝的爱好真是广泛而没有原则啊，有教无类，从老爹的妃子，到地位最低的民妇，再到羞颜未尝开的小女孩，只要够漂亮，通吃。

由于吴绛仙擅长把眉毛画成长蛾状，后宫佳丽争先恐后地效仿画长蛾眉。司宫吏每日发放螺子黛五斛，叫作"蛾绿"。螺子黛产自波斯国，每颗价值十金，以后由于征集的赋税不够用，就混杂着铜黛发放，唯独吴绛仙得到赏赐的螺子黛不断。隋炀帝每当倚靠着蔽日帘看吴绛仙，时间过了许久也不离开，对在里面的谒者说："古人说'秀色若可餐'，像绛仙这样的真可以治疗饥饿病啊。"

当然，史书里找不到吴绛仙的记载，隋炀帝真正的后妃包括：萧皇后，西梁明帝萧岿之女；萧嫔，赵王杲母；贵人陈婤，陈后主第六女；王氏，李渊外甥女，唐同安长公主女；宣华夫人陈氏，陈宣帝女、陈后主妹；容华夫人蔡氏。

另一位劳民伤财的美女是邓夫人，东吴南阳王孙和的爱妃。孙和，孙权的儿子，也是一个贪奢的人，宠爱邓夫人，常将她抱在膝上。一晚月光明亮，孙和与邓夫人在月光下，正在情意绵绵，一不小心，手里的玉如意碰伤了邓夫人的面颊，血流满面。孙和唤来御医，命令他们不得留下任何疤痕。御医说，止血容易，要不留疤，就必须用白獭髓、玉屑和琥珀粉调和在一起，经常涂抹，才能生效。孙和于是悬赏天下，有献白獭髓的，以千金酬谢。富春江上有个老渔翁禀奏说：白獭这玩意儿，见有人捉它，则逃入水底石穴中，极难捕捉。每年祭鱼的时候，白獭们为争夺配偶时将发生厮杀格斗，有的水獭会在格斗中死去。枯骨藏于石穴之中，虽然里面没有骨髓，但将骨头粉碎，与玉粉调和，也可以去疤痕。孙和听了，便命渔翁打捞一些獭骨，用玉屑、琥珀粉调和，制成药膏。结果，昂贵的琥珀粉用得太多，邓夫人敷完以后，在脸颊上留下了一个赤红的斑点，反而看起来更俏丽了，孙和很得意。后宫嫔妃一看，纷纷都用丹脂在脸颊上点一小斑，竟成了一种淫俗（淫，过分、多余之意）。

你说，这种取悦君心，所带来的淫俗，根子在谁呢？细想也不能怪人家。在这个看脸的时代，君上喜欢哪一款，就把自己改造成哪一款，不正是理性的驱动吗？

如果再问，郭靖为何爱黄蓉不爱华筝？陈家洛为何爱香香公主不爱霍青桐？杨过为何爱小龙女不爱郭襄、郭芙、程英、陆无双、公孙绿萼、耶律燕？原因分析了千千万，但核心很简单，因为后者不及前者漂亮。这是一个令人十分伤感的答案。但是在一个女性只能被动等待的时代里，不可避免啊！

附　录

吴绛仙： 隋炀帝妃子，封为峏峒夫人。见唐颜师古《隋遗录》记载，其本是拉纤的殿脚女，有才貌，曾嫁与玉工万群，后入宫。善画长蛾眉，帝宠之。隋兵败后，随隋炀帝自杀。但未见正史记载。

—— 鱼玄机 ——

情欲世界的女皇

多年以后，当鱼玄机面对行刑队的时候，一定会想起她初次见到温庭筠的那个遥远的下午。

在那个暮春时节，鱼玄机还不叫鱼玄机，而是叫幼薇，温庭筠特意来到穷街陋巷中拜见这位年未及十三岁的诗童。他出了道"江边柳"的考题，而幼薇挥笔写就"根老藏鱼窟，枝底系客舟"的五律应答。温庭筠既惊艳不已，又隐隐地看透了这个小妮子的命运——"系客舟"，也许意味着她终将难免以色事人。

在唐代，与鱼玄机齐名的两位才女李治和薛涛都以诗著名。李治五六岁时，在庭院里作诗咏蔷薇："经时未架却，心绪乱纵横。"她父亲生气地说："此必为失行妇也！"后竟如其言。薛涛的故事更有名，她八九岁就知声律，其父指着井里梧桐咏诗："庭除一古桐，耸干入云中。"小薛涛应声道："枝迎南北鸟，叶送往来风。"也让她父亲黯然了许久。这三个女人最终都成了形态不同的妓女。早年的诗果然都成为她们命运终局的谶语。

事实上，史上有名的女诗人几乎都是跟卖笑这种职业有关。因为高级妓女能够多方结交权贵和文人，有传播的机会；而寻常良家妇女即便有才华，她的诗文也无法流传开来。唯一例外的只剩李清

照了。

　　温庭筠终究没有娶鱼幼薇。这位才情非凡的"丑钟馗"没有勇气接受一位年未及笄的女孩的感情。从此，他们一直保持着亦师亦友的关系。十六岁时，鱼幼薇嫁与吏部补阙李亿为妾。可惜李亿的老婆裴氏出身望族，眼里容不下小鱼，硬把幼薇扫出家门、踢进长安咸宜观做道姑，起道号为玄机。那时，鱼玄机才十七岁。

　　在以前的小说话本中，一般寺院道观，都是专门收容看破红尘的女子，尼姑庵女道观更是专供痴情女逃情或避难的。不过唐代的道观寺院却发挥了另一种功能：偷情。像唐玄宗的胞妹玉真公主和金仙公主就建起自己的道观，因为出家可以更自由地结交风流才子，从此，这里青楼不似青楼、庵堂不像庵堂，武则天、杨玉环干脆以出家为幌子，重新入宫了。这些公主、嫔妃入道修真，带动了一拨知识女性，像李冶道、卢媚娘、卓英英、杨监真、郭修真都在这里写下不少好诗，同时也撩起了道观里的无边春色。

　　性学专家潘绥铭在他的《存在与荒谬》一书中说："尼姑一般不会跟男人有什么瓜葛，但是恰恰因此，她们实际上只是男性社会里的贞节花瓶，以便让男人们觉得，这个世界多么圆满啊，毕竟还有一些守身如玉的圣女供我们崇拜，有时候，还让我们有的可偷。"换上道袍，道观里的女郎，成为男人最后的性幻想对象。

　　鱼玄机并非没有爱过李亿，奈何李亿虽是状元，人品才华都不过尔尔，心也就死了。"易求无价宝，难得有情郎。"这句诗是她人生的分水岭：从自恋自怜，到自戕自毁。及时行乐吧，没有谁值得留恋。

　　艳帜高张的咸宜观写下"鱼玄机诗文候教"的广告，确是吸引了不少心存挑衅的才子。曾和鱼玄机交游可考的文士有李郢、温庭筠、李近仁、李郢等。鱼玄机从来没有过这样的自由自在：她可以以盛宴和狂欢来招待客人，看谁不顺眼也可以一脚就把人家踢出门去。鱼玄机的生动、鲜活、泼辣、才华，迷倒了整个长安城，男人都俯在她的石榴裙下，听候她的差遣。那一刻，她是情欲世界的女皇。

谁都知道鱼玄机是出了名的荡妇。可是，她的道观门前，还不是排成了长队？无怪乎她纵声大笑，要把天下无行的男人都视为脚底泥。然而，放浪和狂傲之外，她从自己的诗和文字里，照见了自己的卑微：一旦失去了追求者和爱慕者，她将无处可逃。外表依然美艳绝伦的鱼玄机，内心却开始生出霉斑，开始蔓延，她不是不知道这点。就像武林第一美人林仙儿的下场一样，人人都看出来，她人不老，心已老，充满了恐惧。

因为和丫鬟绿翘争宠，鱼玄机把绿翘打死了。她被抓捕归案，为京兆尹温璋判杀。鱼玄机被斩首了，终年二十四岁。

"一个会写诗的卖笑的道姑，最后卷入一件普通刑事案件。"历史最终对她竟然用了这样一句评价。而且，对她的道德审判，焉知不是京兆府刀笔吏对鱼玄机罪案的道德判词？只有在王小波的《寻找无双》里，还残留着她的一缕香魂，还有她那一大把水草一样茂盛而动人的长发。

附 录

鱼玄机：字幼微，又字蕙兰，唐代诗人，长安人。《全唐诗》存其诗一卷。性聪慧，好读书，有才思，尤工诗歌，与李郢、温庭筠等有诗篇往来。初为补阙李亿妾，以李妻不能容，出家于长安咸宜观为女道士。自伤身世，有"易求无价宝，难得有情郎"的慨叹，后来大开艳帜，咸宜观车水马龙，她本人从弃妇变成了荡妇，过上了半娼式的生活。因杀侍婢绿翘，为京兆尹温璋处死。也有说法，称其从狱中获救。

资深美女的身体与政治

以前看希腊神话，总是不明白，那些徐娘半老的王后，怎么会有这么多的追求者呢？追求奥德修斯的老婆的各国王子，住满了整个宫殿；俄狄浦斯的娘亲答应天下人，谁查出事件的真相就嫁给谁；她们看起来都新鲜热辣得很，是男人们的猎物、诱饵，光是风韵犹存是解释不了的。

而咱们，中古近古以来，都是些老夫少妻的命，只有老头娶小妾，哪有寡妇老树发新枝的？偶有几个太后级人物跟少壮青年胡混，显然都是权势逼迫，男人嘛，只得半推半就，完全不是对其肉体有兴致。哪像人家，一女寡居百家求。

但春秋时期的夏姬不同。生在上古时代，虽没什么贞操观念，但头脑正常的人也不兴乱伦、君臣共用一妻，但夏姬就一而再再而三地这样干了。凡是沾过她的男人基本上都死了，国都衰灭了，老老少少的追求者，一直排队排到街对面，还拐几个弯。

夏姬是郑穆公的公主，年纪轻轻就跟亲生哥哥公子蛮私通；夏姬不得不被许配给小陈国一位御史大夫夏御叔——夏姬的名字就是这么来的。公子蛮两年后就死掉了。儿子夏南长到十几岁的时候，夏姬的丈夫也死了，她成了寡妇，陈国的国王陈灵公就当了夏姬的情人。同时，他的"同情兄"还有朝中的大臣公孙宁和仪行父。

看客只觉得夏姬有本事，把君臣三人管理得就像后宫一样整齐有序：他们具有推荐新情人给夏姬的"贤淑"和"美德"，三人不仅不妒忌，还常常一起饮酒作乐，一起讨论共同的情人夏姬，穿着夏姬送的内衣上朝谈论风月，还当着夏姬儿子的面说这是他们三人共同的儿子。这可把夏姬的儿子气坏了，找人杀了陈灵公。

这个少年的弑君行为给了楚国借口，楚庄王出兵灭了陈国，杀了夏南。

楚庄王抢到了夏姬，正流着哈喇子，大臣子反也迷上了这个中年妇女，两君臣因此而吵个不停。巫臣劝谏说："这个女人不寻常。不祥之物不能要啊。"楚庄王只能咽着口水把夏姬嫁给一个老贵族，可不到一年，这个老贵族就在战场上被一箭射死了。夏姬就跟他的儿子黑腰好上了。

乱伦之人，其行必不端。这个黑腰有了后妈，连亲爹的尸体都不去接了。楚国人对夏姬的不祥和淫荡的名声十分反感，楚庄王只好不情不愿地把夏姬送回其郑国老家。

就这样过了十四年——当然，这十四年里，这个国王的姐姐干了什么，就没有人过多地追究了。反正在她快五十岁的时候，当初那个不让楚庄王和子反娶她的巫臣跑过来，把她抢回家做老婆啦，还带着她投奔到敌国晋国。原来十几年前早就不怀好意了呀。

楚庄王醋意大发，把巫臣在楚国的家人灭族，那个跟后妈有染的黑腰也身首异处。巫臣也不是好惹的，培植吴国成为楚国的敌人，从此，两个国家一有空就打仗，把楚国打得几乎灭亡。

由于她与陈灵公等三位国君有不正当关系，人称"三代王后"；先后七次下嫁，故为"七为夫人"；九个男人死于她的床裙下，又称"九为寡妇"。可追求她的男人还是前仆后继、无怨无悔。而这个女人，除了男人的热身子，似乎不作他想，对政治也没有什么兴趣。更稀罕的是，公元前7世纪，什么阴阳采补，什么《素女经》，什么《天地阴阳交欢大乐赋》还没有甚嚣尘上，夏姬是如何青春永驻的？

似乎中国文人史上，"关关雎鸠""有女怀春"的情史都是由年方二八的少女写就的。一旦嫁了人，她的故事就像电视剧打上了一个完字，曲终人散，就像死鱼眼珠，毫无光彩可言。即使有，那也是相夫教子、齐家治国的功绩，只有母性，全无性吸引力。

夏姬尽管是个人尽可夫的荡妇，但也算是创造了一部传奇吧——且看年已半百的资深美女如何勾引男人。

附　录

夏姬： 春秋时郑穆公之女，与庶兄公子蛮私通。公子蛮早死，继为陈国大夫夏御叔之妻，生子徵舒。御叔死，她与陈灵公、大夫公孙宁、仪行父私通。徵舒射杀灵公，孔宁等奔楚，请楚师伐陈。她被楚庄王所俘，送给连尹襄老为妻。襄老战死，她从申公巫臣谋，托词归郑，后申公巫臣娶以奔晋。

杨贵妃

倾尽一个国家的衰亡，也换不来爱情

范冰冰连续主演了电视连续剧《武媚娘传奇》和电影《王朝的女人: 杨贵妃》，这对外婆与孙媳妇，在她的演绎下，都惊人地相似: 都是心怀善意、为人所妒的圣母；她们能得到一切，是因为她们的善良和爱。

但如此一来，你就很难解释武则天是如何成为中国几千年历史上独一无二的女皇帝，任用酷吏清除异己的魄力又是如何凌空出世的；而杨玉环又是如何宠冠后宫，兄长又是如何朝纲独断，直至引起安史之乱的。

就说杨玉环吧。王小波在《思维的乐趣》中写道: "被大恶人所骗，心理能平衡，而被善良的人所骗，我就不能原谅自己。"如果说有"红颜祸水"一词，我想杨玉环就是那种女人: 不具主观恶意，却结结实实地带来了客观恶果。煌煌帝国的颓败，青萍之末起于一个没怎么作恶的女人，实在让人不甘心、不甘心哪!

反而像武则天、慈禧，甚至曹七巧那样苦命地谋划命运，太过大奸大恶，就成了阴谋家了。

唐玄宗李隆基在前期是一个很有作为的皇帝，他励精图治，整个社会的经济文化都有较大发展，史称"开元盛世"，可说是整个封建王朝兴盛的顶峰。这时候，他遇见了倾国倾城的杨玉环。锣鼓"锵锵"一声响，玄宗的魂就被这个胖女人给勾去了。

当时，杨玉环是他的儿媳——寿王妃，他硬是要儿子和杨玉环离婚，让杨出家，再名正言顺地迎娶回来。从此，"后宫佳丽三千人，三千宠爱在一身"。李隆基和杨玉环一个是音乐家，一个是舞蹈家，两人之间发展了一段志同道合的革命感情，正符合无产阶级眼里的爱情观。他们为唐代的歌舞事业做出了杰出的、不可磨灭的贡献，同时，因为杨贵妃爱吃荔枝，也大力发展了这种农作物的栽培技术和运输技术。

可问题是，唐玄宗是皇帝，他的工作不是娱乐公司的 CEO 或技术顾问，而是管理国家，他带动了满朝都耽于声色，终于间接地导致了安史之乱。

为什么历代皇帝都有那么多的姬妾？除了能让皇帝随心所欲地满足自己的声色之娱、把这当作皇帝的福利并生出足够多的皇位候选人以外，我以为很重要的一个原因就是：让无数的美女陪在这个男人身边，他就比较不容易对女人产生爱情了，这样就确保了女人只是皇家的一个工具，而不是一个平等的爱人。唐玄宗这么聪明的人怎么就想不到这一层呢，杨贵妃一吃醋他就担惊受怕，偶尔把她赶走又不得不想念她。这种爱就产生了不少麻烦，杨贵妃的哥哥杨国忠、三个姐姐都封相封夫人，杨氏一门权倾天下。

当然皇帝嘛，偶尔好偷腥，除了自己的妃子之外，还和几个小姨子都有点不干不净的。可正当盛年的杨妃也不是吃素的，她曾和皇帝的弟弟宁王有过不寻常的交往。当时范阳节度使安禄山备受玄宗信任，皇帝称之为"儿"，杨贵妃还为这个比自己大十余岁的男人"洗儿"，玄宗居然开心地厚赏安禄山。这个"腹垂过膝"、奇丑无比的安禄山甚至通宵待在杨贵妃的香闺里，还抓伤了贵妃的胸。人人都知道发生什么事了，皇上还傻乎乎哪！

当然，这个广为流传的故事，也仅仅是故事。《新唐书·则天武皇后杨贵妃传》有载："禄山反，诛国忠为名，且指言妃及诸姨罪。"大意是说安禄山造反以讨伐杨国忠为借口，而且公开指出杨贵妃及几个姐姐的罪恶。翻阅新旧《唐书》，实难找出杨玉环与安禄山有暧昧关系的任何记载或暗示。清代著名学者袁枚为贵妃鸣不平："杨妃洗儿事，新旧唐书皆不载，而温公通鉴乃采《天宝遗事》以入之。岂不知此种小说，乃村巷俚言……乃据以污唐家宫闱耶？"《天宝遗事》和《禄山事迹》是小说稗史，恐非实录，可惜了一代佳人，居然要跟这种奇丑的胡蛮相提并论。

终于安禄山造反了。天宝十四年（755年），安禄山联合多个民族联军，号称二十万，以"讨伐杨国忠"为借口于范阳（今北京）起兵。后来，安禄山又在洛阳称大燕皇帝，改元圣武。

政府军一路大败，唐玄宗逃离长安，到了马嵬坡时，六军不发，龙武大将军陈玄礼率兵请求杀杨国忠父子和杨贵妃。杨国忠已经被士兵乱刀砍死，玄宗本欲赦免杨贵妃，但士兵继续喧哗，高力士苦劝之下，于是玄宗为了保住小命，赐死了杨贵妃。

安史之乱虽平了，但这场仗，打了七年，是大唐帝国由盛而衰的转折点，也是中国一千多年的整个封建文明衰落的开始。

倾尽一个国家一种文明的衰亡，方才成就了李、杨的"倾国之恋"。可惜，却没有换得他们片刻的现世安稳，还不及范柳原和白流苏。

平心而论，杨贵妃天真而放纵，没有太大的政治野心，但她的确是伤害了政治的力量平衡、伤害了天下人。她对"马嵬坡兵变"

不是没有责任的。这种人，天生是爱情动物，放在普通人家养不起；放在帝王家，更需要整个天下来奉养她一人。做人，仅仅是没有坏心眼是远远不够的。

附　　录

杨玉环：号太真，唐玄宗李隆基的贵妃。蒲州永乐人，蜀州司户杨玄琰的女儿。杨氏姿质丰艳，善歌舞，通音律。先是被纳为玄宗第十八子寿王李瑁的王妃，时杨氏年十六岁。公元740年玄宗令杨氏出家，五年后册封杨氏为贵妃。杨氏家族因此一门显贵。杨妃生活奢侈，玄宗亦从此不理政事，终酿成安史之乱。杨妃被迫在马嵬坡自缢。后世关于这一段历史演绎极多。

——— 齐文姜 ———

艳星洗底记之从荡妇到军事家

　　春秋时代，美女如云，各国的小公主都在竞芳妍、斗美艳，你方唱罢我登场。但齐国与众不同，他们推出的是一对"Twins"：齐宣姜和齐文姜。两姐妹都是齐僖公的女儿，就像诗歌里称颂的那样"手若柔荑，肤若凝脂"，都貌若天仙。齐家两位公主成为各国哄抢的目标。

　　姐姐齐宣姜十五岁的时候嫁到卫国，没想到她的公公卫灵公看到她美貌，却半路上将她截走，迎娶了她，宣姜只好当上了意中人的后妈。后来，亲儿子和太子争权夺位双双成了刀下鬼，宣姜也被迫再嫁，嫁的是意中人的弟弟姬硕，又生了三男二女。

　　这个绝代佳人命蹇时乖，只好做了乱世的牺牲品。但这种逆来顺受的好脾气也终于给了她一个安定的后半生。该如何评价呢？

　　妹妹齐文姜的性格就完全相反了。大概她的人生字典里，没有忍让，只有进击！

　　那时齐国正当财大气粗，捧谁红谁，而尊贵的公主又美艳惊人，求婚的君侯王子纷纷借机前往齐国都城临淄攀扯关系。在众多的追求者中，文姜特别欣赏郑国世子姬忽，认为他端正勇健，如玉树临风。齐、郑两国便为儿女缔结了婚姻。原本是一桩令人艳羡的美事，郑国的世子忽然听到了"齐大非偶"的传言，单方面撕毁婚约。齐

100　　　叫我女王大人

文姜一口气堵在胸口，终于恹恹成病。

这两朵姐妹花运气都不好。郑、卫两国，本就是淫风大炽的地方，溱洧之地，男女淫奔不禁，性观点非常开放。这两位天生尤物刚好许配给这两个国家，结果私生活就被搅得一团糟。文姜遭此重大刺激，居然就和自己的亲哥哥姜诸儿发生了男女私情。她的爹爹齐僖公知道以后，吓得半死，也不挑了，赶紧把女儿嫁给刚好赶过来求婚的鲁桓公。

为了避嫌，齐僖公还一反兄弟送亲的惯例，亲自将女儿送往鲁国成亲。齐僖公对这对姐妹郁闷不已，不让她们俩回娘家。宣姜很委屈，文姜也没有办法，只好安心地做鲁国夫人，并生下了两个儿子。

十四年后，老爹齐僖公终于死去，哥哥姜诸儿新任齐国国君。又过了四年，文姜终于逮着机会了，便伙同鲁桓公一同去道贺，结果是，姜诸儿和文姜合谋把自己的丈夫鲁桓公给杀了。儿子继位成了鲁庄公，文姜也借口不回鲁国，让儿子接她到了齐鲁之间的禚地，说：此地不齐不鲁，正是我的家呀！哥哥姜诸儿也会意，把行宫盖在邻地，方便两人相会。

为堵天下悠悠之口，姜诸儿作为齐国的国君（齐襄公），还是得结婚，于是向周庄王的妹妹求婚，周庄王指派同宗的鲁庄公就近主婚。这样一来，齐襄公是鲁庄公的舅舅，又是他的杀父仇人，还是其母的情夫，为他主婚，鲁庄公心情微妙。不过，后来由于齐襄公极力讨好，两人敌意尽消，母亲与舅舅双飞双宿从此更自由。

齐襄公后来被手下杀死了，文姜也没有离开禚地，就在那里遥遥地指挥儿子鲁庄公管理政事。正如动作片英雄不一定不能成为政治家一样（如州长施瓦辛格），以放荡出名的艳星就未必胸大无脑（如香港艳星狄娜）。文姜在处理政务上展现了她敏锐的直觉和长袖善舞的本领，同时也是一个杰出的军事家：没过多久，文姜就掌握了鲁国的政治权柄，还把鲁国这样原本只是森林里的小白兔的角色，培养成经济军事强国，成了大灰熊，在诸国战争中屡屡得胜。

文姜以前做下的风流账，不仅被民间文本记录下来，而且还放在《诗经》里广为传唱；难得她聪慧无比，还是一寸寸从谷底爬起来，化茧成蝶。文姜去世的时候，鲁国为她风光大葬，也算对得起她的美艳和功绩。

附　录

齐文姜： 春秋时期齐僖公的次女，与她的姐姐齐宣姜，同为绝色美人。文姜的婚姻则一波三折，与其兄乱伦，轰动了天下各国。后来，她一心一意地帮儿子鲁庄公处理国政，因为处置得宜，使得鲁国威望提高了不少，还在长勺挫败了霸主齐桓公的进攻。人们一面讽刺她的荡妇淫娃行径，一面又一再歌颂她的绝世艳丽，《诗经》中就留下了许多有关文姜的篇章。

胡皇后

好色一代女

　　总会有一些人，把床上运动当作最好的娱乐。对此比较痴迷的中国古代女斗士，当数北齐武成帝高湛的正妻武成皇后了。她把这种床上娱乐活动看作自己毕生的工作重点，最后，由皇后而成为妓女。历史上大概只此一家，别无分店，生意自然兴隆。

　　高湛继承帝位后，已生下两个儿子的胡氏，被册立为皇后。高湛自己有皇后妃妾，但不满足，他看上了哥哥文宣帝的皇后李祖娥，强奸了她，并常常宿在昭信宫。李祖娥与高湛的女儿出生后，她羞愧地杀死了这个婴儿，引得高湛勃然大怒，当着李祖娥的面把她唯一的儿子乱棍打死，又把李祖娥打得遍体鳞伤，血淋淋地扔进护城河中。

　　高湛屠戮至亲都已成了习惯，几个侄子也被他找借口杀死。看北齐那几位皇帝的行径，并不是单纯的暴君，暴君是为了维护自己的利益而残忍；而高氏家族，应该是偶发的狂躁型的精神病，这在高洋等人身上体现得更为明显。普通的精神病人杀伤力有限，也就算了，碰上权力无穷大的国君，你说这该怎么整好呢？

　　跟这样的国君一起生活，想必胡皇后也是又恨又怕吧。她的故事，未必是从耐不住宫闱的寂寞开始的，但最后的结果，却是相似的。她与高湛的亲信随从、给事和士开勾搭上了。

暴虐的高湛，居然不生气，还有意成全他们，让和士开教胡皇后学筑，给他们创造机会，两人乘机调情。和士开为讨好太子高纬，劝高湛做太上皇，这样可进一步享乐。高湛听从了他的意见，便让位于太子，从此深居宫中，当了太上皇，一味淫乐，三年后因酒色过度而亡。

高湛死后，胡太后与和士开的关系正式公开化，和士开则排除异己，权倾朝野，被封为淮阳王。琅琊王高俨恨透了和士开，制订了铲除他的计划，发动袭击杀死了他。皇帝高纬认识到高俨的能力，十分不安，便谋划将高俨杀死了。

和士开死后，胡太后难耐寂寞，借拜佛之名，经常去寺院，终于又勾搭了一个名叫昙献的和尚，两人经常在禅房私会。胡太后把国库里的金银珠宝多搬入寺院，又将高湛的龙床也搬入禅房。宫中上下人人皆知，只有皇帝高纬被蒙在鼓里。

一次，高纬入宫向母亲请安，见母亲身边站着两名新来的女尼，生得眉清目秀，当夜，命人悄悄宣召这两名女尼，逼其侍寝，可是两名女尼抵死不从。高纬大怒，命宫人强行脱下两人的衣服，一看，原来是两名男扮女装的少年僧侣！

原来这两人是昙献手下的小和尚，生得十分漂亮，被胡太后看中，让他们乔扮女尼带回宫中。高纬又惊又怒，第二天就下令将昙献和两名小僧斩首，将太后迁居北宫，幽闭起来。

看来，寺庙经常被那些太后级的贵妇，当作配种站和叫春应急中心。

高纬有那样的爹，又有这样的妈，不可能被教育成一个心智正常的人，当皇帝更不可能及格。事实也确实如此。喏，高纬就是那个"小怜玉体横陈夜，已报周师入晋阳"的皇帝。

很快，北齐帝国灭亡了。四十多岁的胡太后在战乱中，没有了太后身份，就相当于重获自由，很快便跟她的儿媳妇、高纬的正妻、二十余岁的皇后穆黄花，在北周首都长安的闹市区内，公开卖淫。昔日两位皇后成为妓女，长安人自然是竞相前往，谁不想跟皇后睡觉呢。胡皇后还兴奋地对穆皇后说：为后不如为娼，更有乐趣。

哈里路亚，我们不谈国事，只谈性。

会不会她们为妓是被迫的？只是后来的篡史者有意给她们的污名？很可能。国破家亡，流离失所，又是人人痛恨并得而诛之的暴君的女人，还孤独无依，只要想活下去，还有些什么别的技能呢？所谓的"为后不如为娼"，也往往是后世者对其节操的蔑视所捏造出来的。

但我仍然无法同情胡太后。因为"太后"或"皇后"这样的身份，除了锦衣玉食，同时也有重大的职责，船沉了，就算不殉船，你也没有资格一个人独自跳上救生的木板，手舞足蹈表达自己的快乐。

北齐宫廷上下，从君到臣、从帝到后，在道德操守上都是一路货色。这点是可以佐证的。夫死、子亡、国灭，对她来说，其实都不在心上。她将笑着跳进坟墓，因为她和数百个男人上过床，而这使她心满意足。

附　录

胡氏：北齐武成帝高湛的皇后，可算是个少有的荡妇。高湛继承帝位后，逼奸嫂嫂李祖娥，胡皇后不耐宫闱寂寞，同高湛的亲信随从和士开勾搭上了。儿子高纬登基后，和士开则排除异己，封淮阳王，后被高俨杀死。胡太后又与和尚昙献等人私通，淫乱后宫，被皇帝发现，幽禁后宫。不久，北齐亡国，胡太后与皇后沦落娼门。

叫我女王大人

胡太后

多情而贪权，她毁灭了一个国家

其实，历史上最多欲求的女性，不是慈禧，她要的只是富贵和权势；不是武则天，她要的只是货真价实的权力；也不是赵飞燕，她要的只是肉体之欢——而是胡承华太后，北魏宣武帝元恪的妃子，元诩的生母。她既有文才，又贪武艺；既爱天下，又喜金钱；既信佛教，又善权术；既贪图玩乐，又耽于情欲……直想把好处都占全。

众所周知，天底下哪有这么多的便宜可占？

胡承华出身低微，入宫，不过缘于她有一个做尼姑的姑妈，经常来皇宫打秋风，顺便引荐了她。胡氏进了宫，很快就被封为世妇。

看多了两汉两晋的外戚把宫廷搞得猫三狗四，鸡飞狗跳，所以北魏开国君主拓跋珪定下规矩，立太子杀生母。所以，元恪的嫔妃们都宁愿生诸王、公主，而不是太子。胡氏批评那些嫔妃："天子哪能没有儿子！你们怎能那么自私，只顾个人生死而不顾国家前途！"她怀孕了，反而祷告说："赐我儿子吧，让他当上太子吧，我万死不辞！"在后宫的角力中，她的儿子活下来了，她也活下来了。

看来，同样的性格在不同的境况下可以成为一枚硬币的两面：未发迹时，胡氏的铁石心肠是英豪大略宽宏量，从未将儿女私情略萦心上；而独掌政权后，同一副心肠，就成了无情无耻凶残暴虐的代名词。

很快，六岁的太子元诩当上了皇帝，胡氏先是被封为皇太妃，后来又逼得高太后当尼姑，自己当上了太后。正像有跑车的男人总是会请女人游车河一样，此妹武艺高强，射箭好，便多次举行射击表演巡回赛；爱登山，便在嵩山祭神，顺便在夫人九嫔公主中举行攀岩比赛，还非得拿冠军。有了强大的国力支持，北魏成了南北朝时期的体育大国。

一次，胡太后去盛放绢布的仓库巡玩，对从行的王公嫔主一百多人下令：依自己力气，随意取绢。这些人丑态百出，使尽气力左夹右扛成百匹地往家里搬。尚书令李贤和章武王元融最贪心，负绢过重，颠扑在地，一人伤腰，一人伤脚，太后又笑又怒，让卫士把两人赶出仓库，一匹绢也不给他们，当时被人传为笑柄。只有侍中崔光和长乐公主拿了很少。

北魏王朝在胡后掌政初期达至极盛，可惜是回光返照。高阳王元雍，富可敌国，童仆六千人，乐伎五百人，一顿饭就吃掉几万钱。河间王元琛，连马槽都以纯银打制。胡太后本人也好不到哪里去，不停地营造庙观，并下令各个州都兴建五级浮屠，洛阳城内，诸王、贵人、宦官、公主等各建寺庙，相互斗比。全国庙院激增至三万余所，僧尼多达两百余万人。仅洛阳一地，寺院竟有一千三百六十七所。崇佛造成大量社会财富流失，劝也劝不听。

同时，这个胡太后也是性情中人，而且一般的白面小生还满足不了她。她技高一筹，硬生生地把才华横溢、威望甚高的清河王元怿逼成了自己的面首，而且还把朝政大权拱手让于他。此后，她还不断培养和发掘新的面首。

这位多情女诗人，还亲自创作《杨白华》来怀念远走高飞的情人杨华："……含情出户脚无力,拾得杨花泪沾臆。秋去春还双燕子,愿衔杨花入窠里。"让宫女们昼夜连臂环绕,踏足歌唱,忆念情人。

也就是这几位面首,酿下了数次宫廷政变的祸根。

最可笑的是,胡太后的亲生儿子元诩,也就是孝明帝,长到十八岁,不满母亲的种种胡作非为,发密诏命镇守晋阳的大将尔朱荣率兵南下,以胁迫胡太后交权;胡太后先发制人,把元诩毒死了,强行立了儿子新生一个月的婴儿为帝;几天后,宣称刚立的皇帝是女孩,废掉,再立了一个三岁的小孩做皇帝。——也太儿戏了。玩不好,就游戏重启?你以为社稷神器是游戏呀?

消息传出,天下震惊,朝野愤慨。大都督尔朱荣乘机兴兵作乱,南下攻陷洛阳。胡太后见大势已去,便自行削发为尼,再入佛寺。两个月后,尔朱荣将胡太后和幼主皇帝沉入黄河溺死,又将文武大臣两千余人尽数杀死,这就是"河阴之变"。

自此,北魏便分裂为东魏和西魏。

附　　录

胡承华：北魏宣武帝灵皇后,生子拓跋诩立为太子。拓跋诩冲龄嗣位而为孝明帝,尊高皇后为皇太后,胡承华为皇太妃,不久胡承华就逼皇太后到瑶光寺出家为尼,自己成为灵太后。有才华,处理政务获得朝野的好评,但私生活糜烂,权力欲望强烈,当上太后之后,不欲让成年儿子亲政,造成宦官之祸。后更杀死亲生儿子,立刚出世的小孙女为帝,转而又推翻重立。少数民族首领尔朱荣攻破洛阳,把胡承华和小皇帝淹死。

这不单纯是一个鱼与熊掌能否兼得的问题，也不仅仅是权力和爱情的选择题。其实放在任何年代都一样：要么就投身到轰轰烈烈大悲大喜的理想追求中去，要么就干脆选择平庸的幸福。

第三辑

迷失自己等于爱上寂寞

自动降低生活水准的十八年

十八年够干吗的？足够打完一场特洛伊战争，再加一场八年抗战；读完四个半大学本科，拿到六个博士学位；生一个女儿，并且把她拉扯得比自己还高；坐勇气号往火星上来回 N 圈；像《欲望都市》的萨曼莎那样与全纽约可上床的男人都上过床了，并且开始重复……

不过，王宝钏只做了一件事——等人。十八年，她是已经气死了又活过来接着气死过去呢，还是心早就噼里啪啦地碎了一地，静如古井微澜不起？

王宝钏本是唐懿宗时期朝中宰相王允的女儿，不过，她看中了穷小子薛平贵。为了能与意中人结亲，她出主意：搭彩楼，抛绣球。结果在她的运作之下，绣球越过了一大堆贵族子弟，不偏不倚抛给薛平贵。因为父亲不答允这桩婚事，所以王宝钏就和宰相父亲断绝了关系，两人搬进了武家坡上的一处旧窑洞。

故事中，说的是"你耕田来我织布，虽是苦来也是甜"；事实上，比这还要惨，如果不是因为王宝钏的母亲不忍心女儿受苦，经常接济他们，恐怕连耕田织布的平静生活都不易呢——说得好像不用纳税一样。

相府千金王宝钏，心甘情愿地自动降低了自己的生活水准，水往高处流，人往低处走，倒霉还在等着她。新婚不久，薛平贵要参军，参加沙陀部队：他想要建功立业。这是个正当理由，王宝钏只能让薛平贵离开了。

难怪今天平庸一点的男人都怨女人太功利、太精明，都是让像王宝钏、双儿这样毫不利己、专门利人的女人给惯的。不仅用自己的血肉喂养了丈夫，还得把娘家的资产也弄点过来养着。

薛平贵一路杀将过去，几回生生死死，被沙陀首领的女儿代战公主看中。权衡再三，薛平贵成了沙陀酋长的"驸马爷"。小日子嘛，过得多姿多彩。别相信那些说薛平贵心里只爱王宝钏，娶别人只是为了利益（恨不得说跟别的女人都是逢场作戏）的戏文了；一个男人嘴里说着一心爱着你，实际上主动离开你十八年都不肯见面，还娶了别人，哇噻，脸皮得厚到怎么样的女人才能这么骗自己啊！

可王宝钏咋办呢？父母家是不能回了，天天待在一个破窑洞里，生活成本虽然很低，可是毕竟得消费啊。就在这个小姑娘愁肠百结的时候，她知道她的老公薛平贵又娶了一个公主啦。六月飞雪，三年大旱，我比窦娥还冤啊。她涕泗交流，稀里哗啦地哭啊哭啊。

关于坚强是这样一种东西，如果你能假装坚强，就是真的坚强。人人都以为自己很金贵很脆弱，大难来临时，不照样挺起胸膛，可耻地向世界微笑？王宝钏哭了三天三夜，想想倒觉得没什么。好，祸兮，福之所倚，我王大小姐从此就是一个有故事的人了。寂寞就可以当成一笔可凭吊的财富了。

得为自己活。第一波，她写书《我和薛平贵不得不说的故事》。这个个案，说明挑一个文化人嫁还是有点好处的，薛平贵好歹写了一批情诗，还给王宝钏画过不少素描和插图，这本图文并茂的自传不用促销，就卖了个满堂红。

第二波，她开始写专栏。此时王宝钏已不是当年的小媳妇了，而是美女作家。和文人张三下棋，和墨客李四吟诗，和回鹘贵族对弈，与高丽富商唱K。当然，专栏的卖点还是，王宝钏虽然有一个"太太的客厅"，但还是一个很痴情的人，夜夜等待薛平贵忽然回家，夜夜泪湿枕巾。

　　第三波，开始接受采访，并客串谈话节目的嘉宾。

　　本来以王宝钏的实力，在市中心买楼早就不成问题，不过，这儿可是她的福地，离开寒窑，故事就没了，所以，她执意留居在窑洞。十多年来，王宝钏把和薛平贵的爱情拍卖，得到了一个好前途，一个好价钱。她心满意足了，"我要有很多很多的爱情，如果没有，就要很多很多的钱"。起码钱不会辜负你啊。王宝钏犹豫不决的是，是就此进军娱乐和综艺节目当个网红呢？还是趁身价还高，一早再嫁了事？你知道，宝钏十五岁结婚，十八年过去，也不过三十三岁，一切还来得及。

　　但是，该死的薛平贵回来了，打破了宝钏的美梦。他一个人回来还不打紧，还带着一个代战公主，外加一串侍女书童，猫三狗四的。

　　这时候回来，是来示威呢？还是来讨便宜的？王宝钏恨不能把门砸在薛平贵的脸上。但是，小薛只说了一句话，就让宝钏开了门，并且把公主一阵风似的也撮进了寒窑。对今时今日的宝钏来说，爱情不再重要，钱也没什么，关键是实现自己成名在望的梦想。

　　这句话是："你想不想写一本书，名字叫《我们仨》？"

　　　　　　　　　　　　　附　　录

王宝钏：史实中并无其人，这个故事先在《孤本元明杂剧》中出现，称柳迎春，《薛仁贵征东》中又叫柳金花，地方小戏《汾河湾》中

叫我女王大人

方改名为王宝钏。唐懿宗时期朝中宰相王允的第三女儿，彩楼抛球择配，打中花郎薛平贵，王允嫌贫爱富，强逼宝钏退婚，宝钏不肯，脱离父女关系，随薛平贵同住寒窑。平贵随军出发西凉，宝钏决心苦守寒窑等待夫归。薛平贵在西凉与代战公主成亲，平贵飞马回朝报告敌情，与宝钏夫妻相见。宝钏之父王允为保荣华富贵，唆使唐五割地求和，宝钏、平贵痛斥其丧权辱国之谰言，终由平贵挂帅，挥军歼敌。

卫子夫

如何追逐皇帝的爱好和趣味

汉武帝刘彻说：其实我不仅是皇帝，我还是炼丹家、数论学家、天文学家。

奈何他说这话的时候，那时中国的《周髀算经》还在筹备发表的阶段，人家毕达哥拉斯早就成仙五百年了，中国的祖冲之还得过五百年才出世，所以没什么说服力。在高手孤独的时候，他遇见了东方朔，一个中土有名的科学家，琴棋书画还样样精通。刘彻马上就把他聘为大汉帝国首席科学家、长安科学院院士、太学客座教授。

在刘彻还是垂髫小儿的时候，他去大姑妈馆陶公主家里玩，看见了姑妈家漂亮的小姑娘陈阿娇。好色而慕少艾，姑妈一逗他，他就说："如娶阿娇，当以金屋藏之。"——幸好他说了这句话，否则的话可能皇帝也做不成了。因为在宫廷斗争中，馆陶公主考虑帮助他就可以让自己的女儿当皇后，才铁下心来助他一臂之力的。可惜，住进金屋里的陈阿娇却一直不能生育。当然，装修污染嘛——那时，金属的提纯度都很低。

汉武帝很不爽。他去姐姐平阳公主家散心，平阳叫了十几个舞女，刘彻都没有看中的，却一眼看中了旁边唱歌伴奏的卫子夫。在刘彻看来，音乐就和数字一样，是最简洁最有力最机械也是最性感的艺术。

叫我女王大人

他借机去更衣，卫子夫见到眼色，也跟着过去了。平阳公主见机就把卫子夫赏给了弟弟。可是，进宫以后，卫子夫就有大半年没有再见过汉武帝。

后来，刘彻让东方朔给科学院开一个学术讲座，把会唱歌的、会弹琴的、会跳舞的、会说话的美女们都叫过去，一起开派对。东方朔是谁？超级牛人啊。跟他见过一面的其他科学家从来都听不见他在说什么，不仅仅是听不懂，关键是大家光顾着紧张激动，谁在说，比说什么更重要。而卫子夫不知道这些。在听完这个首席科学家的数学讲座之后，她举手说：

"东方先生，我觉得您做的讲座很不成功。"

东方朔很纳闷，就问为什么。

卫子夫理直气壮地回答："我可是太学府有名的高才生，您说的东西我竟然听不懂，这难道不是你讲得有问题吗？"

东方朔就问："你是什么专业的？"

卫子夫回答说："我是声乐系的。"

东方朔当场晕倒。

汉武帝被这个美貌的问题少女迷住了。这么白痴又这么可爱，他命令东方朔收她为学生，因为他爱上她啦。

汉武帝同时也对历法颇有研究。他极热爱数论，只在素数的日子和卫子夫同房，在月初，这是挺不错的，2、3、5、7；但是到月终的日子卫子夫就显得难过了，19、23、29……不过，卫子夫也争气，很快就成为数论高手，破解了这个谜，也就很快怀了孕，生下了龙子。一不做，二不休，干脆像雅典的柏拉图学院那样，这对甜蜜蜜的数学工作者甚至在后宫竖起牌子："不懂几何者请勿入内。"

这把陈阿娇气得半死，开始升坛作法，祭出巫觋的手段。这还了得，汉武帝干脆把阿娇废了，立卫子夫为皇后。

平阳曾问过卫子夫：你为什么这么热爱数学？卫子夫答道：我不会献身科学，但我愿意献身科学家。卫子夫一时恩宠无极，儿子被立为太子，弟弟是立下赫赫战功的大将军卫青，弟媳是皇姐平阳公主，还有一个小外甥霍去病。歌里唱道："生男无喜，生女无怒，独不见卫子夫霸天下？"

可惜好景不长，喜新厌旧的汉武帝又爱上了天文和炼丹，在建章宫北太液池畔造了一个仙人承露盘。他不再用黄豆来研究数论了，而是天天掰手指掐算天降仙露。也就是因为汉武帝的审美转移，他宠爱的人也从数学才女卫子夫，转变为善于跳现代舞的李延年的妹子李夫人啦。李夫人死后，汉武帝为了给李夫人招魂，又迷上了看皮影戏。

这就充分证明，跟着别人的喜好屁股后面转，是多么不保险、多么没有前途啊。不过，也不能怪卫子夫，不跟着转的话，不仅没有明天，可能连今天也没有。

附　录

卫皇后：卫子夫，河东平阳（今山西临汾西南）人，汉武帝皇后。初为平阳公主家歌女，后为武帝所悦，入宫。弟弟卫青被封为大将军长平侯，尚平阳公主。公元前128年，生刘据，刘据被立为太子，她被立为皇后。做了三十八年的皇后，后因巫蛊之祸起，刘据举兵诛江充，兵败自杀，她为武帝所废，亦自杀。

叫我女王大人

— 崔莺莺与杜丽娘 —
哪个更接近爱情

　　和西方传统的小说那种针针到肉的人物写实功夫比起来，中国古典戏文里惯用大写意的泼墨手法，主角多是面目模糊，常常是两个人在第一章就看对眼，以后男主角在每一幕中又都和别人看对眼，最后所有被他看对眼的人都成为他的老婆，像张爱玲说的："用不着负心，一个一个娶将过去就行了。"女主角也不招人待见，像李千金、张倩女，动不动就要私奔，搁今天也是值得敬畏的前卫奔放女，怎么也看不出来是知书达理的大家闺秀。也有一些个性鲜明的女人，不过，赵五娘毫不利己专门利人几近于神，宰相女儿牛小姐贤良淑德且理性得全无心肝，窦娥虽薄有姿色但满腔阶级仇恨离现实太远……

　　事实上，中国蔚为大观的古典戏曲里冒着人气、与女人贴心的其实就剩崔莺莺与杜丽娘等屈指可数的几位了。《西厢记》与《牡丹亭》一直被列为闺阁中的禁书。林黛玉就是看了《西厢记》的"花落水流红，闲愁万种"、《牡丹亭》的"良辰美景奈何天，赏心乐事谁家院"而思春的，而才女冯小青也在看了《牡丹亭》之后写下"人间亦有痴于我，岂独伤心是小青"，十七岁就病死了。看来，这两部基本上等同于少女求爱的教科书了。

《西厢记》本质上也不过是一落难书生遇见相国千金的老套故事，但王实甫的版本实在是精彩。张生对美娇娘崔莺莺一见钟情，崔莺莺却装疯卖傻，把个张生急得死去活来。幸好还有一个红娘，一步一步地点拨她，调教她。最后，张生中了状元，两人也终成眷属。

和其他戏文不同，这段感情最大的障碍不是老太太，而是来自崔莺莺。现实中，感情上出现问题，通常不是因为不了解对方，而是因为不了解自己。爱得再深，谁敢说自己从未迟疑过、从未动摇过？看到她在礼教和内心渴望的分岔口上焦虑不安，首鼠两端，进一步退三步，就像镜子一样照着我们自己：软弱，不彻底。

犹豫和摇摆中，我们会错过什么？等着等着，都成了色未衰、心先老、爱无能之辈。崔莺莺运气不错，碰上张生这样的"傻角儿"。

而《牡丹亭》就是那个最压抑年代的一场春梦。戏曲根据话本《杜丽娘慕色还魂记》改编，太守女儿杜丽娘有一天私自去游园，在梦中和书生柳梦梅一番云雨。醒来以后，一病不起，怀春而死。而柳梦梅拾得丽娘的自画写真，和画中人的阴灵幽会，并掘坟让丽娘起死回生了，两人结为夫妻。当然，后来柳梦梅也中状元了，皆大欢喜。

和崔莺莺比起来，杜丽娘显然稳重得多。她不能出闺门注定不可能遇见可相亲相爱的人，只有在梦中寻。爱情带来火一样的煎熬，耗尽了她的生命。不过杜丽娘的死更像是"向死而生"的策略，她和阎罗王讨价还价，做个自由的女鬼找爱人，曲线救国，总算和柳梦梅结为夫妻。杜丽娘超越同龄女子之处，在于她清楚自己要什么，而且争取了，得到了。

崔莺莺是现实中人，所以可亲；杜丽娘是理想中人，所以可爱。崔莺莺的爱情是半推半就的古典方式，却以两人的同居作为性格的现代走向；杜丽娘的爱情以现代的性爱为开端，但最后却谨慎地借

叫我女王大人

用了传统提亲的外壳作为包裹。不管是在文学史上还是爱情史上，两人都交相辉映。这样两位女子，不一定能感动男人，但一定能打动女人。只是，佳人难再得，对照着她们，我们只有一颗粗糙的心，唯有自怨、自嗟、自怜、自愧。

附　录

崔莺莺：事见元朝王实甫《西厢记》。故事源出于中唐元稹写的传奇小说《会真记》（又名《莺莺传》），北宋赵令畤改写为鼓子词，金代董解元改名为《西厢记诸宫调》，元王实甫编写成杂剧剧本，成为千古名剧。故事描写书生张珙在蒲东普救寺遇见相国的女儿崔莺莺，两人互相爱慕，通过侍女红娘从中撮合，私自结合。《西厢记》从古到今各剧种改编演出延续不断。

杜丽娘：事见明朝汤显祖《牡丹亭》。南安太守杜宝的女儿杜丽娘，冲破约束私出游园，梦中与书生柳梦梅幽会。从此一病不起，怀春而死。柳生在园内拾得杜丽娘殉葬的自画像，和画中人的阴灵幽会，后来柳生掘墓开棺，杜丽娘起死回生，两人结成夫妇，一家团圆。《牡丹亭》至今仍在盛演不衰，而且在国际艺坛上享有盛誉。

千里姻缘一线牵，不服不行

想起刘以鬯的小说《一个打错了的电话》，就觉得被提醒了——一方面，命运是一个太不可靠的东西，只因为临出门前偶然接了一个打错了的电话，一场惨烈的车祸就可避免；另一方面，命运又是一个太玄妙的东西，它总会想办法通过一个错误的电话来拯救你。

谁说偶然就不是命运本身的逻辑？

姻缘就是最典型的例子，你很难说清楚，到底是因为你的性格和际遇决定了你的婚姻走向，还是你的婚姻与情感，塑造了你后半生的个性。有时候，甚至连是在逃避还是在追寻，都很难截然分开。

月下老儿经常干的，就是这种事。唐笔记中，有一则叫作《定婚店》的故事。杜陵人韦固，年少孤身，很想早点娶老婆，但总是受到各种各样的打击，几十次求婚都失败了。一次来到清河，预备第二天去相亲。韦固心急，晚上跑到南店西龙兴寺门口，发现月光下有个老头在看一本天书。韦固觉得奇怪，一问，哦，原来这本天书就是天下的婚牍，就是鸳鸯谱呀。韦固来劲了，问，那我明天跟那个谁谁谁的相亲成不成呀？老头说，不能成。你的老婆今年才三岁，等她十七岁的时候就会嫁给你了，你一直找不到老婆，都是在等她。韦固又问了，你口袋里的是什么东西？老头给他看，是红绳子，专门系在夫妇的脚上的，是偷偷系上去的，不管你是仇敌、贵贱、天南地北，印度洋北美洲，总之就逃不掉。你的脚上已经绑好了红绳子，想跑，没门。

韦固乐了，一问，那个女孩原来竟是北店卖菜老太婆的女儿。韦固想见见她，老头偷偷带着他去卖菜老太婆那儿，把小女娃抱出来一看，哇，长得好难看！老头还说，喏，这就是你老婆！韦固气得吐血，我能不能杀了她？老头说，咦，这个小姑娘命中注定要跟你享福的，你怎么能把她杀了呢。说完，就不见了。

知道什么叫月下老人了吧？撒手不管不负责任，就这德行。

韦固很郁闷地回去，马上磨刀霍霍，雇了人去杀这个小姑娘，结果没刺死，只刺中了眉心。

可生活还是要继续。后来，韦固又像花痴一样，四处找老婆，四处求婚，可是种种原因，总是不能成功，一直都是老光棍。

好不容易，他在仕途上终于有了突破。又过了十四年，韦固升官当上了相州军。一个叫王泰的刺史看他像个人才，就把女儿嫁给他。啊，真没想到，第一百零一次求婚终于讨到了老婆！

这个女孩十七岁，长得非常漂亮，韦固很满意，不过，她眉心总是贴着一片花钿，从不脱去。韦固很纳闷，细问之下才知道，原来她是刺史的女儿，三岁时跟着奶妈在菜市场，结果被韦固派人给刺伤了。韦固说："你的奶妈有一只眼睛是瞎的吗？"这姑娘吓了一跳："你怎么知道？"韦固说："派去刺伤你的人是我。"

如此一来，韦固对妻子好得很，敬若神明。没办法，命中注定呀。

大家从这个故事开始，对月下老人崇拜得五体投地，知道什么叫姻缘前定，天生一对了。

唐代类似的故事还有许多，基调基本相同。对于命运，古希腊神话强调的是，明明有命运在主宰一切了，还是要知其不可为而为之，抵挡命运的来临，是为高贵。而中国的传奇志怪强调的是，认命吧，命运比一切都高明，不俯首帖耳只会被惩罚，是为识时务者为俊杰。——于是，我们常常放弃了抵抗，还未努力过挣扎过，就与生活和解，到头来一无所成，不是自怨自艾，就是怨天尤人。可是，上帝也很委屈呀。他为了救你，故意打错你的电话，把你叫回来呀，那么你就可以避开那场车祸了呀，可是，你为什么不回来接电话？为什么？

<hr>

附　录

韦固：事见唐朝李复言的志怪小说《续幽怪录》之《定婚店》。唐朝韦固年少未娶，某日夜宿宋城，找到自己未来的妻子，嫌其年幼鄙陋，派人刺伤。十余年后结婚，发觉妻子正是当年的小女孩。"月下老人"及"千里姻缘一线牵"的说法正来源于此。

<hr>

——— 平阳公主 ———

迷失自己等于爱上寂寞

　　汉成帝有一名妃子班婕妤，温良贤德，才情出色，非常美貌，成帝一度非常宠爱她；为了能够时刻与她形影不离，特别命人制作了一辆较大的辇车，以便同车出游。不过，班婕妤不领这个情，她只想辅佐自己的夫君成为盖世明主，说："圣贤之君，都有名臣在侧。而夏桀、商纣、周幽王，才有嬖幸的妃子在座，我如果和你同车出进，那你就跟他们很相似了。"把成帝闹得很无趣，只好拉倒。

　　事情传到太后那里，太后对这个婕妤大加赞赏。但要知道，丈夫和婆婆对女人的认知是不同的。对儿子有掌控欲的婆婆，既想要多生孙子，又恨不得儿子的性生活越差越好，矛盾得很呢。班婕妤把忠臣的那一套全搬到闺房里来，可惜汉成帝从此冷落班婕妤，开始宠爱赵飞燕姐妹了。

　　这位美女犯的错误是：放着大有前途的宠妃不做，把改造男人当作自己的终极工作。不要妄图改造和调教别人，何况是皇帝？当了太后和朝廷喜欢的道德模范，就当不成皇帝眼中娇滴滴的宠姬了，两者只能挑一个。

　　幸好，班婕妤还是有见识的，没有在失宠的境况下哀怨地一条路走到黑——最后她自请前往长信宫侍奉皇太后，在一个老太婆身边待了半辈子，安全地做她冰清玉洁的才女去了。既然谁也指望不上，人也就变聪明了。

失恋这种事，最怕的不是失去别人，而是迷失了自己；爱人变心算不上天大的事，时间流逝痛苦也会流逝，怕就怕自己永远是一个loser——既是失恋者，又是失败者，迷失了自我，爬都爬不回去了。多数女人的痛苦，是后者。

这一点，班婕妤应该学比她早几十年的平阳公主。平阳公主是汉武帝的姐姐，《史记》关于她的记载只有两段，但就是这个长公主，与大汉江山的巩固有着千丝万缕的关系。她献给弟弟的歌姬卫子夫成为皇后，稳定后宫三十八年；她推荐给弟弟的"绝世佳人"李夫人，是弟弟的最爱；她的家奴、第三任丈夫卫青，又为汉帝国的抗击匈奴立下大功，连带着卫青的外甥霍去病都能帮着打江山。

从一开始，平阳公主就是一个工于心计、收放自如的女人，从根本无法置喙政治的地方，小心翼翼地为自己谋得了权力的保障；然而，因为她的利己从来不损人，一点也不讨厌。

平阳公主的早慧，体现在她对政治与爱情之间的平衡有着敏锐的观察和清楚的认知。台湾小说家陈骏青在小说《平阳公主与卫青》中虚拟了一段她与母亲王娡的对话："娘！我只问您一件事，您是愿意当大汉皇后，还是当父皇的宠妃呢？"

这不单纯是一个鱼与熊掌能否兼得的问题，也不仅仅是权力和爱情的选择题。其实放在任何年代都一样：要么就投身到轰轰烈烈大悲大喜的理想追求中去，要么就干脆选择平庸的幸福。选择A有选择A的痛快，选择B有选择B的舒服，只要一头扎下去，求仁得仁何所怨？只怕两边都不彻底，两边都想要，这就不好了。平阳公主的母亲王太后选择了权力，卫皇后选择了安全，她们都不贪心；

而阿娇皇后则是既要权力又要爱情，终于，活得特别难堪。

平阳公主内心很拎得清：大节不亏小节不拘，头脑清醒，既追求权力带来的安全感，又保持对权力的距离与克制。平阳公主没有委屈着自己，活得兴兴头头的，府中天天歌舞擅场，自得其乐；平阳公主在第二任丈夫夏侯颇死了之后，还与左右的侍从讨论在长安的列侯里面谁能够做她的丈夫，讨论的结果是卫青最合适，她也就快快乐乐地嫁给了这个她从前的侍卫和家奴。其时，卫青已官拜大将军，妹妹是皇后，三子封侯。

在伴君如伴虎的汉武帝身边，卫青始终谨小慎微，不骄不躁；除去功名利禄的外在之物，这样的男人内心世界应当也能匹配得上平阳公主。

===== 附　录 =====

平阳公主：汉武帝刘彻的亲姐姐，先嫁平阳侯曹寿，夫死；再嫁夏侯颇，夫有罪自杀，四十岁守寡，嫁给大将军卫青。曾向武帝举荐家中歌姬卫子夫，卫子夫后来成为皇后。后又向武帝举荐歌姬李夫人，李夫人受专宠。势力很大，对政局有影响力。

——— 李夫人 ———
不爱你备受摧残的容颜

汉武帝喜欢炼金，所以推动了化学工业的进程和发展；喜欢美人，所以推动了房中术的发展兼带动求神访仙的风气；喜欢李夫人，意外地推动了戏剧事业的发展。

武帝听信方士的妄说，嫌旧宫矮小，同时也想使后宫可以容纳更多佳丽，于是在太初元年修了"建章宫"，周长三十里，可容纳千门万户，台阶都以美玉装饰。当时各宫的美女，共有一万八千人，武帝"能三日不食，不能一日无女人"。即使这样，这位刘彻也还不满足，总是想再找一位绝色佳人。宫廷乐师李延年精通音律，能作曲，能填词，也能编舞，是天生的艺术家。某天，汉武帝摆宴的时候，李延年侍宴，在席中自弹自作的一首新歌："北方有佳人，遗世而独立。一顾倾人城，再顾倾人国。宁不知倾城与倾国，佳人难再得。"这首曲子的首度演出很成功，武帝叹息道："世间哪有你所唱的那种佳人？"李延年打蛇随棒上，趁势说："陛下，歌中唱的，就是延年的小妹。"武帝心中一动，立命召李氏入宫，一看，果然是沉鱼落雁、妙丽善舞。武帝遂纳李氏为妃，号为李夫人。于是，春从春游夜专夜，从此君王不早朝。不久李夫人怀孕，生下一个男婴，封为昌邑王。

叫我女王大人

其实，李夫人也跟她哥哥一样，都是歌坛、舞林、音乐圈三栖发展的演艺人士，不过，武帝向来不在乎这个。戏子，戏子又怎么啦，卫皇后不也一样是流行歌手出身吗？他宠爱的妃子，除了陈阿娇，从来不在乎她们是不是出身公卿列侯，因为他是强势君王，无须借助后妃势力了。一天，武帝去李夫人宫中，忽然觉得头痒，于是用李夫人的玉簪搔头。这件事传到后宫，人人想学李夫人的样子，头上都插了玉簪，一时长安玉价加倍。玉搔头一说，从此而来。

可惜情深不寿，李夫人入宫只短短几年，却不幸染病在身，不久病入膏肓，直至卧床不起。武帝亲自去看她。李夫人一见武帝到来，急忙以被覆面，说："妾长久卧病，容貌已毁，不可复见陛下，愿以昌邑王及兄弟相托。"汉武帝坚持想看一看，以赏赐黄金及封赠李夫人的兄弟官爵作为交换条件，她仍执意不肯。武帝甜言蜜语说："你年轻的时候人人都说你美丽，但是和你现在的样子相比，我更爱你备受摧残的容颜……"李夫人只是背着脸，独自啜泣。武帝辛辛苦苦背了一晚上的诗，都没有讨到李夫人的欢心，心里不悦，拂袖而去。

汉武帝离开后，李夫人的姐妹们都埋怨她。李夫人叹气说："我本出身微贱，皇帝眷恋我，只因平时容貌而已。现在他如果看见我没有平时漂亮，必然心生嫌恶，唯恐弃之不及，怎么会在我死去后照顾我的儿子和兄弟？"几天后李夫人去世。李夫人拒见武帝，非但没有激怒他，反而激起他无限的痛苦，命画师将她生前的形象画下来挂在甘泉宫。武帝思念李夫人之情日夕递增，对她的儿子钟爱有加，将李延年推引为全国音乐协会主席，又把李广利提拔成大将军，尽管后者一事无成净打败仗。

有时，这些艺人阅人太多，反而看透世态炎凉，颇有识人之明。

李夫人就是一例。

武帝想念李夫人，可惜既没有录音也没有录影，只能召来一个方士，让他在宫中设坛招魂，好能与李夫人再见一面。这个方士在晚上点灯烛，请武帝在帐帷里观望，摇晃烛影中，隐约的身影翩然而至，纤纤玉手，袅袅腰身，却又徐徐远去。这就是最早的戏剧，只有简单的动作。武帝痴痴地看着那个仿如李夫人的身影，凄然写下："是邪？非邪？立而望之，偏何姗姗来迟。"而汉武帝的诗，则是最早的影评。

《汉书》说这个皮影戏是献给李夫人的，不过，《史记》说得更准确，那是献给王夫人的，不是献给李夫人的。不过，佳话是不会管那么多的啦，大家更记得的是绝代佳人。

后来美国的诗歌巨擘庞德，也给这位东方的最早的戏剧演员作了一首诗："丝绸的窸窣已不复闻／尘土在宫院里飘飞／听不到脚步声，而树叶／卷成堆，静止不动／她，我心中的欢乐，长眠在下面／一张潮湿的叶子粘在门槛上。"歌颂这位戏剧主角和观众之间的情感互动。

附 录

李夫人：汉武帝妃，云鬟花颜，婀娜多姿，精通音律，擅长歌舞。其兄李延年为宫中乐师，通过他的举荐而入宫，立刻受到了宠爱。一年以后生下一子，被封为昌邑王。李夫人身体羸弱，日渐憔悴。临终深托父兄，欲擒故纵，不令汉武帝见她。果然，武帝对其思念不已。其兄李广利兵败无能，仍被封为大将军。

红绡

唐朝黑人帮她找情人

早在唐朝，长安就已经是一座国际化大都市了。大食、天竺、昆仑、新罗、高丽、百济、乌浒……各种肤色的人满街走，谁也见怪不怪。

高鼻深目的白种人比较常见，黑人就相对稀罕一点了，不过还是有的。《旧唐书·南蛮传》曰："在林邑以南，皆卷发黑身，通号'昆仑'。"据资料介绍，唐代黑人万里迢迢来到中国，要么是作为年贡送往京城长安，要么是作为土著"蛮鬼"被掠卖到沿海或内地，还有一种是跟随东南亚或南亚使节入华被遗留者。其中，一部分黑人是来自东南亚或南亚的"矮黑人"，属尼格里托人种；也有一部分辗转来自北非，称为"僧只奴"。

越是稀罕，越是名贵。当时流传的一句行话，叫作"昆仑奴，新罗婢"。新罗的婢女等同于今天的菲佣，受过专业训练，乖巧能干；而昆仑奴个个体壮如牛，性情温良，踏实耿直，贵族豪门都抢着要。上街能带两个昆仑奴保镖，是贵族世家少爷们最时兴的玩意儿。甚至，有好的仆人，是生活美满的象征之一。

唐大历年间，有一个高官的儿子叫崔生，他老爹与一位一品的勋爵大臣相熟，老爹让他去慰问这位生病的一品官。这个崔生年轻貌美，性格内向，人又清雅，基本符合很多女性梦中情人的标准，连这位官老爷都忍不住喜欢他，让他坐在身边，叫一群家伎给他斟茶倒水，还要给崔生喂酸奶核桃；崔生不好意思，这位高官还让最漂亮的红绡亲自给崔生喂食；一群家伎笑得花枝乱颤的。

一品官说，你要常来常往啊。又让红绡送他出门。

红绡送崔生出门，就有点小意思了——她对崔生做了一个暗示，先是竖起三根手指，又伸出手掌反复三下，然后指着胸前的小镜子说：要记住。崔生回到家，还一路在想这个哑谜。整天神魂颠倒，无精打采，因为没有做出美女的数学题，太丢人了。

崔生的神神道道引起了家里昆仑奴磨勒的注意。他问崔生什么事，崔生开始扭扭捏捏，后来还是半推半就地说了。磨勒说："咳，小事而已。立三指，因为这位一品官院中有十院歌伎，她在第三院；返掌三下，数一数就是十五根手指，就是十五日；胸前小镜子，十五夜月圆如镜，叫你去找她。"崔生喜不自胜，问磨勒："我怎么走？"磨勒笑着说："后天夜里就是十五了。他家有猛犬，见生人就吃，世界上只有我一个人能杀这条狗。"

到了这天晚上三更，昆仑奴拿着链锤，把狗给杀了。他背着崔生跑了十几道墙，才来到歌伎院内。崔生进了第三座门，挑帘而进，只见绝色的红绡在挑灯长叹，空自吟诗。她看到崔生，赶紧跳下床，握住他的手说："早知道你很聪明，一定有办法的。"崔生把昆仑奴叫进来，一起喝酒。红绡表示自己是被这位一品官抢过来的富家女子，希望嫁给崔生。崔生心中窃喜，就是不知该如何是好。磨勒问红绡："你只有一次机会，你确定吗？"红绡说："我确定！"磨勒于是说："好！这是小事，我给你办到！"

搞了半天，娶红绡的不像是崔生，倒像是昆仑奴了——谜是人家猜的，关是人家闯的，婚是人家订的，基本就没崔生什么事。只可惜，人人都爱小白脸，不爱摩罗叉。

昆仑奴先帮红绡背嫁妆，背了一筐又一筐，背了三次。然后，又背上崔生和红绡，一飞飞过十几道墙，溜回了家。而这位一品官全宅上下，还在做春秋大梦呢。

红绡在崔生家里住了两年，没想到上街不小心被人发现了。一品官找来崔生问，结果这个没胆鬼，把昆仑奴出卖了。一品官说："罪魁祸首是红绡，不过她现在是你老婆了，也就算了。但我要杀昆仑奴为天下人除害。"他布置了五十名士兵，持着兵器家伙严阵以待，要生擒磨勒，没想到磨勒哗啦一下就飞出高墙了。箭像雨一样地下，都没有射中他，他转眼就无影无踪了。

昆仑奴可跟今天的非洲黑人不同，他们精通水性，轻功一流，而且非常黑，黑到用手指在昆仑奴手中研磨一会儿，手指就会染成黑色。

可惜，红绡不是红拂，挑中的崔生只是个一无是处的小白脸，智力和人品都烂成渣。昆仑奴也成不了虬髯客，奴性十足，抢走红绡？他连想都不敢想。只可惜了他的绝顶聪明和一身绝技。

附　　录

红绡：事见唐朝裴铏所撰《传奇》中的《昆仑奴》。"昆仑奴"是对中印半岛及马来群岛地区人民侨居中国者的通称。本篇写崔生与某一品勋臣的歌伎红绡相恋，但一品家门垣深密，锁禁甚严，无由相会；幸得崔生家中老仆昆仑奴磨勒帮助，救红绡出牢笼，使有情人终成眷属。明代梁辰鱼据以撰写《红绡》杂剧，梅鼎祚则写有《昆仑奴》杂剧。

　　叫我女王大人

红拂

最豪迈的风尘三侠

堂堂中国古代文学史上，只要有男女相悦存在的章什，清一色都是女孩以各种各样的方式倒追。男人的事业，在疆场、在科场、在官场；女人的事业，在情场。难怪，男子若不能像唐玄宗强抢儿媳那样仗势欺人，对爱情都矜持得很。真郁闷。

世人喜欢红拂，兴奋点在于：哇，红拂看人好准啊！一下子就抓住一个一等卫国公了！全然罔顾她把握自己命运的能力和高抗风险能力，只惦记着她多年以后的荣华富贵。

红拂从杨素府逃出来，机会成本非常高。如果红拂不走，她还将继续是杨素的宠姬，将是杨府歌伎中的领舞人，这两个位置有大把美女在觊觎着呢。而李靖，不过是个白相人，拿着一篇《论流体力学在御林军的政治思想教育中的运用》的科研论文，想发表在隋帝国的核心刊物上，来找杨素拉关系。那时，每天都有人找杨素走后门、递条子、攀交情，这些人漂在长安，简称"长漂"；这一天，同样请求杨素帮助审阅、发表的论文就有五百一十二篇，杨素听秘书一篇一篇题目地读，红拂在旁边都快睡着了。不过，在她睡着之前，轮到了李靖，一个年轻英俊的男孩，而且，有点忧郁。红拂的眼睛立马亮了。

那时，站在杨素身后的美女少说也有上百个，可是只有红拂一个人看上这个灰头土脸的小子，其他女孩还在杨素的树荫下睡大觉呢。有人又开始杜撰说红拂会看相，看他以后必定位极人臣。这又是扯淡。王小波早告诉大家了，李靖只是一个盲流。但红拂就是好色之人，她就是喜欢英俊的小伙子，这有什么错。要是想要荣华富贵，跟着杨素老头不就得了？

不过，杨素没有看上那篇流体力学，李靖灰着脸回家了，更忧郁了。

半夜，有人来敲客栈的门了。李靖开门一看，居然是一个二十岁的美貌小姑娘。这个小姑娘张口就说：我来私奔啦！

红拂告诉李靖几句话。第一句：杨素是个活死人，别指望他；第二句：你造反的时机到了；第三句：李渊有戏，跟他跑。最后一句是，达令，带我走吧。

唉，遇到一个胸怀大志、深谋远虑、心思缜密、多情又美丽的小美人，还是乖乖听话吧，保准能成为卫国公。你说不清楚是李靖成就了红拂，还是红拂成就了李靖。

红拂另一个大手笔是，拒绝了虬髯客的求爱。其实，如果她不拒绝，她已经成为扶余国的皇后了，而且，巨有钱。如果她拒绝，搞不好会被身怀异禀的虬髯客打死。但是，红拂还是拒绝了。

红拂的拒绝手法，大概也是向男人学的。她转过身，对这个胡子拉碴、满脸横肉的壮汉盈盈一笑，叫了一声：三哥。虬髯客先是骨头都甜酥了，然后，就从头顶凉到脚底。这个"哥哥"，当掉了所有幻想，当得真不值。虬髯客倒不把李靖放在眼里，只当两个手指按下去，就把这个身无三两肉的小臭虫"啪"地一下捏死了，可是，这不照样不能赢得芳心吗？

红拂对虬髯客，比对李靖更好，每天不停地"三哥——""三哥——"地叫，让虬髯客羞愧，不敢多想。喏，唐僧的啰唆就是得自红拂的真传，唐僧啰唆得让人自杀，而红拂则啰唆得让虬髯客把整个江山拱手送给情敌，跑到扶余当国王，打草鞋。

李靖、红拂、虬髯三人史称风尘三侠。

<hr>
附　录

红拂： 事见唐朝杜光庭的传奇《虬髯客传》。李靖于隋末在长安谒见司空杨素，为杨素家歌伎红拂所倾慕，随之出奔，途中结识豪侠张虬髯，后同至太原，通过刘文静会见李世民。虬髯本有争夺天下之志，见李世民神气不凡，遂倾其家财资助李靖，使其辅佐李世民成就功业。后虬髯入扶余国自立为王。后世戏曲用为题材的，有明代张凤翼《红拂记》、张太和《红拂记》、凌初成《虬髯翁》。又李靖、红拂、虬髯三人，后人亦称"风尘三侠"。

叫我女王大人

—— 李千金 ——
一见钟情的次序问题

贾母应该跻身于古代最出色的书评人之列。她短短几句"掰谎记"，就简洁明了地评定了历代才子佳人小说的套话："这些书都是一个套子，左不过是些佳人才子，最没趣儿。开口都是书香门第，父亲不是尚书就是宰相，生一个小姐必是爱如珍宝。这小姐必是通文知礼，无所不晓，竟是个绝代佳人。只一见了一个清俊的男人，不管是亲是友，便想起终身大事来，父母也忘了，书礼也忘了，鬼不成鬼，贼不成贼，哪一点儿是佳人？"断定这都是一伙无知小儿，自己得不到，就望空捏造，都是些"诌掉了下巴的话"。

《墙头马上》显然就是贾母批判的蓝本。把元代白朴写的这个杂剧的故事拆解出来，便是古代戏曲的常规套路，可供有志者观摩、描红。

首先，一见钟情：尚书裴行检的儿子少俊，奉唐高宗命去洛阳买花，一日经过洛阳总管李世杰的花园，在马上看见他家女儿倚墙而立，便写诗投入。李千金写了答诗，约他当夜后园相见。少俊果然从墙头跳入，被李千金乳母发现，令二人悄悄离去。

其次，私订终身后花园：李千金就此私奔，跟着裴少俊回到长安家中，藏身在后花园。两人共同生活了七年，生下一双子女。

再次，家长拆散好姻缘：清明节，裴尚书偶然来到花园，碰见这对小兄妹，询问后得知始末。裴尚书认定李千金淫奔，命少俊写休书赶李千金回家，却留下了两个小孩。

高潮，落难公子中状元：这是子女们唯一合理的斗争方式。裴少俊中进士，任官洛阳令，希望与李千金复合。李千金有小姐脾气，怨恨他休了自己，执意不肯。

结尾，姻缘原是前世定：他爹裴尚书后来知道李千金是他旧交李世杰之女，以前也曾为儿女议婚。一番说明与求情之后，李千金这才原谅了裴家。夫妇二人破镜重圆。

这种一见钟情的模式，屡试不爽。宋元戏曲里的爱情戏，十有八九都是在这个框架上添枝加叶。品位，是一个积累的过程，大门不出二门不迈的年仅十四五岁的小姑娘，活人都没见过几个，哪有她们的爹妈挑女婿的眼光那么准、那么狠！李千金和绝大多数戏曲中人的正旦一样，都在赌。看了人家第一眼，就得猜到对方门第不是尚书就是仆射，猜到必然相爱必然成亲必然甜甜蜜蜜一辈子，猜到对方一定能中状元……最吊诡的是，哪怕是走在路上两个人看对眼的，哪怕是一个在琉球一个在西伯利亚，两个人居然从小就订有婚约！

这显然是一伙读书人的臆想症发作：元代书生的地位低下，他们只好凭空想象天上掉一个好妹妹，而且是公府千金，把自己娶了去。

当然，要能成就这种奇葩姻缘，也不是全无条件的，李千金就是一个典型的泼辣姑娘，敢和自己的公公对骂。裴尚书说：呸，你比无盐破坏风俗，做个男游九郡，女嫁三夫。李千金说：错！我只有裴少俊一个。裴尚书又骂：可不道"女慕贞洁，男效才良""聘则为妻，奔则为妾"，你还不归家去！李千金说：我们这姻缘是天赐的！

140　　　　　叫我女王大人

很难想象，以前那么保守那么万恶的旧社会，哪里来的李千金，刚打了个照面，铺盖都不卷就跟着男人跑了。其实李也是被逼出来的。平时都被锁在深宅大院里，见不着男子，一旦错过，机会永不再来，一辈子就没指望了。所以，犹豫不得的。那时，爱情的顺序是：一见钟情、私奔、与父母做斗争、成亲；今天，爱情的顺序是：一见钟情、上床、分手，再一见钟情、再上床、再分手……父母与我们做斗争，成亲。

一见钟情是需要好命的。爱情即使幸运如李千金，戴了主角光环，私奔也是自动地降低了自己的生活水准，藏着掖着，见不得光。本来，再等等，她就可以名正言顺好好地做尚书儿媳的。

附　录

李千金：事见元代白朴《裴少俊墙头马上》。剧情是：尚书裴行检的儿子少俊经过洛阳总管的花园，在马上看见他家女儿倚墙而立，便写诗互通款曲。李千金随裴少俊回到长安家中，裴少俊将她藏在后花园，两人共同生活了七年，生下子女。被其父裴行检发现，命少俊休掉李千金。李千金被赶回家，一番周折之后才破镜重圆。

美女们都嫁给了谁

一个时代，要判断哪一个阶层最得势，只须看我们最美的美女都嫁些什么人。现在是新兴工商业主和国际买办及他们的第二代唱主角的时候啦。

而在中国漫长的两千年里，美女们的价值取向，基调却一直是书生、书生还是书生。老大嫁作商人妇，基本上是妓女们最伤感的命运之一，白居易笔下的琵琶妓就无限感伤。即使在明朝，所谓工业文明开始萌芽的时代，要绝代佳人下嫁一个小手工业者，哪怕只是一个妓女，也是难！难！难！不在于钱的多少，而在于社会地位的低下。

《醒世恒言》里的《卖油郎独占花魁》，故事写的是南宋年间，杭州有个花魁娘子美娘，她原名莘瑶琴，长到十四岁时已经美艳异常。一个名叫秦重的卖油郎，走街串巷卖油，看到她从寺中出来，艳若桃李，顿时为之倾心。

秦重知道凭自己的身份没法再见到这位绝色美女，但他从此辛勤工作，一点点地积攒银子，一年以后，终于攒到了十来两银子，去找花魁娘子，扑了十几次空，仍不死心。鸨母终于被他感动，答应让秦重在房中等她。莘瑶琴晚上回来时，已经喝醉了，一进屋就和衣而卧。秦重在她身边坐了一夜，被她吐了一身，为她盖被，倒茶，服侍。莘瑶琴从未见过如此诚恳老实的男子，于是芳心暗许，并给了他二十两银子。

后来，秦重继承了油店。莘瑶琴被吴八公子羞辱，恰逢秦重又救了她。于是，她心折了，拿出了多年的积蓄，设计让秦重为她赎了身。二人成婚之时，都恰好与多年失散的父母相认，皆大欢喜。

真的欢喜吗？卖油郎当然，但莘瑶琴未必。人人都在为这段爱情故事唱赞歌，我看她是无可奈何计。莘瑶琴，早先放出话来，不是那些有名有姓有来历的，不见。其实，是希望在这些贵公子里挑一个可心的人儿嫁了。可日日待见那些王孙公子，也不过尔尔，除了偶尔吟诗弄月，照样是人品猥琐。在这样的消磨之下，想必幻想已被剪灭不少。

且看莘瑶琴被人强暴之后，那位老鸨怎么说："既已如此，还不如痛痛快快地接客，多赚点钱，找个人从良才是真。""我儿，耐心听我分说。如何叫作真从良？你贪我爱，割舍不下，一个愿讨，一个愿嫁。怎么叫作假从良？有等子弟爱着小娘，小娘却不爱那子弟，勉强进门，心中不顺，一年半载，依旧放他出来接客。如何叫作苦从良？一入侯门，如海之深，半妾半婢，忍死度日。如何叫作乐从良？大娘子乐善，过门生育之后，就有主母之分。如何叫作趁好的从良？盛名之下，求之者众，任我拣择个十分满意的嫁。如何叫作没奈何的从良？原无从良之意，或因官司逼迫，或因强势欺瞒，或因债负太多，不论好歹，得嫁便嫁。如何叫作了从良？风波历尽，两下志同道合，收绳卷索，白头到老。如何叫作不了的从良？一般你贪我爱，却是一时之兴，没有个长算，苦守不过，依旧出来重操旧业……"

看出来了吗，像她这样的欢场女子，在那个时代里，再美，结局也只能嫁人；嫁个什么样的人，三分靠自己，七分靠天意。如果不趁早择定，以后挑选的余地更小了。而莘瑶琴们，可以嫁人的资本是什么？除了美貌，还得存钱。

莘瑶琴嫁给卖油郎，就是亲手熄灭了自己对美好未来的向往，而自觉地选择了一种平庸的安全感。她只好把几千两的嫁妆，都倒贴给了这个只有三两银子的穷光蛋。除了钱，还有她的艳冠群芳呢？还有她多年修炼下来的琴棋书画呢？还有她辛苦培训出来的风姿仪态呢？俏眉都只能做给瞎子看了。

上帝不是一定要对它在这个世界上的每件事都公平的。

当然，这也未必不好。中国的历史生活中，就大众而言是不存在爱情这一主题的，有的只是嫁娶、过日子，不是爱情偶像片，而是通俗剧。眼睁睁看着这样一个琴棋书画无所不能的女子，就这样跟一个没有共同语言的文盲过一辈子，要把这歌颂为爱情，臣妾做不到啊！

附　录

莘瑶琴：事见《醒世恒言》第三卷《卖油郎独占花魁》。南宋年间杭州的花魁娘子美娘，原名莘瑶琴，被卖入妓院，不久就被称为"花魁"。卖油的小厮秦重偶遇美娘，爱慕之，遂用了一年的时间积攒了十来两银子求得与美娘一见。美娘见其心诚，几经波折后，自赎出户，嫁给了秦重。学者多认为这反映了明代市民阶层的兴起。

叫我女王大人

二乔

生如夏花不长久

人无癖则近痴，水至清则无鱼。看周瑜羽扇纶巾，俊朗不凡，才华横溢，娇妻美妾，完满无比；幸好他还有致命的缺点：妒忌和小心眼，所以讨人怜爱。诸葛亮是军事家也是哲学家，道德高尚，也是顶尖的人中龙凤；幸好，他有一个丑老婆，以及一副缺乏情趣讨人厌的学究气，所以他命很长。总之，运气是能量守恒的。

东汉建安四年（200年），孙策从袁绍那里得到三千兵马，回江东恢复祖业，在周瑜的协助下，一举攻克皖城。皖城东郊有位乔公，有两位号称国色天香的女儿，又聪慧过人，远近闻名。乔公看到这两位将军少年了得，战功赫赫，便把自己的这对姊妹花嫁给二人。于是，便有了孙策纳大乔、周瑜娶小乔的韵事。

从二乔方面来说，一对姐妹花，同时嫁给两个天下英杰，一个是雄略过人、威震江东的孙郎，一个是风流倜傥、文武双全的周郎，堪称美满姻缘了。孙策还得意非凡地调戏周瑜这位连襟："乔公二女虽然流离失散了，不过，得到我们两个人做婿，也算快慰了吧？"

当然，这两对伉俪郎才女貌，孙策、周瑜同年，不过二十四岁，正是少年得志，英姿勃发。孙郎武略周郎智，大乔婷婷小乔媚，四人君臣姐妹共游，常常一起共读诗书。周瑜还知情识趣，精于音律，当时流传一句话："曲有误，周郎顾。"那时吴宫中的乐姬们常常故意弹错，想引得周郎的回眸与青睐。结果就变成整个宫殿里，到处都是跑调的丝竹之声，把孙策烦死了。

二乔有多美？"东风不与周郎便，铜雀春深锁二乔"的始作俑者是曹操，他既是志在天下的英雄，也迷恋房中术乐，曾收罗"倡优在侧，常日以达夕"，且修筑铜雀台以收蓄天下美女，招募方士研究房中术，并以大量宫女做试验。得到二乔就是这位曹大官人的心愿之一。

罗贯中在《三国演义》里说，三国时曹操欲吞并东吴，诸葛亮奉刘备之命到达江东劝说孙权联合抗曹。周瑜是东吴的关键人物，诸葛亮为说服周瑜，故意说："曹操在漳河新建了一座铜雀台，广选天下美女置于其中。他曾经发誓：'我第一个愿望是扫清四海，成就帝业；第二个愿望是得到大乔小乔，死无遗憾。'不如将军用千金买下这两个女子送给曹操，那不是天下太平吗？"周瑜听罢大怒："老贼欺人太甚！大乔是孙策之妇，小乔乃周瑜之妻。我与老贼势不两立！"于是和诸葛亮订下联合抗击曹军的大计。

可惜，上帝如此刻薄，美人自古如名将，不许人间见白头。曹操与袁绍大战官渡，孙策正准备阴袭许昌以迎汉献帝，从曹操手中接过"挟天子以令诸侯"的权柄时，就被许贡的家客刺杀，死时年仅二十六岁，和大乔仅过了三年的夫妻生活。大乔只好带着襁褓中的儿子孙绍，含辛茹苦，跌打滚爬地把孩子养大。一代佳人，什么时候死的都没人知道。

小乔运气好一些，和周瑜情深恩爱，随军东征西战，伴着他功勋赫赫，名扬天下，一起度过了十二年的幸福生活。可惜周瑜三十六岁上就病死了。小乔三十岁，便孤苦伶仃地过着寂寞生活，

叫我女王大人

永生永世。

"那时的我，是一个美丽的女人，我知道，我笑，便如春花，必能感动人的——任他是谁。"看三毛在《倾城》里的自恋，我们都忍不住慨叹：漂亮又有才华，爱情美满又会享受生命的人，到底还是生如夏花，不长久。

附 录

大乔小乔：三国时乔公之二女，据光绪《巴陵县志》引明《一统志》载："吴孙策攻皖，得乔公二女，自纳大乔，而以小乔归周瑜，后卒葬于此。"二人皆美艳，贤德有才。唐杜牧写曹操曾觊觎二乔，"东风不与周郎便，铜雀春深锁二乔"，宋苏东坡亦留下"遥想公瑾当年，小乔初嫁了，雄姿英发"，令二姝留芳。

佛从来不在她心中

"小女子年方二八，正青春被师父削去了头发。"一看又是一位年少思春的小女孩。陈凯歌的《霸王别姬》中，程蝶衣因为老念不对一句台词，吃了不少苦头：这出戏就是鼎鼎大名的《思凡》，主角就是陈妙常。

南宋高宗年间，陈家亦是官宦之家。只因陈妙常自幼体弱多病，命犯孤魔，父母才将她舍入空门，削发为尼。陈妙常貌若天仙，不但诗文俊雅，而又兼工音律，正当青春年少。这时候，遇到了一个有名的大词人张孝祥。

张孝祥进士出身，当年奉派出任临江县令，一路溯江而上，到达临江县境内，夜宿镇外山麓的女贞庵中，准备走马上任。不要觉得住在尼姑庵里很奇怪，那时的寺庙和道观，就像现在旅游景点的客栈或观光酒店一样，是可以商业运营的。要不然，张生怎么会有机会碰到崔莺莺呢？

但这种涉外宾馆的坏处就在于，给痴男怨女们提供了太多的机会了。现代人倒是无所谓，天天见陌生异性；可是在古代，如果不是有了寺庙或尼姑庵，普通女孩子哪有机会见年轻男子呢？

话说张孝祥正漫步在花间月下，忽然听到琴声铮铮响起，十分

美妙。他循声走去，月下只见一妙龄女尼正在焚香弹琴，眉目如画，姿态秀逸，就随口念了首艳词。陈妙常一听"有心归洛浦，无计到巫山"的淫语，便知是调戏。洛浦，是指洛水之滨的洛水女神；巫山，则指巫山神女。这两个词，早就用来指代男女幽会，做些羞答答的事了。这淫词艳句，就是向陈妙常求欢呢。

陈妙常很不高兴，当即就卷琴而走。

张孝祥还算是个明白人，碰了一个软钉子，灰溜溜地走了。大概，也是因为他前面还有大把好前途，犯不着跟一个女尼计较。

很快，又有一个小青年住进了女贞庵。这人就是潘必正，张孝祥的同窗好友。他在酒席间听了张谈起有这么一个绝色女尼，专程跑进尼姑庙来的。看看，风气就是给这些读书人给惯坏的，直把尼姑庵当作风月所。女人哪里经得起这些一而再再而三的诱惑？

潘必正带着目的，制订好计划，一步一步地来，显然聪明得多。开始是借口谈诗论文，接着弈棋品茗，很快就熟稔了起来。

听琴，正是"听情"。前有卓文君与司马相如的听琴定情，后有崔莺莺与张生的听琴私会，琴声，实则是文人们的良媒。潘必正一曲《雉朝飞》挑之，妙常一听就知心意，答之以《广寒游》。虽然春心早已撩动，但总是要假装成精神先于肉欲，最终才能以肉欲来完成灵肉和谐。故事的流程总是不变的。

张孝祥也听琴了呀，奈何他不是陈妙常的意中人。他虽是个了不起的才子，但追求方式错了。而且，人的理性滞后于情感，我猜测，撩拨起陈妙常凡心的，是张孝祥；等陈妙常反应过来，动了情的时候，好运气就降临到了小潘的头上。所以，连孟京辉都给陈妙常排了一个《思凡》的小剧场。不见得陈妙常又是多么多么爱潘必正，不过是时机已到。她思的只是"凡"。

后来，陈妙常珠胎暗结，潘必正找老朋友帮忙，张孝祥还出面帮他们指婚。古代的三角恋里，这是少见的没有唱红脸和唱白脸的一个好结局。

红学家考据，妙玉据说是以陈妙常为蓝本的。这显然是乱点鸳鸯谱。妙玉至少是出家人，对俗世有着洁癖。而陈妙常不过是小家碧玉。陈妙常在私奔的时候，甚至都未曾犹豫过，未曾迟疑过。佛从来不在她心中。

附　　录

陈妙常：事见《古今女史》和明代杂剧《张于湖误宿女贞观记》，更有名的故事是高濂的《玉簪记》。南宋高宗绍兴年间，临江一女贞庵中的道姑陈妙常在张孝祥的帮助下，与潘必正结成良缘。另一个故事版本，写少女陈娇莲在金兵南下时与家人离散，入金陵女贞观为道士，法名妙常。观主之侄潘必正会试落第，路经女贞观，陈、潘二人经过茶叙、琴挑、偷诗等一番波折后，私自结合，终成连理。《琴挑》《秋江》等演出，被各种地方戏作为保留剧目，盛演不衰。

虞姬

不知稼穑的歌舞姬的天鹅绝唱

世无英雄，遂使虞姬成名。

说虞姬，先要从她的男人项羽说开去。当年，在造反大军里，项羽只是项梁的侄儿。本来历史都是书生们写的，崇尚的英雄都是苏秦、张仪一流的人物，口腔机能发达、手脚退化。谁知后来大家被焚书坑儒坑怕了，女子团体和妇联就联合起来发起一个"寻找男子汉"的大型活动。高头大马的项羽有了出头之日，很快成为女孩心目中的乌骓王子了。

第一眼看到项羽威风凛凛地仿佛如天神驾驭神龙从天而来的时候，正应验了虞姬的少女梦想：我的梦中情人，他会驾着彩云从天边娶我的！虞姬爱上了项羽，从此，她就跟着项羽上刀山下火海，南征北战去了。

项羽，力大无穷、糊涂胆大、心狠手辣，大大小小百余战，从未输过，终于当上西楚霸王。不过，这种好勇斗狠的武林高手，可以做个雄霸一方的军阀，却不能成为政治家。项羽本质上短视，一边鲁莽，一边充满妇人之仁。不该杀的人都杀了，杀子婴、杀义帝，咸阳屠城，火烧阿房宫，坑杀降卒二十万。可是该杀的都没杀，把刘邦放虎归山，鸿门宴算是白摆了。既目光短浅又耳根子软，既刚愎自用又优柔寡断，哪里会有明天。

而另一边，刘邦掌握着更多的丛林法则，做事不问原则只问目的，也有能力团结一群将领与谋士。逐鹿中原本来就是捣糨糊，无耻者胜。这个道理，刘邦懂，吕雉懂，项羽不懂，虞姬也不懂。

年轻的时候，虞姬不过是只小小花蝴蝶，陪着心目中的英雄飞到东来飞到西。她随着英雄南征北战，也目睹了英雄由盛转衰。不能怪她呀，她只不过是一个需要保护需要照顾的小女娃，本职工作就是安安心心地服侍好楚霸王。她的对立面正是吕雉，一个粗生粗养活得粗糙却生命顽强的女人，却老是忘了自己的本职工作，手伸得太长。

项羽屡战屡胜，却无法改变在政治上的屡屡失策。汉五年，楚军被围困于垓下，处境凄凉。刘邦早早就找人在山里装上喇叭，一到晚上，就放广播："你们已经被包围啦。放下武器立地成佛……我们会饶恕你们的……只有你，能让我们苦苦相追……下雨啦，快收衣服呀！"众军士不堪骚扰和唠叨，自杀者众。

项羽与虞姬受不了了，开始唱歌。项羽难过地唱："虽然我的力气很大呀，但老天对不起我呀，我的马怎么办呀，我的老婆怎么办呀。"唱着唱着就哭起来。一个只受过歌舞训练的女子懂什么军事呢，只是看到老公这个蔫蔫的样子，虞姬才知军情突变，大势已去，也跟着唱起来："汉兵已略地，四方楚歌声。大王意气尽，贱妾何聊生！"说起来也可怜，虞姬是跟项羽对歌呢，告诉项羽，你老婆我不用你麻烦了，我死了算！

大家都被他俩的深情对唱弄哭了。虞姬最后一曲天鹅绝唱，拔剑自刎。一个平时水晶玻璃一样柔弱的小人儿，在关键处显现了她的英雄气概，这一瞬间，她从女孩变成了女人，从一个不知稼穑的歌舞姬，转变成一个为国为家用心的女中豪杰——如果是吕雉，肯定半夜偷偷卷起衣物，有多远走多远，留得青山在嘛。

项羽很伤心，第二天还是突围而出，仓皇出走，又迷路又被人骗，最后被汉将追到了乌江，战斗至死，还提前交代把尸体留给故交领赏，毫无生恋。毕竟有霸王霸气，死都死得那么帅！——如果是刘邦，过江就过江，活着就活着，占地一亩算一亩。谁怕谁呀。

═══════════════ 附　录 ═══════════════

虞姬：西楚霸王项羽的宠姬，名虞。秦末虞地（江苏吴县）人，有美色，善剑舞。公元前209年，项羽助项梁杀会稽太守，于吴中起义。虞姬爱慕项羽的勇猛，嫁与项羽为妾，经常随项羽出征。楚汉之战，项羽被困于垓下，兵孤粮尽，夜闻四面楚歌，以为楚地尽失，他在饮酒中，对着虞姬唱起悲壮的《垓下歌》，虞姬拔剑自刎。宋词词牌《虞美人》据说得名于虞姬。事见《史记·项羽本纪》。

叫我女王大人

浑身都是母性

从前看杨绛的《洗澡》，先是喜欢玲珑心肝的姚宓，继而喜欢姚老太，后者神光不露，无迹可寻，就像《天龙八部》里的灰衣僧人。也不用问女儿，她悄悄地就把女儿发给许彦成的眼神无线电给接驳上了，不动声色地差点赚了一个便宜女婿。到底是智性女人，对女儿的心事也熨帖得那么好。见过替子女找对象的，没见过替子女谈恋爱的。

美国戏剧家奥尼尔曾经这样勾勒："一个强壮、安静、肉感、黄头发的女人，二十岁左右，皮肤鲜洁健康、胸部丰满、胯骨宽大……她嚼着口香糖，像一头神圣的牛，忘却了时间，有它自身的永生的目的。"我想，这就是地母盖亚的形象吧。这样的体格，适宜生养，能够挑水担肥养家糊口，而且那一点点的迟钝，刚好铺展着一种单纯而驯服的气质。简而言之，她浑身都是母性。

不过，中国长得像母亲的人不是这样的。她们连那点性感都不需要了，直接就是一张寡淡温和而没有特征的脸，热毛巾抹一把五官就没了，反正她们的色彩是在孩子身上闪耀的，比如李纨。

中国最著名的母亲孟母想必也长得如此。

孟轲小时候父亲就死了，母亲仉氏守节。居住的地方离墓地很近，孟子学了些丧葬、痛哭这样的事。母亲想："这个地方不适合孩子居住。"就离开了，将家搬到街上。离杀猪宰羊的地方很近，孟子学了些做买卖和屠杀的东西。母亲又想："这个地方还是不适合孩子居住。"又将家搬到学宫旁边。夏历每月初一这一天，官员进入文庙，行礼跪拜，揖让进退，孟子见了，一一记住。孟母想："这才是孩子居住的地方。"这才定居下来了。"孟母三迁"一直成为教育界的成功典范，当然，孟母也成了房地产营销的代言人，常有自恃靠近名校的楼盘借用孟母来说事。

事实上，今天那些吐了血也要买五万一平方米、八万一平方米的学位房的，何尝不是个个都是孟母？为了孩子，无可奈何啊。

其后，孟母用剪断织布的老办法来"断机教子"，又劝阻了孟轲休妻，把儿子驯得服服帖帖，终成大器。

孟母还对儿子说过这样一段千古名言："以言妇人，无擅制之义，而有三从之道也，故年少则从乎父母，出嫁则从乎夫，夫死则从乎子，礼也。"意思是叫儿子不必理她，该去哪儿去哪儿，该干吗干吗。这句话被标榜为三从四德。从二十岁左右的新寡一直熬到古稀之年，我们无从揣测孟母这些年的心情。像李纨那样衣食无忧一大家子小姐太太一起玩儿着来守节，都已经被园子里的姑娘视为"神人"了，何况孟母还饿着肚子供儿子读书。

孟母把一切可能的爱情都给了儿子，儿子就是她的情人。孔子母亲颜征在也顶着未婚妈妈的名头，同样守了二十多年的寡才守得云开见月明的。在女人不能走出门去实现自己理想和人生价值的时代，她们的成功就是把自己的丈夫或孩子调教好。

所谓"妻凭夫贵""母凭子贵"，女人并非没有和现实社会议价的资格。但一个女人，浑身上下只有母性这一点可取了，也是够

叫我女王大人

可悲的。古代的孟母没有别的选择，不得不如此，我们现代人，还像孟母那么悲摧，至少是这个社会出了点问题。

重读《洗澡》，发现许彦成和姚宓不过是一对偷情者，倒是被讥为浅薄的许彦成太太杜丽琳才真的是心胸开阔、宅心仁厚。说到底，尽管许彦成不一定心甘情愿，但"标准美人"杜丽琳包容的母性，还是击退了姚宓这种小龙女般一尘不染的年轻女人。他离不开这种温暖。

━━━━━━━━━━━━ 附　录 ━━━━━━━━━━━━

孟母：仉氏，其子孟轲是我国战国时期伟大的思想家、儒家的主要代表之一。孟子幼年丧父，仉氏守节，家庭贫困，但为了让孟子能有一个良好的学习环境，孟子母亲曾迁居三次才定居下来，使孟子养成良好的学习习惯，直接令孟子在日后能够成为一代宗师。

醋海翻波，浪里咯浪里咯浪

礼法规定，有几种情形的时候，丈夫可以把老婆给休了，这就是"七出"。没有儿子，休；淫逸，休；跟爹妈关系不好，休；还有多嘴、偷东西、妒忌、生大病，都可以休。汉代以后，这就成了通行的婚姻法。古代做女人比较倒霉，无过错方还得不到任何同情和赔偿。尤其是妒忌，丈夫一口气娶五六七八个小老婆，可以；女人吃点小醋，不可以——这是哪门子道理。

历代的后妃之间关系更紧张，因为太多人争夺一个男人了，得到他就得到一切，失去他也失去一切，无怪乎张爱玲《色·戒》借一个女间谍的口说："他实在诱惑太多，顾不过来，一个眼不见，就会丢在脑后。简直需要提溜着两只乳房在他眼前晃。"皇帝这个宫廷中唯一的男人，比赛场上的足球还要受欢迎。历史上就有无数美女在宫廷斗争中兴风作浪，更多的美女死于醋海翻波。西汉吕后、晋惠帝的荡妇老婆贾皇后、北魏孝文帝的冯皇后、唐玄宗的杨贵妃等，都是著名的醋坛子。作为失德之妇人，历来为史家所诟病，不过她们也不在乎了，巩固她们的地位、荣华富贵，远比遵循大而无用的清规戒律重要。

但历史对隋文帝的皇后独孤伽罗的评价就比较复杂了。隋文帝是中国历史上第三位统一中国的皇帝，在"影响世界一百人"排行榜上位居前列，他的太太独孤氏起了很大作用。早些年，杨坚（隋文帝）在北周当官的时候，周宣帝几次要杀他，都是独孤氏教他法子逃过一难的；后来的篡位又是独孤氏给出的主意。所以隋文帝对他太太很感激，一登基，就封她为皇后。

但独孤氏的权力意识很强，结婚时她就要她丈夫发誓："你必须忠于我，不纳妾，不乱爱。"杨坚当了皇帝，独孤氏还是这样管着他，形影相随，朝夕相伴，其他女人基本上近不了皇帝的身。独孤氏生了五子五女，朝中并称皇帝与皇后为"二圣"。

于是，各样说法在这里产生歧义。有人说，帝后深情款款，独孤氏不愧为一夫一妻制的先锋，开创了后宫的一个新局面。有人却说，隋文帝苦闷着呢，别人都三妻六妾的，自己身为皇帝却多找个女人都不敢。隋文帝压抑得简直想出家当和尚了。有一次，年近花甲的文帝和宫女尉迟氏春宵一度，独孤皇后怒杀尉迟氏，文帝负气离家出走。最后在左右仆射高颎、杨素的调和下，独孤皇后主动请罪，夫妇俩和好如初。但经此一役，真是两败俱伤，就像碎了的古董花瓶就算粘好了，也还是有裂痕。

最为离奇的是，这位独孤皇后不仅不许自己的丈夫纳妾，也容不得别人纳妾。史书上说，她每"见朝士及诸王有妾孕者，必劝上斥之"，不得重用。有个宠臣本来是独孤皇后父亲的好友，太太死了姬妾生了儿子，独孤就非常讨厌他，老在皇帝面前说他的坏话，不让他的日子好过。不明白别人生孩子和她有什么关系，在她身上，我仿佛看到一个不开心的孩子大闹瓷器店。

不过，独孤皇后确是有个性，明白了斗争的方向：男人才是造成多妾的祸首，要吃醋就要拿男人开涮。不像别的后妃，只晓得女人之间斗个不亦乐乎，而好色的男人就在那里看得欢乐开怀。

"关关雎鸠，在河之洲，窈窕淑女，君子好逑。"理学家们认为：这个"好色"、追求淑女的人，原来是后妃，是皇帝贤良的大小老婆们哭着喊着，要给丈夫物色美女。——这种自愿十分可疑。如果一个女人连表达自己情绪的权利都没有了，也别指望她还能有什么尊严了。

附　　录

独孤皇后：隋文帝杨坚的皇后独孤伽罗，是北周大司马独孤信的女儿。独孤氏十四岁嫁与杨坚之时，要杨坚保证此生不纳妾，杨坚立下誓言："不和第二个女人生孩子。"独孤氏通晓书史，谦卑自守，恭孝，是杨坚的积极支持者。公元581年，杨坚称帝，建立隋朝，是为文帝，立独孤氏为皇后，长子杨勇为皇太子。

叫我女王大人

辛德瑞拉的美貌崇拜和善良崇拜

　　网上的 ID 名，成打成打的女孩都叫辛德瑞拉。女孩都羡慕辛德瑞拉，希望在哪一天，会有一位王子把她从人海里捞出来，坐上南瓜车，就变成公主了。

　　其实，中国也有自己的辛德瑞拉，只不过，她的名字不叫灰姑娘，而叫叶限。

　　秦汉的时候，其实真有一个桃花源，这个洞没名没姓，洞主有一个女儿，名字叫作叶限，她的老爹娶了一个后妻，后来，老爹死了，后妈就开始虐待叶限，经常让小姑娘去山高水迢路远又坎坷的地方打水。

　　传说中，受苦的人总是有福的。叶限就幸福地抓住了一条金眼睛的鲤鱼，悄悄地养在一个池里，每天都给它喂吃的。后妈发现了，偷偷摸摸换上叶限的旧衣服，走到池边；鱼儿以为是叶限来了，浮出水面被抓住，后妈就把鱼给杀了。这尾鱼已经长达丈余，味道非常棒。后妈吃完了鱼，舔舔嘴，把鱼骨头埋了起来。

　　第二天，叶限来到池边，鱼已经不见了，她放声大哭。忽然有人披头散发地从天而降，安慰她说："别哭啦，小姑娘，你后妈把鱼杀了，骨头藏在粪下面。你把骨头放在屋里吧，对它祈祷，要什么有什么。"叶限依言而行，果然这个鱼骨头很有用，金银珠宝，随叫随到。

节日到了，后妈带着同父异母的妹妹，花枝招展地出门，参加嘉年华的狂欢派对去了，只留叶限看房子。叶限有的是漂亮衣裳、珠宝首饰、名牌手袋，趁后妈出门，也赶紧换上翠绿真丝长裙，和手工钉珠的金鞋，赶去派对。不过，那位异母妹妹眼尖，还是认出叶限了，叶限只好赶紧溜走，匆忙间，落下了一只金鞋子。

故事的最初就从一只金鞋子开始。得到这只鞋子的陀汗国王开始寻找金鞋子的主人。这个国王四处寻访，全国的女子没有一个穿得下，最后找到了叶限家里，当然，后妈的女儿也穿不下这只金鞋子，叶限于是穿着那件翠绿真丝长裙现身了，再套上这双金鞋子，刚刚合脚——国王一看到叶限，惊为天人，决定把她娶回家，让她当王后。

国王知道了真相，带走了鱼骨，再把心肠狠毒的后妈及其女儿都杀了。从此，这个小国国王和王后，都过着富足而幸福的生活。

我们看到了没有南瓜车和小老鼠马车的辛德瑞拉。世界上最早的灰姑娘，显然是叶限而不是辛德瑞拉——须知，唐代的段成式写《酉阳杂俎》这部笔记小说的时候，格林兄弟要等到九百年后才出世。当然，因为格林的中国古文功底没有这么好，只能代格林说，如有雷同，纯属故意。大家都衷心地相信，穷人家的女儿，必然是心地善良的、美貌惊人的；后妈必定是歹毒的，异母姐妹必定是又蠢又丑的。古今中外，莫不如是。

事关女子，美貌崇拜与善良崇拜，永远是一切童话的重点。而且，两者高度统一。童话的最后必定是美貌与善良赢了爱情，赢了金钱，赢了地位，赢了世界。

而现实是，如今你要说谁善良，没准人家就脸红脖子粗跟你急了：

你还不如干脆骂他蠢呢，至少直率。至于美貌，在这个凡是女人就能称为"美女"的年代，我们兴许知道谁是美女，但不知道谁不是。不少长得五花八门奇形怪状的女子用心打扮一下，俨然就生出一种别样的风情，嫁得比谁都好，活得比谁都滋润。

现在再也不流行这种靠着某个男人突发奇想的恩赐发达的灰姑娘了。甚至，连那个一心一意周全自己女儿的后妈，拼了老命也要护犊的后妈，反而更让人有同理心。想想看，王子都没了，哪有什么灰姑娘啊，还不得靠自己？

附　录

叶限：事见唐朝段成式《酉阳杂俎》续集《支诺皋上》。秦汉前南方一个洞主的女儿，名叶限。幼年丧母，从小聪明能干，得到父亲的钟爱。父死后，继母对她百般虐待，得到一条神鱼的帮助，参加国王的舞会，留下一只金鞋，根据这只金鞋，终被国王娶为妻子。而生性刻薄的继母及异母妹妹则被杀。19世纪，德国的格林兄弟在他们的《儿童与家庭的故事》(或译《格林童话集》)一书中亦收入同类故事，研究家们将此类故事统称为"灰姑娘型"。叶限的故事被认为是世界流行的此类故事中最早的文字记录。

董小宛

沙龙女主人也要归宿

沙龙女主人，不过是个姿态。再风光又有何用？还不如当个侍奉箕帚的小女人。式微，式微，胡不归？

董小宛就是这么想的。

说起来，同是秦淮八艳，同是绝色丽人、才情卓绝，同样与名震一时的大名士交往，董小宛的男朋友冒辟疆，好歹比李香君的男朋友侯方域、柳如是的男朋友钱牧斋要有骨气一些。清兵平定全国后，几次都把冒襄列为重点公务员，但他视之如敝屣，坚辞不赴。摆明了要以明朝遗民自居，决不仕清，还收养了东林、复社和江南抗清志士的遗孤，哪怕生活潦倒也在所不惜。

小宛生于南曲青楼之中，琴棋书画莫不知晓，诗词文赋样样精通。十五岁艳帜初张就名冠秦淮。而且脾气大得很，看人很挑。后来辗转到苏州半塘，董小宛醉心于山水之间，常受客人之邀，游太湖、登黄山、泛舟西湖。就在董小宛离开秦淮河不久，冒辟疆却慕名到秦淮河去寻访她了。不遇，冒辟疆又转往苏州闲游，专程跑到半塘拜访。偏不凑巧，董小宛又已受人之邀游太湖去了。数次不遇，直到最后才得以与她相晤。董小宛早慕复社"四公子"大名，而冒辟疆也意外地看到这个风尘女子纵谈时局，不愧女中丈夫。一见之下，

彼此倾慕。

第二年春天，冒辟疆再到苏州访董小宛，却又听说她陪钱谦益游览西湖去了，他只好悻悻地回去了。又一年，他再访半塘，又与董小宛擦肩而过。失望之余，冒辟疆结识了当地名妓陈圆圆，两人十分投缘，相携游历了苏州，还定下密约。看来，王家卫的《堕落天使》里说得有道理："有些人一下子就擦出火花，而有一些人，擦得衣服都烂了，也擦不出火花。"等冒辟疆来苏州践约接陈圆圆时，陈圆圆又失约去了京都，这时，他却意外碰见了董小宛。

世上所谓缘分，大抵如此。

这回见面，属于二见钟情。两人怕夜长梦多，要惊心动魄，于是订下终身。其时，冒辟疆因为恃才傲物，连小小的乡试都一再落榜，干脆不干了，归乡隐居。董小宛也是名士真风流，不在乎夫贵妻荣，果断地卷起包裹，当了冒的小妾。

冒家接受了董小宛这位青楼出身的侍妾。正好红袖添香夜读书。可惜，李自成攻占北京，清兵入关南下，江南一带燃起熊熊战火。冒家人因此辗转流离，一穷二白了，过着缺米少柴苦哈哈的日子。多亏董小宛典钗当裙，才勉强维持着全家的生活。

冒辟疆却病倒了，卧床不起，董小宛就睡在床榻边，时时刻刻照顾他。冒大病了三次，董就服侍了三次：第一次折腾了五个多月；第二次她在枕边伺候了六十个昼夜；第三次是为了服侍冒辟疆，董小宛坐着睡了整整一百天。如此下来，董小宛自己也病倒了，身体极度亏虚，终于辞世。

一定有人要说：何苦来呢，放着名妓这么有前途的职业不做，偏要嫁给一个又穷又土的痨病鬼做妾？这就涉及成就感了。做欢场上的沙龙女主人，锦衣玉食，往来无白丁，且艳名远扬，姊妹们都为一时俊彦，这样的生活固然新鲜活泼，到底不长久，而且屈辱；嫁作妻妾，一箪食一豆羹，没什么热度，这样的生活固然平凡庸常，却是有爱情有指望的。

在照顾冒辟疆的过程中，婆婆和冒夫人几次要将她替换下来，董小宛都不肯，说："我能够竭尽全力把公子服侍好了，那就是全家之福。公子能够把病治好了，我纵然得病死了，也是虽死犹生。"

在董小宛看来，为爱牺牲，甚至为了爱人把生命都燃烧成灰烬，这样的付出能让她心里温暖。到底是什么能促使一个人要用自残来补偿，用生命去洗白履历，以超出常规的贤良，来挽回名节？这一切，不过是缘于董小宛的极度自卑。而能让一个见惯了世面的绝代佳人如此自卑的，不仅仅是出身，更是因为她有一个在不断贬低她的价值的夫君。

这样的丈夫，在她死后写了多少关于她的颂歌，都没啥意义。

附　录

董小宛：名白，字青莲，又名宛君。天资巧慧，容貌娟妍，能歌善舞，亦工诗画，为"秦淮八艳"之一，后迁居苏州。1639 年，董小宛结识复社名士冒辟疆。明亡，小宛随冒家逃难。嫁给冒襄为妾。著名的如皋"董糖"即由她亲手创制。小宛针神曲圣，食谱茶经无不通晓，并汇集《奁艳》一书。冒襄作《影梅庵忆语》，记载小宛始末及其行事，睿艳动人。

祝英台

爱情的尽头是殉情

有一道小孩子的脑筋急转弯："梁山伯和祝英台化蝶以后，怎么样了？"答案是："生了一堆青菜虫。"这就是对传奇的解构和祛魅了。

一般《梁山伯与祝英台》的翻拍电影里，会加上一个纨绔子弟马文才，其实，没他什么事，干涉两人爱情的是两晋当时的门阀制度。门阀世族社会非常看重家族的社会地位和婚姻关系，只能和相同地位的人联姻。当时，为了适应士族门阀制度，一个新的史学门类——谱牒学应运而生。它辨其姓氏贵贱、门第高低，在门阀制度下，任用官吏，不管才能，只问阀阅。简而言之，祝英台的老爸是个世族，他如果把女儿嫁给非世族，他们一家就倒大霉，一辈子也别想抬头了。

玄学玩多了，东晋又开始玩行为艺术，比如，服石。其实就是金石丹药，具体成分待考，不过这玩意儿有两个特征：一是贵，只有世族大户才吃得起；二是会发热。一发热，就双颊绯红，潮热难挡，佯狂装疯。有些不是贵族的也说，我在服石发热呢。有一次有人在菜市场门前卧倒，假装发热。同伴不信他也服得起"石"，这个人只好狡辩说："我昨天在菜市场买米，米中有石，吃下去，今天发作。"有些名士过度饮酒，有些名士装痴装狂，有些名士赤身露体不穿裤子，有些名士父亲死了不但不服三年之丧，反而不落一滴眼泪。都是嗑药嗑 High 了，在搞行为艺术呢。

梁山伯就是在这种以身体表达艺术之风盛行的情况下，遇见了祝英台。祝英台当时正在一所艺术院校攻读，进行一项艰苦的艺术工作，就是女扮男装，混迹于男同学之间，还和梁山伯成了铁哥们儿。

这里，又有人不能理解了：这可能吗？如果是今天，当然不行，可是两晋时不同。何晏面若傅粉，王夷甫手如白玉，潘安仁、夏侯湛、裴令公、卫玠、王戎都是超级美人儿，"貌若好妇"就是那时的美男子标准。所以，男版祝英台只是比较漂亮的一个而已。梁山伯于是和祝英台结拜兄弟，把祝英台那颗已经被撩拨起来的春心急得不行。

两晋时还是弘扬个性的，祝英台顺利地拿到了学位。"毕业时我们一起失恋"的故事，到这里是这样的：梁山伯与祝英台开始长亭送别。祝英台一路从阴阳说到五行，从星座说到紫薇斗数，老想表白自己是女人。可人家只当她是兄弟，一场"十八相送"的好戏只好快快而散。祝英台只好回家嫁人。

等到梁山伯幡然悔悟，追到人家家里求婚的时候，祝英台已经被许配给了门第相当的马文才。梁山伯伤心得吐血——毕竟还是个小资，服石过量，一口气提不上来，年纪轻轻就殒命了。

为了爱情片甲不留，是一种反抗，也是一种勇敢。爱情事件的尽头就是殉情，如果爱情没有出口，舆论就鼓动大家殉情，这是一种传统。中了这个蛊，祝英台也把爱情视为人生的最高价值，或者是，以为的爱情。她认为，那个因为她而死的人，才是真正爱她的人。于是，祝英台假意答应嫁给马文才；在婚礼路上，她去南山给梁山伯上坟，一头栽进了坟里。

情深至此，生可以死，死可以生。后世都说，梁祝化蝶了。

故事的叙事经纬在这里有点混乱。为什么说混乱呢，因为梁祝的坟墓全国就有七处，读书处有三处，"梁山伯庙"有一处。由于年代久远，又缺乏权威的记载，究竟在哪儿至今并不能完全确定。我猜，那些都是疑冢，事实不可能那么诡异。应该是梁祝在地底下发现了一个古墓，优哉游哉在地底下生活，养儿育女，研究武功，制造古墓，顺便搞点雕刻艺术。他们的后人就是林朝英，古墓派的创始人。

附　　录

祝英台： 梁祝故事是我国四大民间传说之一，被人们誉为东方的"罗密欧与朱丽叶"。梁祝传说产生于晋朝，现存最早的文字材料是初唐梁载言所撰的《十道四蕃志》。到了元、明代，梁祝的故事已经大量进入戏剧。较早的版本之一是明代戏剧《同窗记》。东晋时，曾任府台的祝员外小女祝英台求学心切，女扮男装，到杭州读书，与梁山伯同窗三年，结下了不解之缘。英台与山伯山盟海誓，私订终身，谁知祝员外早将英台许配给马家公子。山伯郁闷成疾，撒手人寰，英台被逼出嫁，途经山伯墓地，纵身一跃，投入墓中，双双化为蝴蝶。不仅有戏曲、歌谣，更有杰出的小提琴协奏曲。

叫我女王大人

叫我女王大人 CALL ME QUEEN

美丽固然能击中男人，但妲己是妖媚。这种狐媚从骨髓里透出来的东西，它是一种有色的、穿透力极强的光线，具有毒性，直接刺激男人的性意识，让他奋不顾身、视死如归。

第四辑

一个狐狸精的诞生

一个狐狸精的诞生

　　有一回派对，见到了一位传说中的美女。回去的路上，我和女友谈起，由衷地感叹："长得真漂亮，像狐狸精啊。"女友正色道："不要随便冤枉狐狸精，狐狸精在我心中是一个正面、美好的褒义词。不是人人都有资格这么叫的。"

　　真的，随着"性感"的去污名化，大家也毫不客气把风骚、妖冶这些词往自己身上栽了。一位正在读研究生的女孩，她对朋友们说，她的外号叫狐狸精。真是想得美啊。

　　蒲松龄老兄也写了很多狐狸精，不过，那只是生物意义上的狐狸，成了精以后，美貌、善良、可爱、不妒不怨，具备了中华女性的传统美德。而我们只把那些狐媚多情、狡黠妖气，专门以色惑人的美女称为狐狸精，她们集中了被传统良家女性蔑视的一切特征。历史上最有名的狐狸精无过于妲己了。

　　其实殷商是中国历史上极为强盛的时期，纣王原本才思敏捷，武力超凡。有一次，他在女娲庙里看到女娲美貌就题了首淫诗，调戏女神。这可把女娲给气死了，发誓要搞垮这个昏君，派出一只狐狸去媚惑他。妲己是有苏氏的女儿，被选入宫，这只狐狸就附上了妲己。她艳丽非常，杏脸桃腮，眉如春山浅黛，眼若秋波流转。而且，

估计也善房中术，立即把纣王迷得神魂颠倒，不知今夕何夕。

姐己不仅荒淫狐媚，而且性情残忍，怂恿纣王设计出种种令人触目惊心的残忍酷刑，在鲜血的刺激下，她欲望的阈值越抬越高。越残忍越快乐，越血腥越美丽。纣王也对她言听计从，荒理朝政，姐己快乐，所以纣王快乐。

纣王与姐己在鹿台上欢宴，纣王命令嫔妃们脱去裙衫，赤身裸体地唱歌跳舞，恣意欢谑。数十位宫嫔不愿，姐己说："可以在地上挖一个大坑，然后将蛇蝎蜂虿之类丢进穴中，将这些宫女投入坑穴，与百虫嘬咬，这叫作虿盆之刑。"梅伯劝谏纣王召回废太子，复立东宫，姐己说："群臣轻侮大王的尊严，都是刑法轻薄的原因。可铸一个空心的铜柱，里面烧火，外涂油脂，让犯人裸体抱柱，皮肉朽烂，肋骨粉碎。"纣王依言竖立铜柱，梅伯顷刻间烧得肉焦骨碎化为灰烬。姐己又说："可以再制一个铜斗，加火在里面。罪轻而不至于处死的，让他们以手持熨斗，则手足焦烂。"自此，再没有人敢上言劝谏。

姐己又让纣王建立酒池肉林，男女裸体相戏，胜者浸死在酒池中，败者投于虿盆内。每天宫女因此被折磨致死者不计其数。姐己另外的著名事件，还包括将大臣伯邑考醢为肉酱，把叔父比干挖出心肝，砍断别人的腿骨看骨髓，剖开孕妇的肚子验男女。听到惨叫，姐己和纣王笑得花枝乱颤。

依此看来，姐己还是 SM 爱好者，具备施虐型人格。可惜天下没那么多受虐狂，她就借着纣王制造出一系列惨剧，以供一哂。奇怪的是纣王，完全迷失了心性，丧失了任何判断能力。美丽固然能击中男人，但姐己是妖媚。这种狐媚从骨髓里透出来的东西，它是一种有色的、穿透力极强的光线，具有毒性，直接刺激男人的性意识，让他奋不顾身、视死如归。学是学不来的。当然，姐己是奉女娲之命下界陷害纣王的，一般的狐狸精只管迷魂，不作恶。

　　周武王灭纣的时候，传说因为妲己容颜过于娇媚，以致刽子手都不忍心下手，甚至愿意替死。姜太公于是蒙面斩妲己。她一死，才露出九尾金毛狐狸的真身。

　　今天我们都知道了，"祸水论"不过是男权世界里最常见的一招：诿过于人。甚至这样还不够，还要把她丑化为妖怪，连带着狐狸也受委屈了。

附　　录

妲己：商纣王子辛的宠妃。纣王征服有苏氏，有苏氏献出美女妲己。纣王迷于妲己的美色，对她言听计从，荒理朝政，日夜宴游。妲己喜欢歌舞，淫乱下流，血腥残忍，纣王为了博得妲己一笑，滥用酷刑，杀人无数。纣王的无道，激起人民的反抗。周武王乘机发动诸侯伐纣，在牧野之战，一举灭商，纣王逃到鹿台自焚，妲己也被杀。

笑的成本太大了

西周周宣王的时候，首都的少年儿童都在唱一首歌："月亮升上来，太阳沉下去，将有弓矢之祸，灭亡周国！"这种儿歌，做皇帝的一般都很害怕，就下令去查。政府智囊团里一个天文学家说："臣夜观天象，弓矢之祸将出现在陛下宫中，后世必有女子乱国！"

周宣王问姜皇后最近宫中的嫔妃有什么怪异的地方，姜后说："宫中没有怪异，只有先王宫内的一个嫔妃卢氏，年方二十四岁，怀孕八年，才生下一个女儿。"宣王又召来卢氏，卢氏说："我听说夏朝桀王时，褒城有个人化为两条龙，桀王非常恐惧，杀了二龙，将龙涎藏在木椟中。自殷朝经历六百四十四年，传了二十八王，到了先王厉王打开木椟，龙浆横流于宫廷，化为一只大乌龟，妾当时十七岁，因为足踏龟迹而忽然有了身孕，如今才刚生下一个女儿。"宣王命人把刚出生的女孩扔在河里淹死。

但事实上，这个女婴并没有死，被一个造木箭的工匠带回家抚养了。

宣王死，幽王即位。这个幽王，为人性暴寡恩，喜怒无常、整日饮酒食肉，刚一即位就广征美女。右谏议大夫褒姁劝谏反而被囚。褒姁的妻子赶紧花了一大笔钱，买下褒城最美丽的女孩，把她梳妆打扮一番，送进京师，把老公赎了出来。这个美女就是那位倾国倾城的褒姒，也就是那位木箭工匠的女儿。

看看，逃啊逃啊，那个几乎被杀的女婴绕了一个大圈，又回到宫里来了。褒姒故事基本上就是东方少女版的俄狄浦斯。

幽王见美人仪容娇媚，光艳照人，非常高兴。于是，褒姒春宫独宠，幽王一连十日不上朝，朝夕饮宴，没完没了。皇后申氏失宠被废，太子也被废。本来还有些大臣进谏，幽王大怒："有再谏受美人者斩！"朝中大臣只好纷纷告老归田。

褒姒很漂亮，不过却从来不笑，整天黛眉紧蹙，郁郁寡欢。周幽王为其开颜一笑费尽心思。但千方百计，褒姒却始终不开口。其实周幽王不明白，为了能够专宠，褒姒早做了美容手术，在眉头和嘴角打了肉毒菌素，又做了植金线美容。这种人造美女，好处是神经死亡，皱纹不生，青春不老，坏处是不能笑，不能哭，七情六欲不能上脸。褒姒已经把自己整成芭比娃娃。其实，当年如果杀不掉这个女婴，周宣王应该捏住整容医生的脖子，掐死，啊，那全世界都安静了。

幽王召乐工鸣钟击鼓，品竹弹丝，宫人歌舞进临，褒姒全无悦色。又命司库每日进彩绢百匹，撕帛以取悦褒姒。褒姒虽爱听裂绢的声音，依旧不见笑脸。大奸臣虢石父献计说："在城外，五里置一烽火墩用来防备敌兵，如有敌兵来则举烽火为号，沿路相招天下诸侯的兵来勤王，假如诸侯来了却没有敌兵，王后必然会笑！"

幽王大喜，遂与褒姒驾幸骊山，在骊宫夜宴，令城下点燃烽火。霎时间火焰直冲霄汉，诸侯乍见焰火冲天，急忙调兵遣将，驱动战车，连夜前来勤王。没多久，列国诸侯皆领兵至，一路烟尘滚滚，来了却没有敌寇的踪影，只见幽王与褒妃在城上饮酒作乐，诸侯面面相觑，卷旗而回。

这样来来去去好几次，褒姒看见各路军马举着火炬，漫山遍野地跑，不禁嫣然一笑。幽王大喜，遂以千金赏虢石父。可怜的褒姒，因为一笑，前功尽弃，只好重新打美容针了。

众诸侯大怒而归。以后幽王还常以烽火为戏，褒姒再也不肯笑了——笑的成本对她来说太大了。更惨的是，犬戎叛乱，幽王想找救兵，因为前几次被烽火戏弄，诸侯以为幽王又想博取美人一笑，都不当回事。不久镐京陷落，幽王也被人杀了。

主说，申冤在我，我必报应。

附　录

褒姒：周幽王宠妃，为褒人所献，姓姒，故称为褒姒。她甚得周幽王宠爱，生下儿子伯服。褒姒生性不爱笑，幽王为取悦褒姒，举烽火召集诸侯，诸侯匆忙赶至，却发觉并非寇匪侵犯，只好狼狈退走。后来，褒姒勾结权臣，废申后和太子宜臼。申后之父联络鄫侯及犬戎入侵，周幽王举烽火示警，诸侯以为又是骗局而不愿前往，致使幽王被犬戎所弑，褒姒亦被劫掳。

叫我女王大人

—— 樊素与小蛮 ——

目送无良诗人泡妞

　　唐代官吏狎妓，甚至制度化。官吏到职交接班，交割各种档案物资都不足为奇，而且还会交割妓女：前任由于带不走所宠妓女恋恋不舍，引为憾事；后任欣然接受，还感叹没有接收到更好的。

　　白居易是唐代官员中狎妓最有名的。他蓄养很多妓女，从杭州带着妓女回洛阳，又把人家遣送回去，有来有往，不当一回事。还和元稹交换妓女，相互狎玩，让人发腻。

　　为人与为文是不必等同的。看白居易悲天悯人、一副救苦救难大慈大悲的样子，还写下了《上阳宫》《琵琶行》等同情女子的诗，谁晓得走出了诗歌，他也不过是无行文人。你可以去泡妞，也可以让我们背你的《卖炭翁》，但你不能让我们一边背着你的《卖炭翁》一边目送你泡妞吧？

　　樊素和小蛮就是白居易的家伎。姬人樊素善歌，妓人小蛮善舞，她们俩出名，皆因白居易曾经写过著名的"樱桃樊素口，杨柳小蛮腰"。其实，白居易当时任刑部侍郎，官正四品，按规定只能蓄女妓三人，但他的家伎除了樊素、小蛮和春草以外，专管吹拉弹唱的就有上百人，还写了一首诗说："菱角执笙簧，谷儿抹琵琶。红绡信手舞，紫绡随意歌。"列位看官，这些都是他的家伎啊。

第四辑　一个狐狸精的诞生　　　　181

而蓄养家伎，早成了盛唐的风俗。岐王每到冬寒手冷，从来都懒得取火，把手伸到漂亮的家伎怀中摩挲取暖，称之为暖手；申王每到冬天风雪苦寒，就让家伎密密地围坐在旁边，以御寒气，称之为伎围；李升大司空有钱，吃饭不用桌子，就让家伎每人托一个盘子团团地站在旁边，称之为肉台盘。说起来，家伎可真够忙的，既要充当侍妾，要充当歌女舞女，又要充当丫鬟，而且事关社交。家伎的数量、质量、艺能往往还是主人的地位尊严、经济实力、人品高雅的一种体现。

更讨人嫌的是，白居易的《追欢偶作》中写道："十载春啼变莺舌，三嫌老丑换蛾眉。"我家里养的家伎，每过三年多，我就嫌她们老了丑了，又换一批年轻的进来，经常换新鲜货色，十年间换了三次了。公然以此自炫。这时的白居易已是风烛残年，而樊素、小蛮，不过十八九，年方溦滟。再看看这位白头翁干的好事：他的好友张愔的妾关盼盼原是徐州名妓，张愔病逝，关盼盼矢志守节，十年不下燕子楼，白居易居然指手画脚，认为她何不索性以死殉夫呢。性情贞烈的关盼盼在十天后绝食身亡。难不成白居易也想让家伎为自己殉葬不成？

袁枚本是清朝的第一情趣中人（这么说，李渔不知会不会跟我拼命，不过李渔蓄养的家伎要忙着巡回演出赚钱的，没那工夫），琴棋书画无所不精，吃喝玩乐天下第一。袁枚老夸自己的四位侍妾如何如何的如花似玉，客人不免充满期待；结果一见面，一口茶差点喷出来：她们都痴肥矮钝，平庸至极。看来，文人口中的美女，听听就好，不必当真。樊素、小蛮永远活在诗中，这样就好。即使不快乐，比起她的姐妹们，起码还留下一段曼妙的身影。

附　录

樊素、小蛮：唐白居易之二妾名。白有诗云："樱桃樊素口，杨柳小蛮腰。"白居易，唐代著名诗人，家有姬妾，少年显才华，中年露锋芒，晚年享安乐，走中国知识分子圆满而庸俗的一条生活道路。老年患了风痹之疾，他就放妓卖马。自称"既解风情，又近正声"，比较有自知之明。

把美好青春献给了一百枚铜板

春暖了，花开了，猫儿在叫了，明太祖有点不安了。要是人人都幸福和快乐，还要我们皇帝干什么呢？于是，建国头件事，清洁社会风气，洪武元年下了一道法律文件：民间寡妇，三十岁以前丈夫死了，守节到五十岁以上的，不但旌表，还可以免除本家差役；不但免劳役，还可以赐祠祀。政治上、经济上全线飘红，何乐而不为呢？

不过，国家机器们这边厢安抚那些死了老公很多年的人，那边厢就对失节者严惩不贷。明朝山西有个正五品的官员刘翀，娶了一个再婚的老婆，遭人检举，一直告到京城。就这么一件小事，摊在新婚姻法推行得热热闹闹的今天，朱氏也不过是丈夫死了再婚，招谁了惹谁了？就算是重婚罪，怎么着也用不着皇帝亲自开庭吧？可是明英宗直接干预了，下令将刘翀逮捕来京，下狱审讯。最后罪名是娶失节妇，把刘翀削官为民——放在今天就是双开耶。

一把蜜糖一把砂的政策很见效，贞女烈女以几何级数的速度增长。贞节这玩意儿并不是到了宋代才有的，早在秦始皇时期就有人提出来了，不过都当成舍身炸碉堡的英雄个案一般稀罕，并非普遍重视。一部二十四史，《宋史》里面记载不过五十五人，《元史》

才几十年就达一百八十七人，《明史》所发现的节烈传记竟不下万人了。而另一部《古今图书集成》里，烈女节妇唐代只有五十一人，宋代增至二百六十七人，明代则是三万六千人。那时贞节牌坊的威力远比今天的计划生育要大。

守节是一件很残忍的事。《礼记》里面说，一家子人男女不能坐在一起，不能将衣服挂在同一个衣架上，不能手接手地递东西，叔嫂不能答话，许配人家后不许与未婚夫见面，女子出门要用手遮面不让人看见……五代时一个寡妇运送丈夫的灵柩回家，路上投宿一家客栈，但店主觉得不吉利，就想把她赶走。在争执中店主抓住她的手要拉她走，谁料这个寡妇拿起刀来砍断自己的手臂，说是给男人玷污了。按这样的男女授受不亲，我死也！

守节之难，难于上青天，鲁迅先生说："节烈难么？答道，很难。男子都知道极难，所以要表彰他。""节烈苦么？答道，很苦。男子都知道极苦，所以要表彰他。"清代《志异续编》中讲了这样一个故事：有一个节妇，年纪轻轻就下定决心守节了。每天晚上人们都能听到她的房间里有铜钱撒了一地的声音，不过天亮了以后却一枚钱币也看不到了。到了老年快病死的时候，她在枕头边拿出一百枚铜钱，每一枚都锃光发亮，对她的儿子儿媳们说：就是这些铜钱帮我守的节。诸位看官可能会问：为什么？这个老节妇说："丈夫死了，我一个人睡，天天睡不着，心里想着饱暖思淫欲，所以每晚夜深人静的时候，我就把灯吹了，把一百枚铜钱抛落在地上，一枚一枚弯腰捡回来，不全部捡完就不睡。这样，每天都忙到后半夜，累得我半死，腰酸背痛的倒下就睡着了，什么也来不及想了。这六十多年来，我无愧于心啊。"

她固是无悔，我们却心酸。六十多年的美好青春，她把它奉献给了一百枚铜板。快乐吗？她说很快乐。这位贞节自守的老太太，就是历史给我们指认的现场。

如果把那些节妇情欲燃烧的热量转化为动能，投入到革命事业中去，那早够建成千上万个核电站了。可是我们什么都没捞着。这个社会要求女性把自己的欲望和自己的人生缩小了又缩小，都只是为了给男性腾出更大的空间。所以，女性苦苦守贞，男性不但姬妾成群，还要另设青楼；女性却绝不可妒忌。

看来，一部分人喜欢施虐，另一部分人喜欢受虐，这个社会，也照样可以达到动态平衡。

附　录

节妇：《礼记·内则》云："男不言内，女不言外。非祭非丧，不相授器；其相授，则女受以篚；其无篚，则皆坐奠之而后取之。外内不共井，不共湢浴，不通寝席，不通乞假。男女不通衣裳。内言不出，外言不入，男子入内，不啸不指，夜行以烛，无烛则止。女子出门，必拥蔽其面，夜行以烛，无烛则止。道路，男子由右，女子由左。"严格制定了男女大防。后世仍不断在补充。

叫我女王大人

—— 冯小怜 ——

当白痴皇帝遇上玉体横陈

世人能原谅海伦，但不能原谅冯小怜。特洛伊为海伦而战，还能体现一种为美、为荣誉和尊严而战的贵族精神；而北齐因为冯小怜而覆灭，则纯是帝王的私欲和荒唐无行。

北齐高氏，这一大家子帝王估计有遗传的精神病，加之可以为所欲为，便烧、杀、淫、掠、悖逆、乱伦，行径大体跟禽兽没什么区别——这样说禽兽可能会抗议，说污辱了它们。而北齐后主高纬更是集高家劣根性之大成，自号"无愁天子"，很有行为艺术家的气质。

高纬看上了皇后穆邪利（即穆黄花）的侍女冯小怜。史载冯小怜慧黠能弹琵琶，善歌能舞，不过这些都不重要了，反正她的美丽与才华，足让变态的后主心醉神驰，爱不释手，常祈愿生死一处。就连与大臣们议事的时候，高纬也常常让冯小怜腻在怀里或让她坐在膝上，使大臣常常羞得满脸通红，无功而返。

"独乐乐不如众乐乐"，北齐后主高纬认为像冯小怜这样的美人，只有他一个人来独享，未免暴殄天物，如能让天下的男人都能欣赏到她的天生丽质岂不是大大的美事。于是，他让小怜玉体横陈在隆基堂上，以千金一观的票价，让有钱的男人都来一览秀色。这是李商隐编的，一句"小怜玉体横陈夜，已报周师入晋阳"让无数人怀想着小怜玉体，心潮澎湃。

也正是在这种欲仙欲死的时候，野心勃勃的邻居北周看到北齐这么靡乱，如何能放过这种机会，大举向北齐进攻。年方二十岁的高纬，亲自从北方两百公里外的晋阳南下救援了；当然，带着冯小怜。

冯小怜在军中干了五件事，这五件事的威力估计相当于给敌军增援二十万人。

第一件：敌军北周军队猛攻晋州，高纬正在附近的三堆打猎，闻讯就想率大军驰援。冯小怜玩兴正浓，请高纬"更杀一围"。等到这一圈游猎结束，晋州已破。

第二件：冯小怜认为战争和狩猎一样好玩，于是怂恿高纬亲自带兵反攻平阳，高纬果然听从。齐大军至平阳城，将士人马乘胜欲入之际，高纬忽然传旨要暂停，请冯小怜观战。冯小怜却对镜顾影自怜，磨磨蹭蹭，等她到来时周军已经修好垮塌的城墙，功亏一篑。

第三件：眼看高纬即将下达总攻命令，平阳即将重返北齐怀抱了，冯小怜却认为天色已晚，使她无法看到攻城之战的盛大场面，要求明日再战。第二天北风怒吼，冯小怜又要求暂停攻城。结果等到雪霁天晴，北周武帝已亲率大军赶到，两军连日血战，齐军大败。北周占领平阳后，北齐高纬居然说："只要冯小怜无恙，战败又有何妨？"

第四件：冯小怜看到木架搭成的天桥垮了下来，认为是不祥之兆，胆战心惊，一再要求后主放弃晋阳返回邺城。高纬言听计从，北周轻而易举地夺得北齐重镇晋阳。

第五件：两军相交，齐军并不弱，奋勇冲杀。冯小怜忽然害怕起来，大叫："军队败了！"高纬于是带着冯小怜奔逃而去。齐师大溃，被杀万余人。其间，高纬突发奇想，让太监化装回晋阳取皇后衣饰，封冯小怜为左皇后，在逃跑途中让小怜穿上皇后礼服，反复观瞧欣赏后接着奔逃。他一定是在想：哇，连逃跑都跑得那么优雅，我真幸福。

两军交战，大敌当前，战略战术居然处处听命和遵从于一个十多岁少女漫不经心的嗔笑，如果这样都不亡国，天理何在？这均是正史《北史》的记载，是史实。

她们只懂得讨好男人，又愚蠢，又幼稚，喜欢越俎代庖，而且还毫无责任感。这样的女人其实不少，但多数都只是废物；只有冯小怜遇到了白痴皇帝，恰好站在时局的最前端，两个人的愚蠢和无耻就一起发挥发作了。这就变成了历史在残忍地撒娇。

高纬一看大势已去，便学他父亲世祖高湛的样，于承光元年（577年）正月匆匆禅位给他八岁的长子高恒，高纬自称太上皇。高纬禅让皇位没几日，周武帝攻陷邺城，高纬父子逃跑，被俘。六个月之后，周武帝借口高纬父子想和北齐残余乱党谋叛，把高纬、高恒等全部杀死。

高纬一行人被掳至长安，仍不忘向周武帝乞求把冯小怜还给他。冯小怜也确实不是一般人，后来被赐给皇弟代王宇文达，还居然能把宇文达的妃子虐得半死。宇文达被杀后，小怜又被赐予李询（也就是宇文达妃子的哥哥），专事舂米、劈柴、烧饭、洗衣，最终，被李询的母亲逼着自杀了。这是她应得的宿命。

附　录

冯小怜：《隋北史》记载，南北朝时期齐后主高纬有宠姬冯小怜，又聪慧又漂亮，能弹琵琶，擅长歌舞，后主封为淑妃。她身上的装饰，动辄费千金。后来与周朝的大军在晋州之下相遇，因为小怜的原因好几次失却了战斗的好时机，齐国灭亡。齐国上下，认为是冯小怜亡国。

—— 安乐公主 ——

脏唐乱汉中的豺狼当道

史书记载，唐中宗李显的女儿安乐公主"殊秀辩敏""光艳动天下"。可她心如蛇蝎，再美又有什么用？

李显是武则天的亲生儿子，被武则天流放到房州，天寒地冻，路上，韦后在车里生了个女孩儿，就是李裹儿，安乐公主。这个小丫头是李显和韦后的心尖儿，患难中倒是享受了绝大多数公主不可能享受的家庭生活。十三年后，李显被武则天拉回来做了太子，进了宫，李裹儿的破衣败絮变成绫罗绸缎，粗头乱服变成金枝玉叶。

在经过四年的压抑和战战兢兢之后，李显终于登上了帝位，武则天也去世了。此时，安乐已嫁给了权倾一时的武三思的儿子武崇训，嫡亲哥哥和嫡亲姐姐都死于非命，安乐从此更是集万千宠爱于一身了。

正如暴发户总是忍不住虎皮蟒衣、满地铺钱，小人得志也总是忍不住弄权享乐，飞扬跋扈。比如，韦后和安乐公主母女，就誓要把失去的美好年华都找回来。

安乐公主压根看不上她的太子哥哥李重俊，对他指手画脚，嘲弄讥讽，太子忍无可忍，发动兵变，杀死了武三思和武崇训父子，安乐幸运逃过一劫。事后太子被诛，安乐公主求父亲封自己为皇太女，以继承皇位，又求父亲把驸马武崇训的墓尊为陵。这两件事都没有

成功。安乐又将空白敕书塞给父皇，撒娇卖痴要求父皇盖御印，然后拿回家随意填写内容，随意任命官员。她的要求很低，一手交钱一手交官。不多时，除了宰相和大将军以外，满朝都站满了阿猫阿狗、屠夫走贩。

每个人都有求于她。权势熏天给了安乐美好的错觉，她开始强拆民宅，抢夺长公主的府第，动用国库的银子，建立堪比皇宫的公主府，用数万军队和皇帝的骑仗礼乐搬家，花了数百万钱建安乐寺，在长安城强行凿湖，强抢百姓做自己的奴仆，甚至还把佛寺里维摩诘神像的胡须全部毁去——那件稀世珍宝，可是谢灵运的胡子啊。

安乐公主也极其无情。丈夫武崇训刚被杀死，她就和丈夫的堂弟武延秀私通，尚在新寡就又再婚了。没多久，又让新婚丈夫武延秀陪亲生老娘韦后寻欢作乐，以让妈妈支持自己做皇太女。老婆女儿坏事做尽，如此不伦，也不知皇帝干吗去了。

脏唐乱汉，偏偏冒出来李显这样一个懦弱的皇帝。李显夹在权欲滔天的武则天、韦后、太平公主、上官婉儿、安乐公主之间，被百般戏弄。而她们全都是他的母亲、妻子、姐妹、情人、女儿，李显的存在简直是男人的一个耻辱。对他来说，活着真是一场噩梦啊。韦后和安乐公主伙同情夫把李显毒死，这个噩梦也结束了。世上最亲最爱的人亲手送他上路。活该，愚蠢和软弱本是人犯下最大的错误，何况一国之君？

安乐公主的贪婪无情与疯狂，基本上已不是出于利益的计算，而是豺狼当道了。韦后和安乐公主最后被太平公主和临淄王李隆基杀死，我想，临死那一幕一定巨煽情吧？年方二十五、貌美如花的安乐公主捂着胸口的血缓缓地说："是你们，是你们把我逼得欲壑难填、无情无义的——"然后，挣扎着倒下。死后，她追废为"悖逆庶人"。安乐公主与韦后最后失败，主要原因还是她们毫无政治才能。

命苦不能怨政府，变态不能怪社会啊。

附　录

安乐公主：安乐公主是唐中宗李显之女，韦氏所生，小名裹儿。她先嫁给武三思之子武崇训，后又嫁给武承嗣之子武延秀。在唐中宗统治时期，她大肆开府设官，干预朝政，贿卖官爵，宰相以下的官员多出其门。她曾向中宗请求立她为皇太女，权力欲望特别强。生活非常奢侈，为了大兴土木工程，抢占民田民房。公元710年，她与韦后向中宗进献了有毒的蒸饼，毒死中宗，又发动宫廷政变。临淄王李隆基技高一筹，杀死了韦后及安乐公主，拥立相王李旦为帝。

即使杀过无数的人，也要娇羞无力

　　梁冀是东汉以外戚执掌朝政的著名权臣。梁氏家族在东汉后期可谓煊赫无比，他的一个姐姐、两个妹妹都是皇后，还有六个姐妹为贵人；男人中，有七人封侯，两位任大将军，有三人娶公主为妻，其他任卿、将等高官达五十七人。梁冀一生历仕四帝，做大将军执掌权柄达二十余年，其中有三个皇帝是由他一手操纵扶上台的，还有一个被他毒死。

　　但就是这样一个作威作福的人，还有觍着脸挨骂、被人拎着耳朵打得跪着求饶的时候。他的对手就是他的老婆孙寿。

　　梁冀奇丑无比，耸肩驼背，斜眼歪鼻，说话口吃，长得非常有想象力。除了声色犬马，一无所长，斗大的字不识一箩筐。可这家伙却讨了一个极漂亮的老婆孙寿，容颜娇艳，体态婀娜；而且还善作各种媚态。这位美貌的悍妇，是率性而为，发乎本性，不过，她的本性是坏的，所以，野蛮起来，就不只是把手下当烟灰缸那么简单了。

　　孙寿天性极妒，对梁冀管束得特别严格。梁冀服丧期间，在城西偷着与友通期姘居。孙寿伺梁冀外出，带领众多奴仆，把友通期抢过来，剃光头发，刮去面皮，严刑拷打，还打算上书皇帝告发梁冀的花花事。梁冀听了，只好在老丈母娘面前，又磕头又作揖地求情，孙寿才放他一马。梁冀糊涂胆大，照常与友通期私通，生了个儿子伯玉，藏在夹壁墙里，见不得光。孙寿唆使儿子梁胤杀死友通期，老公连吱一声都不敢。

孙寿也不是什么贞妇，趁机和一个叫秦宫的监奴勾搭上了。梁冀不是不知道，只是哑着口，不敢说而已——老虎、棒子、鸡，一物降一物，真是报应不爽啊。

夫妻俩贪污腐化，杀人放火，无恶不作，小皇帝看不过眼了，骂了梁冀一句：真是跋扈将军。梁冀就把皇帝给毒死了，还不许人救。孙寿也是跟梁冀一个鼻孔出气的。

不过，孙寿还为中国历来的美容美发事业做出了不可磨灭的贡献。这位悍妇有五种"妖态"，扮相是有史以来最楚楚可怜的。《风俗通》描述了她的打扮就是："愁眉"，就是把眉毛画得细而曲折，显出一副愁容；"啼妆"，就是在眼睛下面化妆，显出一副哭过的样子；"堕马髻"，就是把发髻偏在一边，以示懒散、放荡，好像刚从马上掉下来的样子；"折腰步"，就是走路时如风摆柳，腰肢细得好像要折断的样子；"龋齿笑"，就是指笑起来好像牙痛，只能浅笑，不能放声大笑。这种"可怜相"的打扮，男人不得不由怜生爱。自此，中国女子普遍盈盈不堪一握，眼角眉梢羞怯不自持，柔弱慵懒得像只波斯猫，让男性萌生一种想保护的冲动。

他们都是一群需要用别人的弱小才能来反衬自己强大的生物。美的标准就是这样产生的。哪怕你的纤纤玉手像赵飞燕、孙寿一样，杀过无数的人，抢过无数的钱，搂过无数的男人，也一定要表现得娇羞无力，风一刮就飘走。

即使今天，孙寿的打扮也没有过时呀——那些烟视媚行的，谁敢说不是美女高阶？那些杏眼圆瞪、活蹦乱跳的，只好做小燕子了。

张丽华

当不好皇帝和妃子，就是种渎职

皇帝作为一个工作岗位，其实是很不适宜世袭制的。只有极少的皇帝具有管理一国公务的专业水准。有些皇帝，如果不干这行，那么，就是一个杰出的专业人士。比如北齐后主高纬，就是一个优秀的副食品商人，很像二十世纪七八十年代的劳模"一抓准"，一把瓜子要二两一钱就绝不会只给二两，准头极好；梁武帝是一个了不起的佛学家，口吐莲花宣讲佛经，能滔滔不绝昼夜颠倒地讲七八天；宋徽宗是中国漫漫五千年最出色的画家之一，花卉禽鸟独步天下，还豢养了一大批杰出的画家；李煜更是中国文学史上顶尖的词人，跨过了一千年，他作的花间小调还在众多小姑娘那里朗朗上口，诵之泪流满面，至今被视为忧郁王子……我们可以向癖好致敬，但上述这些国宝级艺术家或行家，基本都是政治白痴，搞得国破家亡，让大家说什么好呢？

早知如此，还不如让皇帝干点别的呢。

陈后主陈叔宝，他当皇帝，人家隋文帝杨坚也当皇帝；他流连歌舞，填词弄曲，在脂粉堆里逍遥，臣民皆流于逸乐；人家大举任贤纳谏，减轻赋税，整饬军备，随时准备攻略陈国的江南富饶之地。他还在傻乐呢。

陈后主有一个宠妃，是歌伎出身的张丽华。她发长七尺，光可鉴人，眉目如画，还才辩敏锐，记忆力过人，"人间有一言一事，辄先知之"。如此才貌双全，陈后主视为至宝，把她封为贵妃，以至于临朝百官启奏国事，他还常常将张丽华放在膝上，同决天下大事。张丽华因此权倾后宫，人人巴结，直至势焰熏灼四方，交互攀引，贿赂公行。张丽华为陈后主生下了一个儿子，立即立为太子。

要说痴情，未必，陈后主宠爱的还有龚贵嫔、孔贵嫔、王美人、李美人、张淑媛、薛淑媛等。另又建临春、结绮、望仙三阁，专供张丽华和孔贵嫔居住。高耸入云，其窗牖栏槛，都以沉香檀木来做，极尽奢华，宛如人间仙境。

与皇帝同理，做妃子也是要有一些专业精神的。享受了荣华富贵，也应当分君忧，为君谏。一个劲地引着老公往奢靡、淫逸的路上走，也有失为妃之道。张丽华不像妲己、妹喜那么坏事做绝，可是占了好位置却没有做好本职工作，就是失职。可惜，皇帝不是合格的皇帝，任命的妃子也就不是合格的妃子了。

陈后主是当时最有名的诗人。他常把一帮文学大臣一齐召进宫来，饮酒赋诗，征歌逐色，自夕达旦，还写下著名的《玉树后庭花》："妖姬脸似花含露，玉树流光照后庭；花开花落不长久，落红满地归寂中。"喏，就是那首被称为"商女不知亡国恨，隔江犹唱后庭花"的亡国之音。

隋文帝处心积虑地要灭掉陈朝完成统一，但陈后主认为："我就是王气所在，打仗有什么用呢？"等到大军打将进来了，陈后主君臣才知害怕。韩擒虎最先进入朱雀门，闯进宫里，不料殿中空空如也，鬼影也没有一个，搜到最后，只剩下后花园中的一口枯井了，这时才从井中传来讨饶声。于是士兵用粗绳系一箩筐坠入井中，众人合力牵拉，等到拉上一看，发现陈后主、张丽华、孔贵嫔三人紧紧地抱在一起坐在箩筐中，士兵们一见欢声大笑。

后来隋封陈后主为归命侯，陈后主一再拜谢，惶恐战栗不已。对陈叔宝，只有一句话：全无心肝。

统帅晋王杨广派遣高颖处理城中各事宜，收图籍、封府库，并索要著名美女张丽华。高颖一一照办，但却一口咬定美色误国："以前太公蒙面以斩妲己，现在怎么可以留下张丽华？"手脚干脆地把张丽华处斩了。

不妨把陈叔宝和张丽华的背运，理解为他们的渎职。

附　录

张丽华：*南朝陈后主的贵妃，歌伎出身。貌美如花，发长七尺，具有敏锐才辩及过人的记忆力。极受宠，其子被立为太子。陈后主通音律，有诗才，但奢侈荒淫无度，给隋朝以可乘之机，被灭国。张丽华被视为祸水。*

吕后

心肠不是一天黑起来的

有一个生命力强悍的老婆，刘邦在家里一定没少跪搓衣板。刘邦，人家睢景臣的小曲里早就编派过了，不就一流氓吗？连哄带骗，才娶到了乡下大户人家的姑娘。

当年，吕雉嫁给刘邦的时候，刘邦只是沛县的一个街道派出所所长。而吕雉的老爸好歹还是县长的好朋友呢。刘邦将吕雉娶过来之后，时常为了公务与朋友们周旋，三天两头不见人影，到处骗吃骗喝，出了麻烦还四处逃。于是，织布耕田、烧饭洗衣、孝顺父母、养育儿女的责任，都一股脑儿地落在吕雉一人身上，她还要不时长途跋涉，为逃债的丈夫送去衣物及食品。

秦末天下大乱，刘邦率众进入沛县，被拥立为沛公，吕雉当时也夫贵妻荣，被尊称为吕夫人，等到刘邦攻入咸阳，被西楚霸王项羽立为汉王。接下来，在刘邦和项羽打得天昏地暗的楚汉战争中，刘太公和吕雉成了项羽的俘虏，甚至在项羽把刘太公和吕雉押到两军阵前，以烹杀二人威胁刘邦时，刘邦居然笑嘻嘻地说："你爱杀就杀，悉听尊便。"

流氓。吕雉真是死的心都有了。善良一点的不妨把这理解为刘邦的一种策略，不过，当初在逃难时为了减轻重量，刘邦可是三番

两次把吕雉和她的两个孩子推下车去的，差点把他们的命都交给死神，可知，这也是他的真心话。作为他身边的女人，真是一盆冰水泼过来，从头冻到脚呀。在四年的楚汉战争中，吕雉一直被囚在楚军之中做人质，受尽了折磨和凌辱，死不死活不活的。我以为，此后，吕雉再怎么心理变态、基因突变，都事出有因了。

后来，刘邦毁掉和约，最终在垓下之战中打败项羽，建立西汉王朝，刘邦当上皇帝，吕雉就顺理成章地当上了皇后。

如果不是铁石心肠，先下手为强，兵荒马乱中这个贤惠的小媳妇压根就没法在小流氓刘邦手里活下来。吕后被贬斥被压抑被忽略了这么久，一出手便不是善类。刘邦不知拿功高盖主的韩信怎么办，因为他曾与韩信有约：见天不杀，见地不杀，见铁器不杀。吕后就偏偏把韩信用布兜起来，用竹签刺死，杀他个不见天，不见地，不见铁器。司马迁写《史记》，就说汉高祖听到后的心情是"且喜且哀之"。

戚姬曾威胁了吕后的地位，刘邦一死，吕后就把戚姬的儿子赵王骗来宫里，将他毒死，又把戚姬砍去四肢、挖去眼睛、熏聋耳朵、毒哑嘴巴，扔进厕所，挂上"人彘"的招贴海报。吕后还叫亲生儿子惠帝来看，惠帝失声大哭，大骂母亲："这不是人干的。我是你的儿子，我也没脸治国了。"很快就死掉了，死时才二十三岁。

罗马不是一天建成的，心肠不是一天黑起来的。吕后独立掌政十六年，把刘家子弟和重臣一路杀将过去，想给吕氏家族腾出点地方。虽然她也给老百姓干了不少好事，不过，她满手血腥，身后白骨森森，我们能够理解，但不能原谅。

吕雉：汉高祖的皇后，单父（今山东单县）人。早年其父把女儿许配给同乡的刘邦，公元前205年，刘邦为项羽所败，吕雉和刘邦的父母被俘，做了两年的人质，公元前203年秋，吕雉归汉后，留守关中。刘邦称帝后，吕雉被立为皇后，子刘盈为太子。吕后为人有谋略、性残忍，汉初，吕后助刘邦杀韩信、彭越等异姓王，消灭分裂势力巩固统一的局面。公元前195年，刘邦死，惠帝立，尊吕后为皇太后，实际掌政，公元前188年，惠帝崩，立少帝，临朝称制八年，后诛杀少帝，立常山王刘义为帝，先后掌权达十六年。是中国历史上三大女性统治者的第一个。

—— 张嫣与上官氏 ——
处女皇后和少女太皇太后

　　汉代的时候，外戚是最大的政治势力之一。皇帝的废立经常由太后家里的人说了算，所以经常立一些年纪轻轻的小娃娃做皇帝，顺带着，娶的皇后也都是小娃娃。因此，大汉帝国还是一个玩具制造大国。可惜，那时还没有橡胶和塑料，用的都是可降解材料，所以后世不传。

　　吕雉就立了自己的儿子刘盈为帝，又让刘盈娶了她的外孙女张嫣为皇后。定亲时，这个皇帝用了骏马十二匹、黄金万两作为聘礼，迎娶这个才十岁的小外甥女。张嫣的弟弟年纪还小，见黄金累累堆于堂上，奔入内房里对阿嫣说："嫣姐，皇帝要买你去哩。"

　　除了金银珠宝，正在读小学的张嫣还带了三百多款芭比娃娃作为陪嫁。她崇拜芭比，目标是拥有和它一样的 38、18、34 的三围。每天，她都忙着给这三百多个芭比穿衣打扮，梳头化妆，隔三岔五再给它们配上不同款的针织背心、手提包、化妆包、戒指、项链、耳环，甚至专用粉盒。皇后找皇帝玩，小孩嘛，也只是为了要这个舅舅送一个最新款式的芭比。汉惠帝看皇后年纪太小，也没办法，只和其他妃子与男宠厮混。

　　吕太后威胁说要杀掉整个后宫，让张嫣受皇帝的专宠，张嫣不

叫我女王大人

得不在吕后的命令下假装怀孕，以保全众妃子。不久，惠帝死于未央宫，年二十三，皇后年方十四，刚刚发育，还是处女。此后，这个小皇后就被幽禁了，连宫女都敢欺负她，只有她的玩具陪着。

一辈子就这样过去了。

与张嫣命运相似的是上官氏，她就是汉昭帝的皇后。六岁被封为皇后，十五岁守寡成太后。后面的皇帝刘贺登基二十七天就干了一千一百二十七件不该干的坏事，被废，另立汉宣帝。这样，十五岁的上官氏就成了太皇太后。也就一初中毕业生，就当上皇帝的叔祖母，幸，还是不幸？

早婚是没办法的事，中国人口太少啊，没人干活啊。关于婚龄的统计如下：战国齐桓公令：男三十，女十五。战国越王勾践令：男二十，女十七。汉惠帝令：女十五。晋武帝令：女十七。北周武帝令：男十五，女十三。唐太宗贞观令：男二十，女十五。唐玄宗开元令：男十五，女十三。宋仁宗天圣令：男十五，女十三。宋宁宗嘉定令：男十六，女十四。宋司马光《书仪》：男十六，女十四。宋朱熹《家礼》：男十六，女十四。明太祖洪武令：男十六，女十四。清《大清通礼》：男十六，女十四。对比起来，今天的人三十岁了，心理上还不肯断奶，看卡通，打 LOL，扎羊角辫，背双肩包，一口咬定没玩够，就是不肯结婚，无辜得很哪。

记得当时年纪小，皇帝整天除了上朝以外也就是想着游戏升级，只要没有那些工作狂的老头子耳提面命，私底下，皇帝小儿把虚拟游戏的等级看得比皇宫的等级更重。小皇后们又何尝不是呢。心智还停留在过家家的阶段，就被要求母仪天下；顶着比自己还重的凤冠霞帔，被告知肩负的是家族和民族的命运，真是手脚都不知往哪儿放，哭都不敢哭。

汉宣帝刘询即位后，先是立了民间的发妻许平君为后，后来霍光家族把许皇后毒死了，不知情的皇帝就又立了霍光的小女儿霍成君为后。

问题出来了。霍成君是霍光的小女儿，十七岁，上官氏是霍光的外孙女，十九岁，从小一起玩。一边，太皇太后上官氏是皇后霍成君的叔祖母，一边，皇后却是太皇太后的嫡亲姨妈。也正是因为这样的关系，后来，宣帝在霍光一族谋反时，废掉霍皇后的一个重要原因就是，皇后不尊重太后。

看来，早婚尽管有千般好处，带来人口的极大丰富，但也繁殖了让人哭笑不得的伦理关系。这种关系多了，放在民间，就可能有人要浸猪笼；放在宫廷，就可能有人要搞政变，支脉相连，杀也杀不干净。果然，后来，操控着皇帝命运的霍光被人以谋反罪搞下去了，霍皇后也不得不自杀。太皇太后呢？因为无权无势无男人可依，侥幸活了下来——可是，活下来又有什么意思呢，在那种不得见人的地方。

附　录

张嫣： 汉惠帝刘盈的皇后，鲁元公主之女。刘盈二十岁时，吕后做主将张嫣嫁给刘盈，张嫣是刘盈的外甥女，当时只十岁多一点。刘盈死时，张嫣年仅十四岁。吕氏族灭，这个尚未成年的寡妇被废，软禁在只有吃喝而没有自由的北宫，度过了二十多年。死时仅三十六岁。

上官氏： 汉昭帝皇后。她与汉武帝晚年托孤时的两位大人物都有密切的关系：她是上官桀的孙女，同时也是霍光的外孙女。六岁时被嫁给十一岁的汉昭帝。后来昭帝病死时，她才十五岁，汉宣帝因辈分比昭帝小两辈，竟要叫她太皇太后，她开始了近四十年的守寡历程，直到去世。

叫我女王大人

郑袖

异性是她们成功的参照系数

多年以后，郑袖总结出来一句台词：不要相信男人，但要爱他们。

通过某个男人证明了自己的魅力，于是就依恋着这个男人。许多女子就是以这种方式去爱的吧。史上那些后宫嫔妃，一辈子只有皇帝这么一个男人，他就是天，就是地，就是光，就是电，就是神的旨意，大家都产生了幻觉，以为自己是在等待爱情，其实不过是没有任何选择。

郑袖是春秋时代楚怀王熊槐的宠姬，楚怀王开始还跟她天天腻在一起。后来魏国为了讨好楚国，送来了一个美女，容貌压倒了郑袖，喜新厌旧的楚怀王从此专宠专爱魏美人，不再理会郑袖。

可贵的是，郑袖并没有气馁。其实，在宫廷里，要想升，必须博得君王欢喜，但要想活，就必须博得后宫其他女人欢喜。尽管郑袖长期浸泡在这些庸俗而愚蠢的女人身边，不过，她脑子还是清楚的，和男人的关系简单，和女人的关系才难。要长久，首先就是和魏美人搞好关系。

于是，郑袖就常常挽着魏美人的手，陪她逛街、陪她买化妆品，时不时送她香水，借给她香薰灯。郑国送的香云纱，陈国送来的奈良绸，齐国送来的翡翠簪，郑袖总是挑好的给魏美人。只要能见着楚怀王，郑袖总是在说魏美人的好话。虽说"多智近妖，多仁近诈"，但人家魏美人不过是个小姑娘，还当郑袖是闺中密友呢。也乐得投桃报李，常在楚怀王面前为郑袖美言。楚怀王对郑袖非常满意，觉得她贤良淑德，把她树为后宫楷模。

其实，郑袖也不好过。越是挨得近，就越是清晰地看到另一个人是如何得宠、快乐、尊荣，就越发不堪忍受，一边笑着，一边心碎，好在，早有目标了——她就是要让这个美人消失。

有一天，郑袖对魏美人说："妹妹，你真漂亮，难怪大王喜欢你了，但美中不足的是你的鼻子，真叫人惋惜呀。"魏美人不知何意，慌忙用手摸摸鼻子。郑袖接着说："妹妹呀，我帮你想个法子吧。以后你再看见大王，应该用什么东西将鼻子遮住，不要让大王看见，这样大王就更喜欢你了。"魏美人对郑袖的指教感激不尽。

谁知道这是猫尾巴拌猫饭，给人卖了还帮人数钞票。此后，魏美人每次拜见楚怀王，总是用一束鲜花遮住鼻子，时间久了，楚怀王对魏美人的做法觉得非常奇怪；郑袖欲言又止，激起了楚王的好奇心，最后郑袖故意羞羞答答地说："大王不要生气，是魏美人不识抬举，大王对她如此宠爱，她却说大王身上有股臭味，她讨厌闻。"楚怀王一听，火冒三丈，立即下令把魏美人的鼻子割掉。

果然，郑袖从此独占专宠。

以郑袖的聪明和心肠之坚忍，楚怀王像猪一样死蠢，根本就配不上她，不过，没办法。后宫女人之间的关系是由帝王建构起来的。郑袖虽然用尽心力来极力抢夺楚怀王，但未必看得起他。异性是她们成功的参照系数，击败同性、博得同性的艳羡，才是终生职业——很多女人之间都是这样的吧。魏美人也是，只是她死了。

郑袖： 战国楚怀王宠妃。郑袖美貌而极妒，性聪慧。楚王宠爱魏美人，郑袖设计让怀王割了魏姬的鼻子。传说中，郑袖迷恋三闾大夫屈原而不得遂诬告屈原，令怀王疏远之，将之发配汉北。屈原终生郁郁不得志。郑袖还干预朝政，收受贿赂，放走张仪，令楚国终至"兵挫地削，亡其六郡，身客死于秦，为天下笑"（《史记·屈原贾生列传》）。

皇帝卖猪肉，妃子步金莲

步步生金莲说的是潘玉儿。不过，她的金莲不是缠出来的小脚，而是神道道的皇帝用金子打造出来的。

潘玉儿是南朝齐国第六位皇帝萧宝卷的贵妃。萧宝卷危局登基，废杀六位辅政大臣，肃清朝野，政由己出，貌似颇有能量。

不过，私底下，这个皇帝当得很无厘头：他出游时，总是穿得像个上台表演的魔术师，随从数百，呼啸飞奔，不避雨雪，随手就舀路边的积水来喝，也从未得痢疾什么的。小皇帝又爱玩"担幢"的游戏，做白虎幢高七丈五尺，左臂右臂来回担玩，不过瘾又把几十斤重的白虎幢移到牙上担玩，折掉好几颗牙齿，仍旧没完没了。他身体强壮无比，上蹿下跳，简直就是小儿多动症。——这样一个皇帝不用指望能像个样子了。并且兴建仙华、神仙、玉寿诸殿，大量赏赐臣下，造成国家的财政困难。见到妇女临产就将其剖腹验胎，又无端端把路边的老僧人用箭射得像刺猬一样，无非就是一个年轻版本的纣王。

由于萧宝卷数次诛杀大臣，以致众叛亲离，时不时就蹦出一个造反的。但萧宝卷仍然荒纵不已。佞臣茹法珍、梅虫儿等为萧宝卷选了美女数十名充入后宫。有一个叫潘玉儿的，本是妓女，妖冶绝伦，体态风流，还有一双不盈一握的小脚。萧宝卷把她宠得天女下凡似的，她的衣着用度，都是珍宝，宫中器皿，皆用金银。相传潘玉儿的一个琥珀钏，就价值一百七十万。

萧宝卷每次出游，都一定要拆毁民居、驱逐居民；常戎服骑马前往臣民家里游宴，婚丧嫁娶无不参加。一次前往潘贵妃家里，小皇帝自己跑到井边打水，给厨子做饭打杂，一群人嬉笑互骂，没有一点儿帝王架子，与奴同乐。他最得宠的小太监年纪才十三四岁，也敢参与朝政，控制大臣，甚至骑马入殿，呵斥天子。

这皇帝哪里是平民意识，根本就是目无法纪、伦理败坏；也别说这是平等意识，这不过是既不尊重自己，也不尊重他人。

有个侍从给萧宝卷读了《西京赋》，小皇帝大喜，按照赋中描述大起宫殿，极尽绮丽。宫殿内常有火灾发生，最大的一次火一下子烧毁殿宇三千多间，烧死宫女太监无数。萧宝卷趁机起新房子，拆下各佛寺的零部件来建宫殿，其中，潘贵妃的玉寿殿中的一切书字、灵兽等都是用纯金纯银打制。小皇帝还喜欢园林景致，便违背常识，大暑天种树，早上种晚上死，死了又种，反正最后没有一棵树活下来；阶庭之内全部细草铺地，绿色茵茵，不过都是刮取的草皮，太阳晒一天就枯死，每天每日需要不停更换。所有的园林山石都涂上彩色，台阁的墙壁上绘满春宫图画。

萧宝卷还在皇宫里建立了很多小卖部，让官员和宫女妃嫔一起在店里做买卖。潘贵妃当上了市场管理员，萧宝卷自己当市场小秘书，遇有买卖争斗等，都由潘贵妃一人做主。萧宝卷若有小过错，潘贵妃动不动就上座审讯，罚皇帝长跪，甚至加杖。后来，萧宝卷亲自开船，坐在里面卖猪肉。

这个皇帝有时忍不住和其他妃子偷欢，如果潘贵妃听到了，就会把萧宝卷召来，加以杖责。他果真是把潘贵妃当亲娘一样供奉起来。萧宝卷做得最有名的一件事是，派人打制纯金莲花铺于地面，令潘妃舞行于上，叹赏道："此步步生莲花也。"从此，潘贵妃的那一双金莲小脚就流传下来了，也固定了中国古代男人的审美取向。

真正缠足的开始至今尚无定论，南唐李后主估计是羡慕潘贵妃的风流，专门制作了高六尺的金莲，用珠宝绸带璎珞装饰，命宵娘以帛缠足，再穿上素袜在莲花台上翩翩起舞，跳起凌波微步。接下来的事大家都知道了——中国女子缠了一千年的足，花了好多的布，喝了好多的洗脚水。

=== 附　录 ===

潘玉儿： 南朝齐国皇帝萧宝卷最宠幸的妃子。其父为小商贩，出身乐户。美貌而刻薄任性，善歌舞，奢华无度。"步金莲"一典即从她而来。萧宝卷挥霍无度，视百姓如草芥，对文武大臣也不知爱惜，动辄大开杀戒。他的荒唐行径引来造反，城内人人皆想逃亡，萧衍攻进城来，萧宝卷和潘妃等被杀。

明目张胆地羞辱皇帝

"徐娘半老，风韵犹存"说的就是徐昭佩。

徐昭佩是南朝梁武帝第七个儿子萧绎的偏妃。萧绎当时为湘东王，手握重兵镇守江陵。南朝的皇帝们也都是一些古古怪怪的人，都极有才华，不是文学家就是经学家，偏对政治了无兴趣，成为昏君。

梁武帝灭了南齐，开始也注意励精图治、自奉俭约、听取民情，但他老人家有一个弱点，就是尊信佛教，相传现在和尚头上留戒疤，就源于梁武帝。梁武帝除了天天诵经念佛之外，更常往同泰寺讲经说法，夜以继日。武帝还三次出家，三次赎身，再为皇帝，每次都要太子和大臣们花大把银子去把他赎回来。折腾下来，把国库都花得七七八八了。

那时全国僧尼几乎占了全国人口的一半，梁武帝再也没有统一中国的志气了，终于酿成了"侯景之乱"。不久，建康就被攻破，梁武帝在幽禁中死去。南梁太子萧纲在侯景的刀剑之下即皇帝位，史称简文帝，又被手下杀死。

于是湘东王萧绎隆重登场了。他平定了"侯景之乱"，萧绎在江陵即帝位，成了梁元帝。徐昭佩也被封为贵妃。

生活在这种僧不僧、道不道、文不文、武不武的怪诞大家庭里，很容易变态。萧绎就是如此。他的几个兄弟，个个都才华出众，长相漂亮，而他，虽然因缘际会当上了皇帝，却因为小时候，"初生患眼，医疗必增，武帝以下意疗之，遂盲一目"，有一只眼睛是瞎的。他不好酒色，尤其是恶见妇女，数步之外便掩鼻止步，称恶臭逼人。凡不得已接触女人之后，他身上穿的衣服都要弃掉。如此种种，未必不是因为自卑所做的过度反应。

徐妃本来就姿色平平，毫无大家闺秀的风姿，而且性格善妒，不过是政治联姻，萧绎哪里看得上她，一年也不过去探望几次。同样，徐妃也十分厌恶瞎了一只眼睛的萧绎，非但不受宠若惊，反而十分冷淡。每当知道皇帝要来，必定在化妆时只化半边脸庞，以羞辱这独眼真龙，她的理由是一只眼睛只能看一半。元帝一见，龙颜大怒，拂袖而去。

侍女们生怕徐妃的这一狠招，会使皇帝大起反感。但徐昭佩却根本不在乎："皇帝父子讲仁义，说道德，断乎不会因这样的小事焚琴煮鹤，顶多只不过是逐出宫，眼不见心不烦，这样倒也好了。"其实，萧绎丝毫不仁厚，也不讲仁义；但居然不难为徐妃，就这样又过了若干年。

深宫寂寞的徐昭佩，害怕芳华虚度，她先后与遥光寺的智通和尚、萧绎的随从暨季江、美男子贺徽等人私通。可见萧绎虽贵为皇帝，在徐妃的心目中却是毫无分量可言。年近不惑的徐妃找到一位眉目俊秀、举止风雅的美少年暨季江，初时还自遮遮掩掩，后来居然公开来往。有人曾开玩笑地问暨季江："滋味如何？"暨季江毫无隐讳地回答："萧溧阳马，虽老犹骏；徐娘半老，犹尚多情。"

这些轻薄话传到了萧绎的耳朵里。皇帝不干了：偷偷摸摸我就当不知道算了，你还明火执仗敲锣打鼓地偷人？脾气再好也不行。

叫我女王大人

最后萧绎下了决心，借口另一个宠妃的死是徐妃下的毒手，逼她自杀，她只好投了井。萧绎余恨未消，又把她的尸体捞起来送还她娘家，声言是"出妻"。

其实萧绎作为一个皇帝也是够可怜的，连老婆都这样明目张胆地羞辱他。这是萧绎心中一道疤，结出厚厚的痂，又痒又痛。以萧绎的身份，身边不可能缺少女人，但不代表他能获得她们的爱情，难免压抑晦暗。于是乎，萧绎写出了大量的宫体诗，专门描写女性的体香轻汗、翠眉怨黛、纤腰玉手以及轻帏罗帐、绣被锦衾等，挑逗、暗示、玩味、意淫的色彩更浓。作为宫体诗的健将，萧绎一生都追随其兄宫体诗领袖——梁简文帝萧纲。他不仅爱好文学，而且在诗歌理论与创作，乃至诗人群体的领导方面，都有所建树；萧绎大力扶持萧纲的"立身须谨慎，为人须放荡"的文字工作，成了文学史上的一个奇观。

这当然是跟南朝那种轻靡冶艳的风气有关，然而不能不说，这位萧元帝也是被那位半老徐娘伤着了。这么讨厌女人的仇女症患者，却这么爱轻薄的宫体诗，确实很好笑啊。

═══════════ 附　录 ═══════════

徐昭佩：南朝梁文帝萧绎的妃子徐贵妃。据《南史·后妃下》载，萧绎十分爱恋他的妃子徐昭佩，但徐妃却十分厌恶瞎了一只眼睛的萧绎，"妃以帝眇一目，每知帝将至，必为半面妆以俟，帝见则大怒而出"。徐妃还与多人私通。后萧绎厌其淫行，令其自杀，并于她死后"出妻"。

——— 朱熹与二程 ———

谁有资格扔石头

　　众所周知，宋明清几个朝代，名士风流，对狎妓不以为耻，而视为赏心乐事，整个有宋一代，有点名气的词人、诗人只有李清照一位没有嫖过妓。不计其数的"性爱宝典""房中术"纷纷出笼，《金瓶梅》《野叟曝言》《肉蒲团》《九尾龟》等极尽淫邪和赤裸裸的肉欲的书，添上了两句道德训诫，就在坊间卖得洛阳纸贵。真像路边卖 A 片的，他们鬼鬼祟祟地劝你"带着批判的眼光去看"，只恨不能在上面贴上"内部批判专用"的标签，就洗白了。

　　但同时，强调女人的贞洁到了变态的程度，只要一个女孩十五岁和男人定了亲，那个不认识的男人死了，这个女孩就应当守"望门寡"，以后的几十年都得大门不迈二门不出地守灵。有人把提倡女人守节的罪责上溯到儒家老祖宗孔子、孟子，这真是冤枉老人家了，孔夫子说：食色，性也。这是承认"色"是人的天性，又说：唯小人与女子难养也。话虽难听点，"难侍候"说明孔子还是尊重女性的。孟子首次提出男女授受不亲，可是他也说过，嫂子快要淹死了，小叔子不伸手去救她就是禽兽豺狼了。要是她不幸在宋代的二程和朱熹眼前溺水，一切就不同了。清代姚元之就记载了洪水泛滥时，一个女子落入水中，有人伸手去救她，没想到这个不知好歹的女人呼号大哭曰：吾乃数十年贞节，何男子污我手臂！挣扎着赴水而死。

男人和女人的命运看起来简直不像同一种动物了。大家都记得圣经故事里，一群人要用石头砸死一个不忠的女人，耶稣站出来说：你们谁认为自己纯洁无瑕的、从来没有犯过错误的，就出来扔石头吧。大家面面相觑，没有人敢站出来。

不过，中国向来都不是罪感文化，中国只有道德感。至于什么是道德，抓住话语权的人说了算。在宋明清，朝这个女人扔石头的都是些什么人？

朱熹：以"存天理灭人欲"著称，但是却有人揭发他引诱两个尼姑做妾，出去做官时还带着她们，就是平常人娶尼姑也很不雅，何况是他老人家。而且，他自己的大儿媳就在丈夫死后怀了孕。是谁的？他自己做到了门闱干净吗？

这些，就像给了朱熹一记耳光。宋宁宗要降他的官，朱熹赶紧承认错误，把娶尼姑等事都招了，说自己"唯知伪学之传"，上表请罪。

二程：程颐和程颢有一次同赴宴会，程颐一看座中有两个妓女，便拂袖而去，而程颢却在那里玩得很高兴。第二天程颐对程颢的表现很不满，程颢说了一句经典："老兄，我虽然和妓女一起玩，但座中有妓我心中无妓；你在斋中，但斋中虽无妓你心中却有妓啊！"

就是这两位和妓女厮混的老先生，他们要求天下女人非礼勿视、非礼勿听，要向不贞的女人扔石头。鲁迅先生说，以前的人看见短袖衫就想到白胳膊，想到白胳膊就想到裸体，想到裸体就想到性交，想到性交就想到私生子，想到私生子就……直至今天，某些国家还有这样一种法律：强奸犯需要四个成年男子作为目击证人才能被定罪，否则，那位受害女子就被视为通奸罪，要被石头砸死。这样，你又理解不了世界上怎么会有四个成年男子睁着眼看到，而且还愿意作证的强奸案？

在有的年代，生为女人就是一种罪愆。别信骑士们做出多少讴歌女人的华美诗篇，即使在西方的历史上，丈夫一直都有法律和道德上的权力来殴打妻子，以"进行轻微的行为纠正"，就是说，这种强暴行为"不得出血，如果使用棍子，其粗细不得超过该男子之拇指"。这就是"指教"一词的由来。

前些年，听龙应台来广州的一个讲座，她淡淡地说："我关心女性，是因为我关心弱势人群。在我而言，女性主义就是人权主义。"因为平淡，更见其语意的理性与坚决。

附　录

朱熹：字符晦，号晦翁、晦庵，别称紫阳，出生于尤溪县城，宋绍兴十八年进士，官至焕章阁侍讲，为皇者师。一生著书讲学，建立了一个完整的客观唯心主义理学体系，为理学集大成者。

二程：程颐，字正叔，学者称伊川先生，北宋儒家学者，著名哲学家，理学创立者之一。程颢，中国北宋思想家，字伯淳，理学奠基者，学者称明道先生。二人被合称为"二程"，河南洛阳人。在哲学上，程颐与程颢以"理"为最高范畴，以"理"为世界本原。其理学对后世影响极大。

叫我女王大人

——— 阳羡书生 ———
他们都热爱轻佻

战国时期，有一个漂亮姑娘，该嫁人了，提亲的有很多，让姑娘有点挑花了眼的感觉。母亲问："姑娘啊，你到底看中了谁呀？"女孩实话实说了："这村东头的张公子家境殷实，我呢就想白天到他家吃饭；村西头的李公子人长得帅，我呢就想晚上到他家睡觉。"这位小姑娘挨骂了，可是话说得真聪明。我们心里也是这么想的呀。

轻佻不也挺好的吗，活着多有趣啊。唯一的问题是，这世上绝大多数人都没有轻佻的资本，或者难以承受这种后果。

话说东晋时，有个书生许彦在阳羡的绥安走山路的时候，碰见一个十七八岁的书生在路边求助，要求坐在许彦的鹅笼里，许彦随口答应，没想到书生真的钻了进去。走累了，书生要请许彦大餐一顿，说着就从嘴里吐出一套纯铜餐具，上面还摆满了海陆珍馐，世所罕见，奇香扑鼻，让人食指大动。真是有钱啊——那时的纯铜还是贵金属呢。

吃过了黑松露，尝过了鱼子酱，这位书生又说："嗯，太闷了，我带了一位美女，让她出来陪我们吧。"许彦说好。书生于是从嘴里吐出了一名美女，才十五六岁，美丽绝伦，衣饰华丽，一起坐着开宴了。不一会儿，书生就醉倒了。这位小姑娘偷偷对许彦说："我虽然是他老婆，其实外面有相好的，我也偷偷带了一位男子过来，希望你不要告诉书生。"许彦答应了。这位女郎吐出了一位二十三四岁的小伙子，也很聪明伶俐，三人坐在一起聊天。

书生快醒了，女孩忙吐出一面锦帐，书生于是拉着这位女孩一起睡。外面这位男子又偷偷对许彦说："这个女孩虽然对我有情，但也不是全心全意。我也偷偷地带了一位女孩过来，想见一见，希望你不要告诉她。"许彦答应了。男子从口中吐出一位二十岁的女孩，两人恩爱调情，直当许彦透明。

隔着锦帐，两对心怀鬼胎的俏男女各自风流。

可以猜想，如果他们知道各自有情人，虽然郁闷、不爽、没面子，也不见得有多难过。都是同类。当然，他们之间也有迷恋，不过，这种迷恋是以身心愉悦为度的，不会有痛苦；对方爱谁都没关系，因为都无须承担后果。

对于这篇来自南朝志怪小说《阳羡书生》的男女主人公来说，快活一分算一分，得偷情时且偷情。或许今天很难想象，原来在古代，也有这种开放性的婚姻吗？无情且快活着，这样过一辈子，没有沉甸甸的责任感，是怎样的感觉？

附 录

阳羡书生：事见梁代吴均《续齐谐记》之《阳羡书生》。《阳羡书生》一则，演化佛经中的吐纳的奇想，幻奇至极。佛典中原没有鹅笼，只有这个构思到了中国，变成了鹅笼意境，带上了明显的中国特色。它已不像《譬喻经》那样单纯地以炫耀口中吐物吐人的法术为意，而发展到以幻中出幻的形式揭示人的感情世界的隐秘。

叫我女王大人

叫我女王大人 CALL ME QUEEN

白娘子遇人不淑，是因为她太想做一个传统意义的好女人了。奈何她不太清楚，人世间的许多游戏规则都是制定给别人看的。对这个世界造成最大伤害的，恰恰是那些没有什么坏心眼，却又愚昧、冷漠、软弱、自以为是的家伙。让白娘子心碎的人不是法海，而是许仙。

第五辑

别在感情的乌托邦里自讨苦吃

弃妇幻想曲

最近不幸又看到这样一篇小说：两人轰轰烈烈地相爱，爱的时候天雷动地火，终于因为种种原因而分开了。男的另攀高枝，女的心灰意冷，音信两茫茫。二十年后，男方已是某某上市集团的某某总裁了，身家过亿，忽然良心发现，想起多年前的爱人，坐着私人飞机来到寸草不生、鸟不拉屎的小镇，找回这个正在种花的中年妇女，泪眼婆娑地拉着她的手说："你还好吗？我们的儿子还好吗？这些年来我一直在想你呀。"接着，就是女人手里的花盆"砰"地碎了，十多岁的儿子在旁边跑过来："妈妈妈妈，他是谁呀？"妈妈心里默念，孩子，那就是你爹啊，但是，我是不会让他知道的！

我猜，很多曾经热恋过的、曾经被抛弃的女子都在发这个梦。梦的结尾就像这样：男人唰地开出一张价值千万的支票，说是补偿她的。而女人接过来，随手就把它撕了，扔到男人的脸上，说："我们不需要，我们过得很好，你走吧。"

不是说冷淡就是最好的报复吗？其实类似的事情，元稹也干过。他抛弃了崔莺莺另娶，后来还专门去找莺莺，想重拾旧欢，莺莺当然拒绝了。想象得到莺莺一脸的不耐和不齿，只不过文章是元稹写的，他不好意思直说。

而中国最有名的弃妇是秦香莲。她日日夜夜盼的，就是这个结局。

陈世美家里上有老，下有小，娶个老婆秦香莲，放在家里，然后进京赶考，及第，就入赘为郡马，家里一概丢下不管。父母给活活气死，秦香莲生事死葬，操劳完以后，带着儿女进京找老公。陈世美当然不认——认了，就做不成郡马了。秦香莲只好流落街头，以弹琵琶卖唱为生。

幸好，世上总是有些闲人的，王丞相就是一个。在京城中弹琵琶乞食，王丞相听见了秦香莲唱其为夫弃之事，收留了她。正巧陈过生日，王丞相去祝贺，说有女弹琵琶，当叫之为君寿；女至，原来是故妻，陈怒斥而去。王丞相以为陈不便于众人前认亲，在晚上把秦香莲送至陈府。可陈一而再再而三地不认。秦香莲急了，跪下来说："我你就别管了，生死由天，但孩子，孩子你要留下来啊。"陈世美翻脸不认人，还派人去暗杀秦香莲。

杀手韩琪心地善良，听到秦香莲一说，左右为难，只好自杀了事。秦香莲在王丞相的支持下，去找包拯告状。包黑子听完陈词证供，火冒三丈，不顾公主和太后的干预，铡死了陈世美。

既然地球是转的，就不会有人永远处于倒霉的位置。作为一个弃妇，秦香莲觉得自己很柔弱，很可怜，她是需要社会正义的力量保护的。这是她幻想的复仇方案一。

可是，遇到一个这样无情无义的人，把秦香莲给惹毛了：你做初一，我做十五。她的幻想复仇方案二是：

暗杀现场是三官堂神庙。在这种地方执行暗杀，容易惊动神神鬼鬼，一般完成不了任务。秦香莲就是这样被三官神救下来的，还教给她兵法。结果，当时西夏用兵，秦香莲出兵，大胜，因为军功当上大官。而陈世美，则因为王丞相参了一本，下到狱中。她刚刚打完胜仗回来，皇帝就让她断几件案，陈世美的案情也在她手中。

秦香莲开庭审理，高坐明镜台，而陈世美穿着囚衣，粗头乱服地趴在她的堂下，无地自容。秦香莲在大台上朗声地宣布陈世美的罪状，还把他睡前不洗脚，臭袜子熏死家里两只猫的老底都给兜了出来，给媒体抖了好多猛料。最后，亲自监斩。

她走向铡刀下的陈世美，冷冷地笑："你还有什么话可说？"陈世美惊恐而绝望地说："达令，我是爱你的呀，你饶了我吧。"秦香莲缓缓地转过身，闭上眼，挥挥手。斩立决。

哇，这种结局最爽了。最好我还有一颗泪珠慢慢地流下来，那就完美了。秦香莲在街边卖唱的时候，一边唱，一边想，一边偷笑。

可是，陈世美并没有派人来杀她，两人只是分手了而已，弄得她想告状也告不进去。现在，负心人不再是千夫所指，别说法律，连单位领导、街道老大妈都不管了，他们只会劝你坚强、独立、多赚钱、少犯傻，婚前财产公证。

事实上真实的结局是，秦香莲唱着唱着小曲儿，一个卖乐器的店主看着她惹人怜爱，于是把她娶回老家，买大送小，连带小孩一块儿宠。秦香莲过上了温饱日子，尽管偶尔想起以前的负心人，心还在流血。惩罚不了，幻想总是可以的吧。某一天，陈世美会来抱着我的腿求我原谅的。然后想象着撕支票的快感——那一定很爽。

附　录

秦香莲： 事见清代戏剧《赛琵琶》，是现代舞台上流行的《秦香莲》《铡美案》的祖本，故事说的是秦香莲被陈世美派人追杀，后天授兵法，以军功而官居显位，亲自审问陈世美。又有花部乱弹的《明公断》，把结尾改成包公断案，包公铡美。各种版本的故事在全国各个剧种中，盛演不衰。

叫我女王大人

孟姜女

完美的苦情戏女主角

假如你是古代一位做润喉糖生意的老板，要你找一位产品形象代言人，你找谁？A.永新（唐玄宗时期著名宫廷歌唱家）；B.樊素（白居易之名妾，与小蛮并称"樊素口、小蛮腰"的歌唱家）；C.孟姜女（著名村姑，以哭倒长城著称）；D.刘采春（唐朝名妓，写有《罗贡曲》的作曲家）。

选择题没有答案，但关乎你的生意。如果是我，我就选C。明摆着，孟姜女的知名度是最高的，眼球经济在任何朝代都是有用的法则。况且她的出场费一定没那么高。想想看，哭三天三夜，容易吗？必定有非常好的嗓子。据当时的民工反映，孟姜女哭倒长城达七次之多：刚刚修补好，孟女士"哇"的一声"我的命好苦啊"，墙撑不住又垮了，劳民伤财得很，应该给她一份有益而环保的工作，让她做保护嗓子的代言人就很合适。

为什么孟姜女那么命苦？话说秦始皇时期，某天孟姜女在池塘里洗澡，被一个男青年范杞梁看见了。这就算放在今天也是一件严重的事情呀。孟姜女愣了，没去掩住脸而试图掩全身，结果小范就把她看了个一清二楚。为了保全名声，她马上就向小范求婚，小范看到美女自然也答应了。另一种版本说孟姜女是洗手时被人撞见了，我以为此说不可信，因为秦朝风气没那么严守男女大妨、那么讨人厌，而春日女孩子下池沐浴更有一种被褫的求偶意味，较符合孟姜女追求幸福的热辣辣的性格。

两人成亲后小范不幸被征兵去修长城了，孟姜女只好哭哭啼啼地送走爱人。她一想到小范从此就要从南方到寒冷的北方露天作业了，很不放心，一口气地织了好几件毛衣，然后又千辛万苦地送到陕北。从湖南到陕北（一说是她是安徽人），远赛红军的二万五千里长征，而且还是一个年轻美貌的小娘子独身行走，再加上孟姜女又没什么盘缠（要有那么大一笔旅游费用的话，小范早就交点征税不去服役了）还能活着就太难能可贵了。憋了那么一肚子的委屈和骄傲，想向丈夫发发嗲、邀邀功时，丈夫却死了。长城啊长城，孟姜女看到此，能不悲从心来吗？孟姜女扒开长城脚，看到丈夫的尸骸，放声号啕大哭，直哭得山川变色，天地动容。"轰"的一声，豆腐渣工程倒了一角。传说到这里"嘎"地止住了。

孟姜女是一个拥有了古代所有温良贤淑的优点又符合当代所有独立自强的优点的女人，但她收获了最悲惨的命运。我觉得，还有一个近乎完美的悲情戏女主角，那就是杜十娘。

杜十娘是江南名妓，艳绝一方，才艺出众，聪明绝顶。很多人想要她，她掂量来掂量去，挑了一富家子李甲。李甲看起来也钟情于她，杜十娘为了考验他，又让他想办法凑钱给自己赎身。李甲一天忙到晚，四处借钱，还凑不够首期。本来这种人就算好也很有限了，杜十娘看他老实，抖一抖被子，银子就哗啦啦往下掉。杜十娘用自己的私房钱赎身后，还是跟着这个没用的家伙走了，急着赶着去结婚。

就在回李甲家的路上，上了船，有个富疮孙富，看中了杜十娘的美貌；李甲经不住三言两语，就把杜十娘以三千两银子卖给孙富。

十娘冷冷一笑，把百宝箱拿出来，一层一层地打开，全都是各种金银珠宝，李甲和孙富看得眼都发光了。她的个人存款何止万两银子？李甲这才知道后悔了，可杜十娘心已死，抱着百宝箱沉入了水底。此地空余一个后人口齿留香的传奇。

说实话，杜十娘不笨，处处留个心眼，处处有计较，也没有软弱、愚昧等中国传统女性常见的恶习，要怪，只能怪她自己命不好。名妓虽风光，遇人不淑是正常的。杜十娘想靠自己的聪明与能力去缔造幸福的愿望无可避免地落空了。

不管是孟姜女还是杜十娘的生存能力，她们在女人当中都算是佼佼者了。但即便如此，自己的命运也还是难以做主。这种悲惨，和欧里庇德斯笔下的美狄亚有得一拼：美丽、聪明、勇敢、大气都占全了，可她们的运气太背了。

只不过，美狄亚毕竟是鬼妹，敢杀他一片白茫茫。算她狠。"在一切有理智、有灵性的生物当中，我们算作是最不幸的。"这样的话从美狄亚嘴里说出来，字字都是血啊。

附　录

孟姜女：孟姜女故事最早见于唐代的《同贤记》，可能是由《左传》所载春秋时"杞梁之妻"哭夫崩城故事演化而成，后来以多种文艺形式广泛流传于民间。顾颉刚写了三万多字关于孟姜女的文章，搜集到成百万字的资料，发表了《孟姜女故事研究》一文。

刘兰芝

抛弃女人的是另一个女人

相信很多小姑娘在十岁出头的时候都立过誓：永不嫁人。课本上写的女人都被封建社会压迫，苦大仇深，那时的我读完《孔雀东南飞》，就陷入巨大的恐慌之中，觉得一旦结婚，分分钟会被人抛弃，而且一定会有个恶婆婆，逼我天天天不亮就起来扫地喂鸡做饭推磨，兴许手上还拿着鞭子。当然，后来城市里规定禁止养鸡，我的噩梦也到头了。如果我今天确实有女权主义的倾向，不用怀疑，就是小时候给书本吓出来的。

关于刘兰芝的一些基本描述是这样的："十三学织素，十四学裁衣。十五弹箜篌，十六诵诗书。"那时，刘兰芝就读的是庐江府礼仪学院，封闭式管理，主要是培训出千娇百媚、知书达理的好媳妇。大家知道，在一千多年前，全球女性的终生职业就是找个好男人（其实现在中国女性也还是抱有这种幻想）。而礼仪学院里开设的除了文化课、艺术课以外，还要通过魔鬼测试才能毕业。魔鬼式训练是：一边织布、裁衣，一边有专人在旁辱骂，而小姑娘必须毕恭毕敬，满脸堆笑，手脚越骂越麻利。两个星期不哭不闹不寻死觅活的，就可以毕业了。那时候，毕不了业的小姐就像今天拿不到学位证书的大学生一样，找不到婆家。

叫我女王大人

刘兰芝以举世无双的忍耐力，获得了特优生资格，毕业就嫁给庐江府小吏焦仲卿。从此，开始了作为劳动妇女的一生。每天鸡叫就起床，深宵才睡觉，几天都看不见太阳，都窝在机房里织布。刘兰芝三天织五匹布，还没有工资，一点也体现不出劳动价值。魔鬼训练只是一个月，而在焦家一干就得是一辈子哪。

不过，这就是那个时代女人一生的职业，没有选择的。

幸好焦仲卿是个暖男，看到妻子这么辛苦，也很心疼，府里一下班就溜回家陪刘兰芝。但是，焦母却不同意了。她哪里是嫌兰芝无礼节，根本是嫌她勾引了儿子，让儿子沉溺于爱情，斗志消沉，甘心做小吏，仕途无起色。拆散他们，为儿子求娶"东家贤女"，就是拯救儿子！

刘兰芝就是这样被赶出了焦家，纵使焦仲卿求了又求。兰芝回到娘家，娘家不忿，她曾就读的那所礼仪学院更不忿：这样子搞，要我们以后的毕业生还怎么嫁啊？本着"毕业包分配、学成包结婚、离婚包改嫁"的三包原则，在礼仪学院的斡旋之下，县令来为三儿子求婚，太守来为五儿子求婚，一时间门前车马辚辚。

就像俏皮的王尔德说的那样："女人再嫁是因为讨厌原来的丈夫，男人再娶是因为太爱原来的妻子。"兰芝因为还爱着前夫，拒绝再嫁。但兰芝的哥哥一看，亲妹妹离了婚更有前途了，就催她改嫁。

刘兰芝和焦仲卿的爱情显然是在婚后才发展起来的，自怨自怜中，感情弥坚。两人一个"举身赴清池"，一个"自挂东南枝"，留下黄土垄头两棵树、一双鸟，年年岁岁在唱歌。

个人认为，这件事不可以怪做婆婆的。焦母只是遵循了当时的社会守则。王小波说："我们国家五千年的文明史，有一条主线，那就是反婚外恋、反通奸，还反对一切男女关系，不管它正当不正当。"

就历史而言，夫妇之伦，主要是从社会功能出发的，如果与爱情有染，就是做妻子不守妇道之处了。只有在文学作品里，爱情才是被赞许的。扪心自问，即使今天，如果活生生地有一个为了爱情放弃房子、车子、票子、位子、儿子和一切的成年人摆在我们面前，大家的第一反应可能是：傻子。因为爱情只是选修课，而社会关系才是一个人的精神纽结。所以，看"七出"里，没有哪条是跟做丈夫的有关系，全都是因为老婆不符合家族利益。抛弃女人的，常常不是男人，而是另一个有主宰能力的女人。

所以，这种故事再次发生在陆游身上也不足为怪了。他和表妹唐婉成亲，郎才女貌，门当户对，夫妻情笃，却硬是被陆母棒打鸳鸯。十年之后沈园相遇，两人只留下一串"错！错！错！""莫！莫！莫！"的嗟叹。可是，命运有时代的逻辑，人常常做不了自己的主呀。

--- 附　录 ---

刘兰芝：事见南朝徐陵的《玉台新咏》，《孔雀东南飞》是中国汉乐府民歌中最长的一首叙事诗，题为《古诗为焦仲卿妻作》。创作时间大致是东汉献帝建安年间，作者不详。主要写刘兰芝嫁到焦家为焦母不容，而被遣回娘家，兄逼其改嫁。新婚之夜，兰芝投水自尽，焦仲卿亦殉情而死。从东汉末到南朝，此诗在民间广为流传并不断被加工，终成为汉代乐府民歌中最杰出的长篇叙事诗。

叫我女王大人

白娘子

天仙配傻蛋，美女嫁给负心汉

以前，有一件事一直认为理所当然。就是，天仙一定嫁给蠢蛋，富家千金一定嫁给穷光蛋，好女孩一定嫁给负心汉。在无产阶级的精心教育和培养之下，这才是正当的，这才是美的：只怪万恶的旧社会，硬生生地要把人家拆散！

先是有牛郎织女。牛郎很穷，他可能具有一些普通劳动人民才有的品质：老实、诚恳、傻。而织女是天上的神仙，年轻美丽，心灵手巧。但织女硬是看上了牛郎，私自下凡嫁给牛郎，还生下一双儿女。最可怜的是，他们因为没有织女老爹的同意，一直拿不到暂住证，结了婚也不能同居，一年才能见一次。

接着有董永和七仙女。董永穷到卖身为奴，而且傻，没主张。七仙女美丽无双，懂点仙法，伶俐可爱，还有一帮同样漂亮的姐妹帮忙，与恶势力做斗争，把董永搞到手了，夫妻双双把家还。

还有白娘子与许仙。白蛇美艳惊人，聪明能干，痴心不改；许仙又笨又蠢容易上当又不负责任，一无所成。许仙把老婆出卖了，老婆还为他生，为他死，为他而战斗。

人家西方有灰姑娘的原型，而咱们，多的是"灰公子"的母题。男人渴望天上掉下个馅饼，想借着穷、蠢、憨厚，就换得一个如花

似玉的、有钱有权的、血统高贵的、主动送上门来的老婆。田螺姑娘那样的贤良淑德的漂亮女子，还有穷小子觉得不爽——嫌她不是名门士族。

说到底，尽管中国历代男权主义赋予男性如此大的权力和法杖，他们还是觉得脚底发软、心里发虚，对自己的能力和命运毫无掌控能力，想一想，还是借女人上位吧。划算。

白娘子修行了千年，变成一个美女，借给许仙一把伞，然后爱上了这个小伙子。接着，兴兴头头地追求人家，把他从一个药店小伙计培训成为大药店老板，她里里外外一把抓，许仙就目瞪口呆地看着这个天仙一样的老婆为他打点一切。后来，他把白娘子变成原形，又傻乎乎地引法海来捉她。而白娘子几次冒死救许仙，终被压在雷峰塔下。

牛郎和董永，除了没什么坏心眼以外（你知道，这只是因为他们尚无机会），看不出他们的优点，基本上所有的主张和决定都是他们的女朋友来实施。连爱，也是被动得很。而许仙，基本上集中了中国小文人的一切缺点：愚蠢、懦弱、现实、不忠、被动、无所事事，是一个成功的可耻人物。

如果有人辩解说许仙心地善良，那么，主啊，请你把我身上的善良拿走吧，我不肯跟这种人为伍。

白娘子遇人不淑，是因为她太想做一个传统意义的好女人了。奈何她不太清楚，人世间的许多游戏规则都是制定给别人看的。对这个世界造成最大伤害的，恰恰是那些没有什么坏心眼，却又愚昧、冷漠、软弱、自以为是的家伙。让白娘子心碎的人不是法海，而是许仙。就算平时，白娘子和许仙二人能有什么共同语言？能有什么幸福生活？

牛郎和董永，一遇到麻烦，估计也就跟许仙差不多。

遇见这些男人，快跑，跑得越远越好。

━━━━ **附　录** ━━━━

白娘子：事见明朝冯梦龙《警世通言》的第二十八卷《白娘子永镇雷峰塔》。峨眉山上的青、白二蛇精，羡慕人间生活，化身少女小青、白素贞，至西湖游玩。书生许仙与白素贞相遇，互生爱慕，经小青撮合成亲。金山寺僧法海蛊惑许仙，离间其夫妇，许仙听信谗言，弃家出走金山。白素贞至金山索夫，与法海发生争斗败走断桥。后来法海用强力拆散这对夫妻，把白素贞压在雷峰塔下。小青请来神将，烧毁雷峰塔，救出白素贞。《白蛇传》是中国戏曲名剧，明人陈六龙编《雷峰塔传奇》，清人著有《义妖传》弹词。

叫我女王大人

钻石王老五之死

其实石崇这个人本身并不讨厌，就是太有钱了点，一不小心上了富豪榜，就上了杀猪榜，只好引颈受戮了。

晋武帝时期，石崇是世家子弟，曾任荆州刺史，长袖善舞，心狠手辣，手伸得很长，他手下多个实业公司都分拆海外上市了，金银如山，珍宝无数。他干脆提前退休，不领朝廷那么点公务员工资了，光是吸纳股民散户的钱就够他吃上十辈子了。

太康初年，石崇出使交趾，也就是今日的越南，去视察他的家族企业运营状况。途经白州的双角山，碰见了一位美女，正在吹笛子。美女石崇见多了，但那时的女孩要想出人头地，一般都考了好多个注册精算师、注册会计师、高级口译、金融分析师这样的资格证，以亲近像石崇、王恺这种业界精英。想想自己每天都要跟一群讲话也要收费、每秒六钱银子的女人打交道，烦不烦啊？但是，这个来自边陲小镇的小姑娘，显然除了会唱歌、会跳舞、会吹笛子以外，什么都不会，这倒是给了石崇安全感。于是，石崇花了三斛的珍珠当作嫁妆，把这个叫绿珠的女孩给娶回家了。

石崇本来是一个有斗志、有魄力、通音律、懂艺术，而又知晓如何享受人生的人。他谱"明君之歌"，教"忘忧之舞"，设计美姬的服饰，设计园林景观，铺排特殊的气氛。这种知情识趣的男人，不折不扣就是老中青各色女子心目中的钻石王老五了——虽然人家早有姬妾，不过，只要他看中，一个接一个地娶过来就是了。石崇还是京城洛阳的房地产大鳄，在城郊金谷涧中开发了一片房地产"金谷园"，亭台楼阁，奇花异草，养鱼植荷，蓄猿饲马，孔雀在楼下散步，绿珠就住在最深处的临水别墅里，过着人间天堂的幸福生活。

石崇很闲，钱又多得没地儿花，忍不住常与皇亲国戚竞奢赛宝，争奇斗胜。有一次晋武帝赐给舅父王恺一株高二尺许的珊瑚树，王恺兴致勃勃地跑到金谷园中向石崇夸耀，谁料石崇漫不经心地用铁如意敲碎了。王恺大惊失声，石崇心平气和地命仆从把家中藏的珊瑚树取出来罗列在桌子上，高三四尺的就有六七株，二尺左右的就更多了。王恺看得目瞪口呆，随便抱了一株，怅然若失地离开了金谷园。于是，石崇就被西晋的内参列上财富榜头条了。

上了富豪榜，就等于上了杀猪榜。有人想征他的税，有人想绑他的票，有人想抢他的钱。

正值"八王之乱"，赵王司马伦权势熏天，手下有个狠角色孙秀。孙秀狐假虎威，想向石崇讨要绿珠。石崇气得半死：居然向我讨我的小老婆？你也太不尊重民族企业家了吧？不给！把孙秀给拒掉以后，石崇不是不害怕的，于是找到了潘安，那位著名的美男子，两人敦促汝南王司马允造反，这样能占据有利的政治地位。结果，事情败露。赵王司马伦下令把石崇、潘安等捉拿归案，孙秀带领大队人马，来势汹汹地将金谷园团团围住。

石崇正在崇绮楼上与绿珠开怀畅饮，忽闻缇骑到门，料知大事不妙，便对绿珠说："我今天为你得罪了人，怎么办？"绿珠流着眼泪说："妾当效死君前，不令贼人得逞！"言罢，朝栏杆下纵身一跃，血溅金谷园。石崇拦也拦不住，仅捡一片衣裙而已。

其实石崇看似多情，实则薄情。自己造反不成，又跟家里的小美人有什么关系呢？绿珠也不过是他的财产而已。如果绿珠不是一个天性纯朴、侠义心肠的少女而是一个女精算师，那么，干脆就立马算清利益关系，投身孙秀。

孙秀原想收捕石崇，抄没其家产，并掠得佳人而归，想不到绿珠已死，于是，不加审问就气急败坏地把石崇直接押到东市行刑。石崇受刑前长叹："奴辈贪我家财耳！"这时候才明白，是不是有点太晚了？

反正，他们这些玩弄政治、荼毒天下苍生的人，死了就死了，一个也不值得同情。

附　录

绿珠：姓梁，聪颖伶俐，美丽端庄，能歌善舞会诗。西晋太康年间，石崇以三斛明珠聘她为妾，并在皇都洛阳建造金谷园。时值赵王司马伦专权，伦之党羽孙秀垂涎绿珠，向石崇索要绿珠不遂，极愤，领兵围金谷园，绿珠坠楼自尽。唐代诗人杜牧咏《金谷园》诗曰："繁华事散逐香尘，流水无情草自春。日暮东风怨啼鸟，落花犹似坠楼人。"

偷情有风险，淑女须谨慎

盲人骑瞎马，夜半临深池，说的就是步飞烟这样的女子。既无识人之明，又无周全之策；既不能无情无义心狠手辣，又管不住自己。沉醉不知归路，真是悲伤。

古今中外，私情永远杜绝不了。顶风作案，不是不可以，问题是，安全第一。款曲私情也是要有天分的，步飞烟显然不是这种人才。

步飞烟精通音韵，善舞文弄墨，有灼灼之华，无夭夭之态，天生佳人。奈何嫁给了个参军武公业做侍妾。所遇非人，这第一次不能怪她。但她接下来，一头栽倒在绣花枕头赵象的怀里，就是视力有问题了。赵象只不过是个不务正业的小白脸，只晓得写首歪诗骗骗小姑娘。居丧期间，他远远看见邻居小老婆的美貌，马上晕菜，立即展开强烈的爱情攻势。这边厢，飞烟无意撒下半天风韵；那边厢，赵象拾得了万种思量。一看，就是想找一夜情的登徒子。

作者皇甫枚说，赵象和飞烟是通过吟诗来谈恋爱的。此言差矣。他们通过门房秘密传递的诗笺都是菜谱。他们私信的薛涛笺和碧苔笺，上面密密麻麻地写满了菜谱，海鲜单、江鲜单、特牲单、杂牲单、羽族单、水族有鳞单、水族无鳞单、杂素菜单、小菜单、点心单等，花团锦簇，看得人口水直流，最后还把云雀舌、火鹤脑、烤天鹅、孔雀胸的招数全用上了。

故事的上半阕发展倒有几分像崔莺莺和张生。一面是小资趣味，吟诗作赋，提拉米苏，卡布奇诺；一面是暗度陈仓，张生跳墙赵象翻墙，小姐自荐枕席。奈何莺莺是蒲质千金，飞烟是武官侍妾；张生是痴情人，既踏实稳健又浪漫奔放，赵象只有瘪三的胡搅蛮缠和流氓有产者的薄情寡义。所以，二者命运不同。何况，莺莺有红娘，帮助她、推动她，飞烟只有女奴，出卖她、背叛她。

飞烟与赵象，因女奴告密而事发，飞烟被武公业活活打死。赵象听说了，一溜烟儿，跑得比兔子还快。

照今天说来，步飞烟也算死得冤枉了，看以前的娱乐节目里逮住偷情者，那些女人偷情偷得理直气壮，振振有词：辜负自己不如背叛你。倒是想起《韩非子》里的一个故事：李季经常出门，他的老婆和别人私通，李季忽然回来，但那个男人还在房间里，怎么办？老婆转念一想，让这个男人从房间里面披头散发、赤身裸体、面无表情、目不斜视地走出来。李季非常惊奇。但大家都被买通了，一致说："没有啊，你见鬼了。"为了辟邪，在老婆的指挥下，李季用牲畜的屎，洗了个澡。

这才是偷情的高阶。对于那些在男女关系上玩得如鱼得水，踩着男人尸体往上爬的狐狸精，我们一边不齿，一边暗暗羡慕得流口水；对于那些忠孝节义却整天眼泪汪汪的良家妇女，我们一边怜悯和安慰，一边既不同情也不喜欢。而像步飞烟，只有怨她的痴和蠢了。

步飞烟临死时还说："生得相亲，死亦何恨。"就让她带着这个幻象离开吧。没有杀伐决断之能，还妄图冒天下之大不韪，焉有可功成身退之理？

步飞烟：事见唐朝皇甫枚所撰传奇《三水小牍》中的《飞烟传》。河南府功曹参军武公业之妾步飞烟（一作"非烟"），为邻居青年书生赵象所恋。赵象买通武公业家的门房，通过门房之妻以诗寄之。飞烟原为家伎，能歌唱奏乐，素憎武公业粗悍，羡赵才貌，便以诗答之。自此两人即以诗束互通情愫，不久，相会于飞烟室中。后为女奴告发，武公业怒而鞭之致死。赵象亦变服改名，逃往江浙。

——— 高阳公主 ———

少女抒情时代的终结

天下没有白吃的午餐。公主本是世界上最好混的一个职位，既不用像王子们一样，为了争权夺利，不是你吃了我就是我吃了你；也不用像嫔妃们一样，为了抢后宫里唯一的一个男人机关算尽，多数人还得终生守寡。公主只需要在宫廷里吃香喝辣、呹五喝六便够了。但是，她们享受了皇室带给她们的尊荣和富贵，就必须分担皇室的风险和危机，必要时还得作为一个政治筹码，去交换边界的安宁，笼络宠臣的忠心。

养公主千日，用公主一时，是也。

高阳公主就不得不接受这样的命运。她是老爹唐太宗的第十七女，天生活泼，毫无保留地绽放着自己的热烈性格，在众女儿中最得唐太宗宠爱。高阳就像鲜花一般骄傲。但是，高阳公主还是被许配给丞相房玄龄之次子房遗爱。嫁人嫁得不是人，嫁得是家世，房玄龄是凌烟阁上的大功臣，唐太宗把高阳公主嫁给他的儿子是出于对高阳的抬爱。可惜，房遗爱和他以学识、识才知名的父亲太不相同，不学无术，只有一身蛮力。气愤之余，高阳公主从结婚那天起就不接纳丈夫。但是，多情人总是会遇上烦恼的。她在领地打猎时遇到了辩机和尚。这是他们的初恋。那时，公主十六岁，辩机二十一岁。

年轻人犯错误，连上帝都可以原谅他们吧？

可笑的是，驸马房遗爱居然像尽忠的良犬，在外面给他们看门。投桃报李，公主特别送给房遗爱两名年轻美丽的侍女。

史上，太后、皇后与和尚宣淫的有不少，例如武则天、胡太后等都是。可看官都知道，那些和尚不过是女王们的性奴，人品卑劣，有污清门。但我很想为辩机辩解。辩机是玄奘的高足，是长安城最负盛名的学问僧，翻译了《大唐西域记》。从事译著的缀文大德九人中，二十六岁的他最年轻，译的经也最多。作为一个大德，他的名字已和玄奘一起流芳万载。当然，才华并不能证明一个人的人品，但一定可以增加一个人的价值和分量。这足以说明年轻的高阳还是与那些用权力来满足肉欲的太后不一样，更像是真心爱慕的。

就这样过了八九年。在自我情感中四处逃避的辩机被选去译经，已经很久很久很久没有再见到高阳了。但是，他藏匿着高阳赠送的玉枕，被小偷偷了出来，他与高阳的私情也就大白于天下。唐太宗大怒，立刻下诏，将辩机处以腰斩的极刑。辩机就在市井小儿幸灾乐祸的围观中，迎接了最污浊和最惨烈的生命终结方式。

死亡在这边，爱情在那边。已经悲恸至疯的高阳，活着是出于惯性。辩机之后，高阳公主的少女抒情时代结束了。不承认爱情，放弃灵魂，忘记追求，耽迷肉欲，相信权势以及好死不如赖活。

半年后，最疼爱她的父亲去世了，她一滴眼泪都没有掉，一点都不难过。弟弟李治当上了皇帝，高阳更自由了。她开始公开纳其他和尚为面首，秽乱春宫，甚至纵容和信任他们，打算宫廷政变。她与房遗爱和薛万彻等合谋，预备推荆王李元景为帝。结果事泄，被处死。

"辩机是我的骄傲，房遗爱才是我的耻辱。"高阳公主这么说过，当然，这么肉麻的情话不会出现在正史里，是电视剧《大唐情史》里给她杜撰的。不过，这种演绎蛮合理的。因为那时，辩机已死，她已经不再骄傲了。

附　录

高阳公主： 李世民的第十七女，性聪慧，备受宠。嫁给宰相房玄龄次子房遗爱，夫妻不谐。后与会昌寺僧人、玄奘高足辩机私会。数年后，事发，辩机被腰斩，高阳公主身边的侍女均被处死。后来李治登基，高阳公主开始与僧人寻欢作乐。其后，高阳公主密谋推翻李治，事泄，被赐死，年仅二十七岁。

萧观音

被色情诗害死的皇后

为了谋生，很多人写过黄色小说，比如香江第一健笔黄霑，比如《2046》里的周慕云。如果有人告诉你，某某皇后写色情诗，你信不信？可皇帝就信了，而且要了她的命。

这个比窦娥还冤的皇后是辽萧道宗的正宫娘娘，因为其姿容端丽绝代，被视为观世音降世，人称萧观音。此妹性情温顺，饱读诗书，琴瑟琵琶都堪称国手，很快就被封为皇后。

这个皇后了不起到什么程度？在整个辽代文学史上，萧观音认了第二，没人敢认第一。一年，道宗到秋山狩猎，萧后应声吟道："威风万里压南邦，东去能翻鸭绿江。灵怪大千都破胆，哪教猛虎不投降！"道宗大喜，第二天果然一箭射死一只老虎。

不过，我看了她的诗，感觉是因为少数民族的文学水平太弱了，所以才山中无老虎，猴子称大王。

萧观音生性贤淑，时时劝诫老公不要忙于射猎，不要疏于政务。但小里小气的道宗以后便很少在此过夜了。萧后又寂寞又悲哀，开始作曲以自娱，也想挽回道宗对自己的宠爱。她作了一首《回心院》，词中尽是"扫深殿，待君宴""拂象床，待君王""换香枕，待君寝""铺翠被，待君睡""热熏炉，待君娱"这等香艳。辞藻美丽，情真意切，惹人怜爱。只此一阕，便进一步把萧观音推上了大辽国第一诗人的位置，不过，那已是后话了。

既知皇后有此写艳情诗的潜质，当传奇成为流言，别人的诬陷就有希望了。事物都是普遍联系的。

《回心院》的难度很大，只有伶官赵惟一能够演奏，便常常进宫弹与皇后听。宫婢单登也善弹古筝琵琶，但和皇后比试了四天二十八套曲子，全部败北了；而且皇后又因她是叛贼的婢女，要皇帝疏远她，单登遂怀恨在心。正好南院枢密史耶律乙辛也忌恨皇后，两人勾结起来，找人作了一首黄色小调。这首诗史称《十香词》，类似于《十八摸》，翻译成现代白话文，就是一部身体写作的色情小说，算是同类作品里的佼佼者，情节有没有不重要，关键是细节生动。

单登进宫请萧皇后帮她抄一篇，哄她说是大宋皇后的诗，还甜言蜜语地说："她的诗，加上您的字，就堪称双绝了。"到底是女人，萧观音经不起哄，捏着鼻子帮她抄了一遍，为了劝诫，还作了一首道学气十足的怀古诗：

"宫中只数赵家妆，败雨残云娱汉王。惟有知情一片月，曾窥飞鸟入昭阳。"

耶律乙辛拿着这首诗给皇帝，说是皇后与赵惟一私通。皇帝大怒，拉皇后对质，还把皇后打昏了。其时，皇帝还有点半信半疑："咦，最后这首诗明明是在骂飞燕淫乱误国呀，那皇后怎么还会私通呢？"宰相张孝杰说："这首诗正是证据，含了'赵惟一'三个字，说明皇后这篇身体写作的小说，男主角就是赵惟一呀。"道宗气得半死，立马赐死了皇后，萧观音，时年三十六岁。赵惟一凌迟，灭族。连当上了太子的萧观音的儿子，年方十八岁，也被废为庶人，不久之后也被害死。

后来，辽道宗终于意识到问题了，他逐步削夺耶律乙辛的权力，最后找了个理由把耶律乙辛杀死。辽道宗死后，皇太孙耶律延禧继位，也就是萧观音的孙子，他首先将已死去的宰相张孝杰剖棺戮尸，再搜捕耶律乙辛的子孙及亲旧，尽行诛戮。

可是，那又如何，观音姐姐已经不能复生了。

正如看多了宫斗剧之后，大众们总是对幼稚的女主角们恨铁不成钢——这样的智商，在后宫里根本活不过两集。那是在电视剧；现实中，正常人需要吃过多少亏、被坑过多少次，才能意识到自己将活在宫斗的世界当中，要全知全能地跟恶势力斗争？只能说，在一个不正常的世界里，不正常才是正常的逻辑。

世事便大抵如此。大家不过是一想到女人卷进了情色之中就无比兴奋，并在呷呦这种龌龊中找到快乐。真相呢？谁关心？

=== 附　录 ===

萧观音：辽道宗耶律洪基懿德皇后，死后追谥宣懿。辽代女作家。她爱好音乐，善琵琶，工诗，能自制歌词。曾作《伏虎林应制》诗、《君臣同志华夷同风应制》诗等，被道宗誉为女中才子。后来，由于谏猎秋山被疏，作《回心院》词十首，抒发幽怨怅惘心情。太康初年，被耶律乙辛等人诬陷与伶官赵惟一私通，含冤而死。

叫我女王大人

冯小青

自恋者上天堂

在这个爱谁都比不过爱自己重要的时代里，是不是不自恋的人不可爱？

不过，千万不要堕落得像那个叫 Narcissus 的古希腊美少年，因为太过爱自己，结果就掉在水里淹死了，在那不断延长的海岸线上，长出了最哀艳的水仙。

我们中国也有这样一朵水仙花。她叫冯小青，在自恋中自毁自戕。冯小青原本是广陵（今扬州）的世家女，父亲还受封为广陵太守，童年过得锦衣玉食，呼婢唤奴。冯小青十岁那年，太守府中来了一个化缘的老尼，要舍她出家，"倘若不忍割舍，万勿让她读书识字，也许还可有三十年的阳寿"！但是，晚啦，冯小青聪明伶俐，已饱读诗书，初露峥嵘，已经很难达到老尼的要求了！

不久，燕王朱棣夺位，冯家被诛杀全族，年方及笄的冯小青当时恰随一远房亲戚杨夫人外出，幸免于难，慌乱之中，随着杨夫人逃到了杭州。

另据考证，冯小青在出嫁前是"扬州瘦马"。这是一群被人供养着的小姑娘，从小经过形体训练、声乐训练、美容护肤课程，拿到合格证书以后，就专门给有钱人家做妾的。虽然目的不纯，好歹还是个艺校，毕业了，就让牙婆来挑中带走。就这样，小青十六岁时被武林（今杭州）名士冯千秋从扬州买回来了。

冯千秋大概也是个刚刚洗脚上田的土财主，穷得只剩下钱了，不够品级。这种人偏偏又娶了一个彪悍的大老婆，不仅不允许靠近小青，还克扣小青的生活费，最后，干脆把小青赶到孤岛上了，事实上是被软禁了。此时，她年方十六岁。

小青运气不好，生活在一个特别闷骚的朝代。都是些性压抑的猥琐男人、面目可憎的女人，明着义正词严、三贞九烈，暗着A片和黄色手抄本长年买断市。心胸狭窄的时代出不了什么好诗好词，畅销书都是些乾嘉学派的学术著作，《三言两拍》又属于内参，小青只好看言情剧，比如汤显祖的《牡丹亭》。结果，酒越喝越暖，书越读越寒。夜读《牡丹亭》，世间只见伤心人，小青幽幽地写下了这样哀怨的诗：

"冷雨幽窗不可听，挑灯闲看《牡丹亭》。人间亦有痴如我，岂独伤心是小青。"

其实，这时候，她最不应该看的就是爱情小说，总是情长纸短的，总让自己感动得涕泪涟涟。何必呢。对一个生活不自由，人生充满了不幸的人来说，最好的祝福不是好胃口，而是坏记性；心越粗粝，才能活得越久。

问题就出在，这样一个多情女子，从来没有机会爱上别人，满腔的爱情就像是尚未打通奇经八脉的生手一样，需要散功。她除了爱自己，还能怎么样呢？她一遍遍地临波照影，一遍遍地揽镜自照，一遍遍地请人给自己画像，日夜相对。十八岁的时候，消瘦的冯小青就恹恹地死去了。

有人说是女儿瘵，有人说是心病，还有人说是因为她每天只饮一杯梨汁，患了神经性厌食症。在小青的那个世界里，太龌龊了，也没有谁值得爱的，只好上天堂。

同样喜欢给自己画像、揽镜自照的，还有《牡丹亭》里的杜丽娘；同样地，也是美貌如花，仍然孤独地死去。只不过，文艺作品给她安排了一个想象的梦中人柳梦梅，让柳梦梅帮助她死而复生，成了大团圆的喜剧。可是，我们知道，那时的少女幽怨地病死常有，而死而复生不可能有。

幸好，时代流转，我们也自恋呀，但没有谁像冯小青那样被逼得瑟瑟缩缩地躲在角落里。她的自恋是自怜，我们的自恋是自私。今天爱自己，爱得理直气壮，爱得自私自利，爱得全世界都往后退，聪明、快乐、有主意、有脾气，忍耐力差，甚至有攻击性。冯小青的自恋是一出悲歌，而现代人的自恋，则更像是一出肥皂剧，更愿意自我满足，哪怕是偶尔失败，偶尔丢脸，也不妨碍我们过得快活。

───────────── 附　录 ─────────────

冯小青：明清小说中提到小青的故事不胜枚举。1927 年，潘光旦出版《冯小青——一件影恋之研究》一书，由闻一多绘插图。作者不但以大量材料证明冯小青实有其人，而且用当时最先锋的霭理士性心理学和弗洛伊德精神分析学对冯小青的心理变态进行了研究。冯小青是江南一冯姓大富豪的小妾，她美丽绝伦、白皙、清瘦，每天顾影自怜，日渐消瘦，最后枯萎而死。冯小青是中国古代那些富有才华而又命运乖蹇的女性的代表。

好女十八嫁

假如生在汉代，建议各位不妨从事婚纱影楼，或者婚事操办一条龙的服务。这是一项很有前途的职业，保管各位门庭若市，财源滚滚来。皆因当时的人，喜欢离婚，喜欢再婚，不满意了，推翻重来。

那时的男人，出妻很容易，再娶也很容易。而那时的女人，见势不妙，也照样可以休夫，拔腿就跑。如此一来，汉代的婚恋关系，难免就像走马灯了。所以，后人说"脏唐乱汉"。直到两晋时，男女大防也不严，君臣同游皇后妃子可奉陪，女子可单独见男宾，男女可以结伴同游，陌生男女相逢时亦可相互酬答。否则，也不至于美男子潘安一上街，妇女们就手拉手地将他围住，爱恋他的女子还向他抛水果，满载而归。而左思长得丑，结果出门妇女都向他乱吐唾沫，狼狈而归。经过这种优胜劣汰，满街晃着的都是些花样美男，女子的离婚率哪能不高呢。

这种改嫁风气从皇室开始，馆陶公主就和侍者董偃公开同居多年，汉武帝还接见"主人翁"董偃；鄂邑长公主寡居后与丁外人私通，大臣们还上书要求封丁外人爵号；平阳公主再嫁公开挑老公；湖阳公主中年独身看中了宋弘要求皇弟给自己做媒……卓文君改嫁成了千古佳话，名门望族还常常鼓励甚至胁迫女儿改嫁，一旦女儿不嫁，大家还啧啧称奇——比如《孔雀东南飞》里的刘兰芝。

而且，汉代的男人才不管是不是寡妇呢，照样娶。汉景帝的皇后就是离婚再嫁的，汉武帝即位以后，还把异父姐妹接来宫中。汉初名臣陈平的妻子，在嫁陈平之前就已经嫁过四次，她的祖父还觉得奇货可居呢。蔡文姬前后结了三次婚，除了离愁别绪，其实人家三次婚姻感情都蛮好。再看看，曹操的两个老婆都是别人的寡妇还带着拖油瓶儿子，曹丕娶的是袁绍的儿媳，刘备纳同宗刘琮的遗孀，孙权娶陆尚之鳌妇。

在这种环境下，朱买臣的老婆看不上朱买臣，想改嫁，就不难理解了。朱买臣家里很穷，到了四十多岁了还以卖柴为生，而且整天游手好闲的：都这把年纪了，又丑又穷，还像潘安一样满街游逛，回来时身上淋满了女人们扔的臭鸡蛋，大家都看他的笑话，朱买臣的老婆面子上挂不住，劝他。朱买臣说，我命中注定五十岁发达，还有几年了，你再忍忍吧。从此更加"高歌笑楚丘"。

他妻子气死了：活该你一辈子做饿死鬼，永远不能发迹。三观既然不合，日子既然过不到一块，便坚决离婚改嫁。离婚后，她看见落魄的朱买臣，还送了他一顿饭。

最后，买臣终于发迹，当上了太守，路上看到他的前妻和后夫。便把他们俩拉上车，载在车中，招摇过市。这是《汉书》里的版本。其实，在当时，大家指责朱妻，不是嫌她改嫁，指责的不过是她嫌贫爱富，或曰，眼光不够。但再想想看，朱妻很可怜。她并没有那么不堪，只是想老公好好地挣钱养家，过安稳的生活罢了。反倒是朱买臣太无耻了，罔顾二十年的结发、二十年的甘苦与共，居然用这种方式来侮辱前妻。

实际上，朱买臣不仅对他的前妻小气，对所有人都小气，一旦发达了，对着前同事们，不是羞辱这个就是羞辱那个，不然怎么刷存在感呢？后来，他也被同样小气但能量更大的酷吏张汤给整死了。我觉得没啥可同情的。

朱妻受不了朱买臣这种无端端的侮辱，自杀了。这一主题在明清的戏曲里常常出现，不过，把结局改了——朱妻求朱买臣复合，朱买臣把一盆水泼在地上，表示覆水难收，把前妻逼死了，还特意建了一个"羞墓"来继续这种羞辱。嫁了这种无良的得志小人，换了我，早离了，哪里等那二十年。

附　　录

朱买臣：《汉书·朱买臣传》中云："朱买臣家贫，好读书，不治产业，常艾薪樵，卖以给食，担束薪，行且诵书。其妻亦负戴相随，数止买臣毋歌呕道中。买臣愈益疾歌，妻羞之，求去。"故事见明人《烂柯山》传奇及《渔樵记》传奇。

——— 傅皇后 ———

她嫁给了皇帝的男宠

西汉皇帝好男色是有传统的。三宫六院的时候，后妃们还是有指望的，总能等到君王临幸的那一天；一旦君王只好男色，那只有欲哭无泪的份了。

汉哀帝刘欣宠爱男色就臻至登峰造极，甚至将后宫佳丽弃之一旁，独宠董贤。这个董贤，不仅貌若美妇，言谈举止也十足像个女人，性柔和，善为媚。也难怪，长得漂亮，性情温柔，品位一流，集中了男性与女性的优点，能讨好女性为何就不能讨好男性，董贤能把哀帝迷得魂飞魄散也不足为奇。从此，哀帝对董贤，同辇而坐，同车而乘，同榻而眠。对董贤的爱之深，可用一个例子来说明。一次午睡，董贤枕着哀帝的袖子睡着了。哀帝想起身，却又不忍惊醒董贤，随手拔剑割断了衣袖。深情细腻若此。后人便将同性恋称为"断袖之癖"。

断袖癖又称"龙阳之好"和"分桃之恋"。龙阳，是因为龙阳君是战国时魏王的男宠，为了讨好他，魏王下令："四海之内，有敢向我介绍美女的，我就灭其族！"而分桃，则是卫灵公宠爱弥子瑕，卫灵公因为弥子瑕把尝过的桃子给他吃而受宠若惊，因而得名。

上有其好，下必附焉。整个朝廷也因此乌烟瘴气。

董贤受宠日胜一日，才二十出头，就被封为大司马，名列三公九卿之首，朝廷中大臣奏事，都要先经由他的手。他家的人也跟着沾光，父亲董恭升为光禄大夫，妹妹进宫封为昭仪，岳父封作大臣，妻子也被特许进宫居住。董贤的妹妹极似董贤，而董贤的妻子又是绝色美人，哀帝便把这一家三口一并笑纳了，都成了他的宠妾。

　　董贤的家与哀帝的家合二为一了，傅皇后只好一个人孤寂度日。这位傅皇后是哀帝祖母家的女子。当时，傅氏家族与皇帝母亲所属的丁氏家族是两大新兴贵族。可惜，傅皇后虽有已为太皇太后的傅昭仪做靠山，却对哀帝的"专宠"无可奈何。倒霉的"同妻"，古已有之。

　　其实，同性恋者得不到承认，固然悲伤，更难为的是那个枕边人，守活寡是一重痛，有冤无处诉又是一重痛。像萨福、达·芬奇、福柯、纪德、兰波、魏尔伦、金斯堡，这些人随口一数就是一大堆，人家好就好在不拖别人下水，不用假装结婚。也有一些著名的悲惨例子，比如王尔德，比如弗吉利亚·伍尔芙，比如萨特，也经常是三人行，但他们拍拖的时候，不像汉哀帝那样动用国家公器呀。

　　于是，皇宫中最华丽的车马、最名贵的衣物，全归董贤使用，而哀帝自己用的倒是次一等的货色。

　　汉哀帝之龌龊，不在于他喜欢的是男人还是女人，而在于公私不分。而且，再宠爱女人，女人也无法在朝堂上为官，不易干涉朝政；宠爱男人，则带来更严重的政治危机。在把董贤拜为大司马之后，有一次，哀帝在麒麟殿设宴款待董贤一家，醉意朦胧地对董贤说："我想把帝位传给你，怎么样？"幸好有大臣劝住了。哀帝还下令在自己的陵旁为董贤建一墓，要生则同床，死则同穴。

　　二十六岁的哀帝突然病死。太皇太后让王莽出来主持朝政，王

　　叫我女王大人

莽又道貌岸然，有道德洁癖，早就看董贤这种小白脸不顺眼了，董贤一看大势不好，只好与妻子双双自杀。董贤死后，王莽还不放心，命人开棺验尸，没收其财产，拍卖查抄他的家产。王莽发动政变，扶植了小皇帝登基，权柄握于手中。

这场荒唐中，傅皇后虽不曾牵涉其中，但还是被王莽幽禁了，退居桂宫。一个多月后，傅氏被废为庶人。傅皇后愤而自杀，结束了她寂寥的一生。

附　录

傅皇后：汉哀帝刘欣的皇后，孔乡侯傅晏之女，哀帝祖母傅太后的侄女，由傅太后做主，被封为皇后，但汉哀帝专宠男宠，达到了前无古人后无来者的地步。公元前一年，年仅二十六岁的哀帝病逝。太皇太后重新起用王莽为大司马领尚书事。傅皇后被废为庶人，自杀。

—— 寿宁公主 ——

金枝玉叶的性压抑

"最后，王子与公主从此过上幸福的生活。"童话里的故事，到现实版本里就不是那么回事了。荷兰玛加丽塔公主因为丈夫经常夜不归宿而要求离婚；泰国乌汶叻公主因为丈夫的婚外恋而结束了二十多年的不幸婚姻；摩纳哥卡洛琳公主一嫁再嫁三嫁，都是遇人不淑；巴林梅里安公主勇敢下嫁给美国大兵，却因为背弃国家身心俱疲而劳燕分飞……更凄凉的是，他们的婚姻中间夹缠了太多的背叛、别离、窃听、出卖、压抑。奢华、尊贵、为所欲为，那是我们平民涎着口水看着皇室的想象。日本纪宫公主一直想嫁人，都三十五岁了，还得让皇室忙活着相亲。嫁给普通公务员丈夫之后，便从此脱离皇室。

这样的公主命运，唉。

现代的公主们好歹还生活在自由社会，婚姻自由，驸马都是自己挑的，怨不得别人。可放在中国的古代，不管你多受宠，皇上要你嫁猫三，你不就能嫁狗四。身不由己啊。

在明代，为了压制削弱勋臣的权势，首次制定出这样的律条："本朝公主俱选庶民子貌美者尚之，不许文武大臣子弟干预。"有些驸马终生只拿俸禄而不能任职，真正的高官世族不愿绝了自己的仕途反而不愿娶公主，门不当户不对，比比皆是。负责此事的太监权臣操纵谋财，以贿赂的多少来确定人选，结果不但选出的尽是贪图富贵的平庸之辈，甚至还出现了永淳公主下嫁"秃头驸马"、永宁公主下嫁垂死病鬼的丑闻。

另一个悲剧是，公主与驸马咫尺天涯，巴巴地在守活寡。寿宁公主是明神宗的女儿，她的命运就是明清公主悲惨身世的缩影。作为宠极一时的郑贵妃的女儿，寿宁公主嫁的驸马冉兴让才貌出众，与公主感情很好。管家婆梁盈女被指派给她，全权管理公主的大小事务。这些女官，都是些一辈子没有见过男人的老处女，心理变态，不许人间见鸳鸯。公主名义上已出嫁，但还要回皇宫居住，而驸马则住在公主府，只有公主宣召，驸马才能进宫。公主想要见驸马，须经管家婆同意，如果不拿出大批真金白银，是不能见面的。而且，每次见面，都由内官记录在册，多见两次，管家婆就拉出"荒淫无耻"来说事。

哪个金枝玉叶的女孩受得起这样的指责？

这个中秋节，寿宁公主宣驸马进宫，可此时，梁盈女也在私会自己的情人——一个老太监，没有赶过来收过路费，驸马心急，就直接进宫了。老太婆回来，大怒，径直闯入公主寝宫，破口大骂，把驸马赶走了。

第二天，梁盈女还赶到郑妃处倒打一耙，告寿宁公主的状，郑妃信了，把女儿狠狠地斥责了一番；驸马也进宫上奏章想面见皇帝，为公主平反——可惜，他刚进宫就被梁盈女的情人集结的一群太监，打个稀巴烂，鼻青脸肿地走回家。接着，皇帝一道严旨，痛斥女婿一番，反省三个月，不得见公主面。而梁盈女和太监们，仍是逍遥自得。

有时候，还真想念探春给王瑞家的那一记清脆的耳光。在这里，各自代表的不是主子和奴才的对抗，而是人的基本自由尊严，和更高的主子赋予的监探权之间的对抗。公主名义上是主子，但实际上，却被宫规压制得不能喘气、不能动弹；她们所拥有的权力，甚至不如派来监探她们的奴才。

身为公主，已经忍受了皇室这么多桎梏和规矩，忍受了不自由和不对等的婚姻，照理说，也应该换回皇室的尊严和富贵了吧。但没有。所谓的高贵，在没有自由的情况下，也就是个空炮。

承袭这种制度，整个清代的公主，在记载中，很少有生下孩子的。只留给她们性压抑、性冷淡、性苦闷，或兼而有之。

=== 附　　录 ===

寿宁公主： 明神宗之女，宠妃郑贵妃的女儿。明朝宦官与资深老宫女经常勾结。寿宁公主要见驸马被索贿，驸马还被殴打，但是皇帝和郑贵妃只是责备了女儿而非下人。明朝宦祸可见一斑。

叫我女王大人

陈圆圆

一个女人站在三个男人的三岔口上

　　有没有一首歌能曲尽陈圆圆的心事？那一定不会是吴梅村的《圆圆曲》："恸哭六军俱缟素，冲冠一怒为红颜。"尽管这个文人想同情陈圆圆，但毕竟男人的视角，看什么都笼着一层家国恨的雾气，看什么都是一个时代的宏大叙事。而女人是不会那么想的，她只为了自己的心。

　　许多人见识陈圆圆的美貌是在金庸的小说里。在《碧血剑》中，陈圆圆一出场，"每个人和她眼波一触，都如全身浸在暖洋洋的温水中一般，说不出地舒服受用"，李自成手下大将刘宗敏，"目不转睛地瞪视着陈圆圆，咕噜一声，吞下了一大口馋涎"，一伙小将爬的爬，抱的抱，丑态百出。圆圆的美态已如滔滔江水汩汩奔流而出。

　　陈圆圆，本是苏州的一名青楼女子，因色艺双绝而芳名远播。她曾嫁过一次人，传说中还曾与大才子冒辟疆相爱。但她的精彩人生之后才开始。陈圆圆本被国舅田弘花了二十万两银子购买欲献于崇祯，但志大才疏、出名勤奋的崇祯不愿沾上这个尤物，把陈圆圆退货到田家。后来，在歌舞宴席上，吴三桂被陈圆圆迷得神魂颠倒，答应"大难来时先保护田家"，终于抱得美人归。

　　如果把被送来卖去的陈圆圆简单看成是受害者，显然是幼稚的。

作为一位名妓，陈圆圆对自己的命运是有一定的决定权的，看看"秦淮八艳"都各与名重一时的才子交往甚至相爱就可以看出来，老鸨在这个时候也只能赔着笑。《海上花》告诉我们，那时的名妓爱谁谁，发发脾气要要小性子，志不同道不合琴棋书画不入品流的靠边站。她们的每一分钱都是自己挣的，早早就在盘算着择木而栖了，底气比大家闺秀还要足。以色事人，既让她们有了对男人更多的可能选择，也让她们对婚姻和归宿更加脆弱、更加偏执。

　　陈圆圆遇到吴三桂的时候，她想，总算逮住一个英雄了。好歹，吴三桂自诩为儒将，气宇不凡吧。没想到战事一急，吴三桂撒丫子就跑，只能把圆圆留在京城府中。李自成的军队打进了北京，陈圆圆被李之部下刘宗敏所掠。本来，在大明灭亡以后，吴三桂镇守的山海关已是孤城一座，外面是清兵，里面是农民军，吴不是降清就是降贼，总要投降一方。吴三桂本已答应投降李自成的，但一听说圆圆已被刘宗敏占有了，气得掉头就打，投降了清军，打开山海关迎多尔衮领兵入关，大败李自成，成了明清交替时的关键人物。

　　历史有时就像任人打扮的婢女。陈圆圆固然是吴三桂做决定的原因之一，是清兵入关的无数个小螺丝钉之一，但绝不是唯一。而在野史中，往往不太谈刘宗敏，而是愿意把陈圆圆和李自成乱点鸳鸯，配成一对，这样，这个歌伎就同时和大明皇帝、大顺皇帝、平西王这三个死对头、三代枭雄都有染了。一个女人站在三个男人的三岔口上，而这三个男人，分别代表了一个国家三种不同的命运，她的爱情决定苍生社稷的命运，听起来有趣得紧，所以大家宁愿记住传说而忘记信史。金庸在小说《鹿鼎记》里就是这么干的。

　　陈圆圆又被抢回到吴三桂身边。她就像食肆里的咸鱼，被人翻过来摊过去。在正常的时代里，像陈圆圆这样的名妓或许还有一定的选择权；可是在大的时代洪流中，被时代巨浪裹挟着，唯有随波逐流、人尽可夫，自己是做不了主的呀。连庙堂高官都掌握不了命运，何况一介女流？

在出家做道姑多年以后，吴三桂兵败，陈圆圆自沉莲花池，落了个白茫茫一片大地真干净。

有时，不能高估人的主观能动性，尤其是女人，她们再聪明，也只好成为历史的一颗棋子。

附　录

陈圆圆： 常州武进（今属江苏）人，本姓邢，名沅，字畹芬。为苏州名妓，善歌舞。初为田畹歌伎，后吴三桂纳为妾。三桂出镇山海关，李自成农民起义军攻克北京，曾被俘。三桂降清，清军攻陷北京，仍归三桂，从至云南。晚年为女道士，改名寂静，字玉庵。民间传说称吴三桂降清是为了她。

叫我女王大人

甄氏

忧伤美学的灵感女神

在西方，其实也很讲究精神恋爱。最早有但丁的比阿特丽斯，后来又有骑士为了心目中女神的一个香吻，前仆后继，视死如归。那些爱人啊，就成了他们的灵感女神。当然，我们也有我们的灵感女神，比如倾倒曹氏三杰的甄氏。蓬莱文章建安骨，如果没有了一位才情卓绝的女子的光芒映照，那岂不是寡味如开水。

甄氏出身名门，才三岁，父亲就去世了。她性格静好，年纪小小就表现出非凡的智慧。及笄后，甄氏嫁给袁绍之子袁熙。丈夫出为幽州刺史，甄氏就一直留在婆婆刘氏身边，在这个贵族世家里虽然也寂寞，但也算过得有滋有味。

可惜，袁绍在官渡之战中被曹操打得惨败。战乱之中，曹植在洛河神祠偶遇藏身于此的袁绍儿媳甄氏，惊为天人，送了她一匹白马逃返邺城。袁绍兵败，不久以后就死了。最终，曹操借袁氏内讧完全消灭了袁绍的势力。

这样，甄氏和袁氏家族一起，顿时做了曹家砧板上的鱼肉。当时曹操的次子曹丕，年方十八，城破后当即跃马径直到袁氏府舍。只见后堂一个中年妇人在独自垂泪，膝下有一位美女跪着嘤嘤哭泣。那中年妇人是袁绍的妻子刘氏，美女就是甄氏。甄氏虽满脸泪水，

却依旧不掩国色。两人一见倾心。旁边的刘氏开始还心里扑扑乱跳，一看两人这情形就知道了，阿弥陀佛，不用担心会被杀死了。

后来曹操也过来了，四处找甄氏，结果随从们告诉他：您的儿子五官中郎曹丕已经把她带走了。曹操很郁闷，大叫一声："啊，今年我打仗就是为了这个女人呀。"总算找到了儿子和甄氏，一看甄氏，果然有沉鱼落雁之姿。曹植也在，曹丕也在，父子兄弟三人都在痴痴地望着同一个女人。

曹丕急切无奈，对曹操说："儿一生别无他求，只有此人在侧，此生足矣！望父皇念儿虽壮年而无人相伴之分，予以成全！"话已至此，曹操不好拒绝，便使人做媒，让曹丕娶了甄氏为妻，刘氏不敢不从，甄氏也无异言，当下择取吉日成婚。

以上的故事流传颇广。可惜，不是真的。别的不说，在建安七年（公元202年），袁绍大败的时候，甄氏十九岁，倒是花一样的年龄。不过，曹植只有十岁！再说了，人家父子之间这么隐秘的对话，似乎也不宜让人听到吧！

甄氏再嫁曹丕时，曹植暗中悲愤，曹丕也因此对曹植耿耿于怀。当曹操与曹丕为消灭群雄而奔忙的时候，只有曹植因为年龄小而有余闲，陪着这位嫂子吟诗弄赋，来一场毫无结果的精神恋爱。这虽然只是个传说，但直到今天，都仍然有市场。

不过，曹丕虽然宠爱甄氏，但仅封她为妃，她始终未能得到皇后地位。郭氏为谋夺后位，多方谗间，曹丕听信郭氏的话，将甄妃留置在邺城。不久说她心怀怨恨，平白无故地将她赐死。最后，曹丕立郭氏为皇后，立了甄氏的儿子曹叡为太子，把曹叡交给郭后抚养。

甄妃死后，有一次曹植入朝到宫里，曹丕将甄妃使用过的一个盘金镶玉枕头赐给他，真不知是何居心。曹植睹物思人，回来时经过洛水，夜宿舟中，恍惚之间，遥见甄妃凌波御风而来。曹植伤心醒来，写下《感甄赋》，也就是《洛神赋》，把洛河中的水神当作甄妃的化身，抒发爱慕之意。著名的"翩若惊鸿，婉若游龙，容耀秋菊，华茂春松"和"明眸善睐"就是这里来的，东晋画家顾恺之的《洛神赋图》也是根据曹植的《洛神赋》画的。

事实上，这段佳话，也仅是后人的附会。但这种兄弟争妻的故事特别符合大家的想象力。故事就演变成了：一位女子，撩起了三位大诗人的爱意，卷入了数位政治家的斗争中，刺激了两位大师的灵感，留下了两篇绝世名篇。这篇赋也树立了文人理想的爱情形态：一种诗意的、缥缈的、虚幻的美，一种忧伤的美学。甄氏虽然卷入了多重爱恋之中，但尚是端庄的、贞洁的、可远观不可亵玩的。她还是留下了一份清洁的精神。

曹植胸怀大志，可是一辈子都被曹丕父子排挤，郁郁而终。后人评价说："君王不得为天子，半为当年赋洛神。"

附　录

甄氏：甄氏出身富户，嫁给袁绍之子袁熙为妇，后袁绍兵败，被俘，嫁与曹丕。甄氏与曹植相厚，但曹丕性猜忌，疏远其弟曹植，并立郭氏为后，立甄氏之子为太子，并逼死甄氏。曹植为之写下《感甄赋》，是为《洛神赋》。

在感情的乌托邦里自讨苦吃

看过了许多姊妹所遇非人，霍小玉相信自己不会那么糊涂。有青春、有美貌，又历经战乱饱受苦楚，她只想要一种平庸的幸福。

霍小玉的父亲原是唐玄宗时的霍王爷，母亲只是其侍妾。霍王爷死后，母亲带着霍小玉流落民间，霍小玉不得不做了歌舞伎这个行当。但是，她只愿意做卖艺不卖身的"青倌人"，因为这样嫁个好人家的希望才会大一些。奇怪，她们的现实污浊已至此，霍小玉们还能把荒漠当作绿洲，把苍白看成水晶，对人性充满了美好的愿望。

恰逢此时，状元及第的李益出现在京城。其时，李益正在等待委派官职，常自夸耀其风流才情，四处寻求名妓，经人介绍，李益见识了天仙一样的霍小玉。彼此一见钟情，青梅煮酒论诗文，很快，两人就同居了。事实上，李益出现的动机，只说明长安又来了一个寻花问柳的轻佻之徒，只写一些为了发表的情书。而霍小玉却一头热地扎了进去。

这是唐人蒋防在笔记小说《霍小玉传》延续的"书生与妓女相爱"这个母题。整个社会对书生寄予了太高的道德期望，所以文人一旦变心，比将军、武夫变心更让人齿冷。李益曾写下"嫁得瞿塘贾，朝朝误妾期；早知潮有信，嫁与弄潮儿"这样深情款款的闺怨之作，能证明其有才华，但不证明他就一定忠孝仁义悌。为官清正的苏轼也会把自己的侍妾像马一样随意送人，十足一头大男子沙文主义猪。你们文艺圈啊，就是乱。

也是，书生和妓女，在道德价值和社会阶层上相距太大，尤其是已经状元及第的书生。只要年轻长得不太丑，状元那是豪门贵族争抢的对象，丞相将军的女儿抢着嫁，运气好一点，公主都有可能娶得上。凭什么上天会给他们幸福？霍小玉大概也意识到这一点。一年后，李益升为郑县主簿，须先回故乡陇西探亲，然后上任。尽管李益再三强调会接霍小玉到郑县完婚，她仍然忧心忡忡。她提出："我年龄方十八，郎君也才二十二岁，到您三十而立的时候，还有八年。一辈子的欢乐爱恋，希望在这段时期内享用完。然后您去挑选名门望族，结成秦晋之好，也不算晚。我就抛弃人世之事，剪去头发穿上黑衣，也就满足了。"

考虑到唐代门第之见极深，不同层次的姓氏不能通婚，且多晚婚，霍小玉的担心是必要的，要求也是合理的。不过李益却烧昏了头，一个劲地发誓永不分离。

李益回乡后，父母高兴异常，为他定下了一门亲事，女方是官宦人家卢家的女儿。李益兴高采烈地放弃小玉了。一时出不起卢家聘礼，李益还亲自四处奔走，凑足了钱，终于热热闹闹地成了亲。

奉劝大家，不要在感情的乌托邦里自讨苦吃。此时的霍小玉还在眼巴巴地盼望着，砸锅卖铁、典当珠钗地四处寻李益。一年过去了，杳无音信。担心终成事实，霍小玉悲恨交加，卧床不起。镜里照着的，仍是那张苍白的脸，鲛绡上却再也没有泪痕了。是怨毒分泌的汁液，滋养着她活下去。

全长安都知道李益负心了。黄衫客把李益架到了霍小玉家门口。

李益羞愧难当，霍小玉挣扎着站起来，拿起一杯酒泼在地上，表示与李益已是"覆水难收"，倒地而亡。临死前发了一番宏愿："我身为女子，薄命如此。君为大丈夫，负心到这种地步。……我死以后，一定变成厉鬼，让你的妻妾，终日不得安宁！"

果然，李益后来得了强迫症，一连结了三次婚，都以休妻杀妾做结。

然而，任谁都为霍小玉不值——这辈子已经为负心郎赔上了，做了鬼还要跟那张让人生厌的面孔纠缠在一起，还不如生生世世决不相遇。感情的诺言，要接受变化的可能。说爱你、说一生一世的时候是真的；说不爱你了、不想再见你了，这个时候也是真的——爱情既然可能"嗖"一下冒出来，也随时可能"嗖"一下逃走。何必拿自己的命去赌？

住在爱情这口井里，像故事里每一个美丽、善良、充满道德感且天真不已的妓女一样，她注定看不到明天。

附　录

霍小玉：事见唐朝蒋防的传奇《霍小玉传》。陇西李益初与霍小玉相恋，同居多日。李益得官后，聘表妹卢氏，与小玉断绝。小玉思念成疾，愤恨欲绝。忽有豪士挟持李益至小玉家中，小玉誓言死后必为厉鬼报复。

不幸做了国家的药渣

不要以为嫁到国外去这碗饭是好吃的，哪怕是八抬大轿，敲锣打鼓吹唢呐。对于王室的政治婚姻来说，尤其如此。毕竟，两国关系要靠男女关系来维系，总有些悬乎。

第一个走通西域的汉使张骞是个机灵人，劝汉武帝嫁个公主结交乌孙国王，这样就能斩断匈奴右臂了。于是，汉武帝以江都王刘建之女细君为公主，嫁给乌孙国王昆莫。匈奴听到消息很愤怒，要出兵来打。昆莫赶紧又娶匈奴公主为左夫人，而以细君公主为右夫人。张骞失算了。

只可怜了细君公主，昆莫年纪又大，言语不通，她只好一边淌着泪一边弹着琵琶作诗。昆莫还想要公主嫁给他的孙子、储君岑陬，公主不肯，报告武帝。武帝正要联乌孙灭匈奴，乃批示"从其国俗"，也就是儿子、孙子可以娶庶母、庶祖母。公主便改嫁岑陬，生一女，很快就去世了。

岑陬即位为国王，又娶汉朝楚王刘戊之女解忧公主为右夫人，同时另娶匈奴公主为左夫人。这位解忧公主天性开朗，一到异邦，就兴致勃勃地学习外语，接受新文化。

岑陬死了，其堂弟翁归靡即位为国王，继娶解忧公主和匈奴公主，各自生了一堆孩子。这个国王人称肥王，可是偏偏跟解忧志同道合，感情很好。为此，匈奴公主吃醋了，还叫来娘家派兵和肥王打一仗呢；于是，汉廷与乌孙国合作起来，把匈奴打得满地找牙。

肥王一死，岑陬之子泥靡即位为国王，解忧公主无可奈何地嫁给这位新国王，又生了一个小王子。结果，匈奴公主的儿子要屠杀解忧公主的儿子，两边经过一番较量、交涉，乌孙国一分为二，两家的儿子各自当个国王。

现在的那些宫斗戏，比起来都弱爆了。因为后宫戏只知道让女人们撕来撕去，斗得浑身鲜血，无非就是为了取悦宫中唯一的男人；而解忧公主们的后宫厮杀，是不同国家之间的角力，甚至会改变几个国家的政治版图。虽然同样无奈，但至少格局大了。

后来，解忧的两个儿子相继病死了，解忧公主已从当年粉白玉嫩的及笄少女，变为鸡皮鹤发的老太婆。如果给她做一份工作简历，她的每一格填满的是：永别离。结婚，夫死。再婚，夫死。三婚，夫死。战争。政变。宫廷内讧。屠杀。儿子登基。儿子死去。

解忧为了政治任务，结了三次婚。她把青春献给了国家，把身体献给了国家。五十多年后，她终于返回了长安。

历史上，还有一位公主，唐德宗的亲生女儿咸安公主，同样地英勇献身。咸安公主在回鹘生活了二十一年，直至病逝，创造了历嫁祖孙三代、两姓、四位可汗的和亲纪录。她先是嫁给长寿天亲可汗，可汗死后，改嫁其子忠贞可汗；忠贞被其弟毒死，再嫁其幼子奉诚可汗；奉诚死，其相骨咄禄继任，是为怀信可汗，又嫁怀信。在唐代和亲的公主中，她是最为成功的一个，不仅让回鹘与唐朝安好，还协助回鹘国势一度达到鼎盛。

可是，谁又能理解一个深受礼义道德熏陶的千金小姐，离家千里，嫁给爷孙三代，还要守三四次寡的困苦呢？时乖命蹇，这些公主，不幸做了国家的药渣。

附　录

解忧公主：公元前103年，汉武帝把楚王刘戊之女解忧公主嫁到乌孙。解忧公主先后嫁给岑陬国王、翁归靡国王和泥靡国王。她在乌孙国生活五十余年，所生的三男二女在本国和龟兹、莎车皆很显要，还有的当上国王或王后。她的侍女冯嫽也受命在西域活动，扩大了汉朝的影响，巩固了这一联盟。解忧于公元前51年回到长安。

| 叫我女王大人 |

后　记

历史是一场我努力醒来的噩梦，我尝试用想象去解毒和祛魅。

几千年来，两性之间的挣扎与困境，就在欲望与利益之间投射。床第上的云谲波诡，并不仅仅是被翻红浪的抵死缠绵，更是在身体的战场上一场兵不血刃的巷战。翻手为云覆手为雨。宫闱史总让我想起画皮，正面香风细细，淹然百媚，撕下脸来满脸横肉，尖声浪笑，再掮一把解腕尖刀，剜了你的心尖儿下酒，你还在夸她媚；而另一边的青楼艳妓，笑靥如花，柔情似水，吟诗弄墨，本质也仍是以色事人，在肉体阻击战中分分秒秒都在计算自己的下家。

而更多的人，死于心碎。

可是，哪有那么多轰轰烈烈的风光旖旎呢，名字闪烁着不锈钢一样的光芒的女性，太少了。多数人还是在历史和时代、命运与个人中寻找一个奇点，就这样漫漫地走下去，也许爱过，也许没有。她们都被车辙碾过，深埋地底，湮灭成烬。

小镇上成长起一代代的坏女人，谁说她们就不是历史的主流呢。她们更中庸、更自我，也更快活。哪怕是贞节至上的明代，市民阶层里，还不是马照跑、舞照跳、妞照泡？吃喝玩乐，烧水做饭，刺绣针黹，生活在艳俗的汪洋大海，这就是我们的恋爱，这就是我们的人生。

不管任何时代，一些人总是让人伤心，而另一些人总是修补破碎的心。现代性的爱情继承了一个被彻底瓦解的世界。我们有了更多的机会，也有了更软弱的内心、更懒惰的习气，所以，这个时代的爱情和那个时代的爱情总量基本是守恒的。

我的最高理想是什么？就是让保守主义起身跳钢管舞，让严谨的学术布满性感张力；让情色消解于心如止水的叙述，把爱情引入科学的标准模型；把光鲜的床第生活漂白，再让枯燥的社会学变得充满挑逗和意淫。这不是我能做到的，但竭力对它们进行阅读、理解、追逐、消费，本身就是一种对智力和趣味的挑衅，或曰，消遣。我以为，这是一种比较单纯的快乐。